JAMES FENIMORE (

DER ROTE FREIF

James Fenimore Cooper

Der Rote Freibeuter

Übersetzt und bearbeitet
von Roland Vocke

Arena

In neuer Rechtschreibung

1. Auflage 2004

Gekürzt, bearbeitet und mit einem Nachwort versehen
von Friedrich Stephan
Einbandillustration: Bernhard Oberdieck
Herausgegeben von Friedrich Stephan
Gesamtherstellung: Westermann Druck Zwickau GmbH
ISBN 3-401-05674-3

1

Das Städtchen Newport auf Rhode Island war in der Mitte des 18. Jahrhunderts einer der wichtigsten und meistbesuchten Handelsplätze an der ganzen Küste von Nordamerika. Die Hafenbucht bot alles, was sich die Seefahrer nur wünschen konnten: sichere, vor Stürmen geschützte Ankerplätze und eine gefahrlose Durchfahrt zur offenen See.

Daneben war Rhode Island dank seines Klimas und seiner natürlichen Reize auch Treffpunkt und Erholungsort für die Pflanzer aus dem Süden, die dort zusammenkamen, um sich vor der Hitze des Sommers zu retten und die frische Seeluft zu genießen. Im Umgang mit ihnen wurden die frommen und schlichten englischen Puritaner des Nordens eleganter und weltmännischer in ihren Umgangsformen, aber sie wurden auch anspruchsvoller und vergaßen, dass vor Gott alle Menschen gleich sind. So wurden die Kaufleute von Newport zugleich Gentlemen und Sklavenhändler.

Doch in den ersten Oktobertagen des Jahres 1759 waren die Menschen von Newport, wie die Menschen überall in Amerika, von dem Gefühl der Freude und des Triumphs erfüllt. Der blutige Krieg zwischen den beiden Kolonialmächten England und Frankreich, der zu Anfang Unglück und Niederlage gebracht hatte, ging seinem Ende entgegen. Die unermesslichen Gebiete zwischen der Hudsonbai im Norden und den spanischen Besitzungen im Süden waren unter die Herrschaft Englands geraten. Auch die englischen Kolonien hatten einen bedeutenden Anteil an den Erfolgen des Mutterlandes gehabt. In der Freude über diesen Triumph gab es in den englischen Kolonien in Nordamerika kaum einen Menschen, der nicht voll und ganz zu England und zum englischen König gehalten hätte. Der Abfall der Kolonien vom Mutterland lag für die Menschen dieser Zeit noch in weiter Zukunft.

An dem Tag, an dem unsere Geschichte beginnt, saß in einem bescheidenen Häuschen am Rande Newports ein Schneider in seiner Werkstätte bei der Arbeit. Seine Wohnung lag dicht am Wasser, sodass er durch das Fenster nicht nur das innere Hafenbecken überblicken, sondern durch eine Öffnung zwischen zwei Inseln auch den Blick über den äußeren Hafen genießen konnte, der sich dort wie ein See ausdehnte.

Ein kühler Wind strich über das Wasser und erregte kleine Wellen und der Schneidermeister genoss den schönen Herbstabend in all seiner Fülle. Er saß auf seinem Arbeitstisch am offenen Fenster. Draußen vor dem kleinen Haus lehnte ein starker hoch gewachsener Mann vom Lande in lässiger Haltung an der Wand. Er wartete darauf, dass ein Kleidungsstück, woran der Meister emsig nähte und womit er am nächsten Sonntag in seinem Dorf Staat machen wollte, fertig würde.

Um die Zeit zu verkürzen, unterhielten sie sich, und da ihre Unterhaltung den Hauptgegenstand unserer Geschichte berührte, wollen wir aus ihrem Gespräch das mitteilen, was für das Verständnis der folgenden Erzählung wichtig ist.

»Ja«, rief der unermüdliche Kleidermacher aus und begleitete dieses Ja mit einem Seufzer, der seine Unzufriedenheit verriet. »Ja, mein lieber Pardon, als wir da heute vom Donner der Schlachten hörten, da regte sich etwas in mir, da fühlte ich in meinem Inneren, ich weiß nicht, was; aber ich glaube, ich hätte das Herz gehabt, Nadel und Fingerhut von mir zu werfen und in die Schlacht zu ziehen, Ruhm zu ernten und für die Sache des

Königs zu kämpfen, aber so muss ich den Rest meiner Jahre hier zwischen Stoff und Futter verbringen.«

»Na ja, aber Ihr könnt Euch wenigstens damit trösten, dass es mit dem Schlachtenschlagen sowieso vorbei ist. Sagt man doch allgemein, dass sich die Franzmänner nicht mehr länger halten können und dass wir Frieden bekommen müssen, weil wir keinen Feind mehr haben.«

»Desto besser, Freundchen, desto besser; denn wer so viel von Kriegen und Kriegsnöten erlebt hat wie ich, der weiß den Frieden zu schätzen.«

»Dann habt Ihr also schon reichlich Pulver gerochen? Und was abgekriegt?«

»Ich? Keine Spur. Ich bin, wie ich hier sitze, durch fünf blutige Kriege gegangen und habe Gott zu danken, der mir aus allen fünfen geholfen hat ohne Wunde – nicht einmal so groß wie ein Nadelstich. Fünf lange, blutige Kriege, glorreiche Kriege, habe ich durchgemacht – frisch und gesund wie ein Fisch!«

»Das muss eine gefährliche Zeit gewesen sein, Herr Nachbar. Aber ich weiß nur von zwei Kriegen gegen die Franzosen.«

»Ihr seid ja auch ein junger Naseweis neben mir, denn ich bin schließlich schon über die Sechzig. Zählt mal selber nach: Da haben wir erstens diesen Krieg, der gottlob wohl bald zu Ende gehen wird; der Himmel in seiner Güte und Weisheit sei gepriesen! Dann hatten wir zweitens die Ereignisse aus dem Jahr 45, als der kühne Warren an unseren Küsten entlangfuhr, eine Geißel für alle Feinde Englands. Dann gab es einen Krieg in Deutschland, von dem wir in den Zeitungen lasen, mit vielen blutigen Schlachten, in denen die Menschen weggemäht wurden wie Wiesengras unter der Sense. Das macht drei.« Er schob seine Brille in die Höhe und zählte mit seinem Fingerhut an den Fingern der anderen Hand ab. »Nummer vier war die Rebellion von anno 15, von der ich nicht eben viel gesehen habe, weil ich damals noch ganz jung war. Und fünftens rechne ich das entsetzliche Gerücht, das durch unsere Provinzen ging, dass sich Neger und Indianer in Massen erhoben und zusammengerottet hätten, um uns guten Christenmenschen in einer Minute das Lebenslicht auszublasen.«

»Nanu, Herr Nachbar«, wunderte sich der junge Mann, »ich habe Euch seit jeher für einen stillen und friedlichen Mann gehalten und hätte es mir nicht im Traum einfallen lassen, dass Ihr Euch in so vielen Kriegen herumgetummelt habt.«

»Ich bin kein Prahler, Pardon, sonst hätte ich die Liste verlängern können. Da war zum Beispiel anno 32 im Osten ein gefährlicher Krieg um den persischen Thron, bei dem das Blut wie Wasser durch die Straßen floss. Doch da es kein Christenblut war, so mag ich den Krieg nicht zu meinen eigenen Erfahrungen zählen. Doch immerhin gab es in dieser Zeit auch Kämpfe in Schottland, die ich erwähnen könnte.«

»Da müsst Ihr weit herumgekommen sein, guter Freund, und Euch überall gut umgesehen haben; denn Ihr habt so manches erlebt und seid immer mit heiler Haut davongekommen.«

»Allerdings, Pardy, zweimal war ich zu Fuß in Boston und einmal gar zu Schiff durch den Long-Island-Sund in New York, und das war besonders gefährlich, wenn man die Entfernung bedenkt und weiß, dass man die Stelle passieren muss, die Höllentor heißt.«

»Vom Höllentor hab ich schon oft gehört! Mehr noch! Ich habe einen Mann von hier persönlich gekannt, der – stellt Euch vor – zweimal durch dieses Tor musste; einmal, als er nach New York fuhr, das andere Mal, als er von dort zurückkam.«

»Nun, der wird es sicher nicht nochmals wagen. Hat er Euch von dem großen Topf erzählt, der kocht und brodelt, als schürten tausend Teufel ein riesiges Feuer unter ihm? Wir kamen zum Glück mit einem blauen Auge davon. Denn das lasst Euch gesagt sein: Es gehört eine tüchtige Portion Mut dazu, sehenden Auges in diese schreckliche Straße hineinzufahren. Wir gebrauchten auch alle Vorsicht, warfen Anker und ließen uns ans Ufer setzen, während das Schiff vor uns weiterlief. Mit Gottes Hilfe ging alles glücklich ab. Unsere Gebete waren höheren Ortes gnädiglich erhört worden.«

»Wie? Ihr gingt zu Fuß ums Höllentor herum?«, wunderte sich der Mann vom Lande.

»Freilich! Alles andere wäre ja sündhafter Trotz, ein frevelhaftes Versuchen von Gottes Vorsehung gewesen. Was sollten wir unser Leben aufs Spiel setzen? Nun, diese Gefahr ist wie gesagt glücklich vorüber. Wolle Gott, dass auch dieser blutige Krieg, an dem wir beide teilgenommen haben, ebenfalls glücklich vorübergehen möge, damit seine Majestät nun Zeit gewinnt, sein königliches Augenmerk auf die Seeräuber zu richten. Lange genug verheeren sie die Küsten und plagen die Bewohner. Das wäre eine Freude in meinen alten Tagen, wenn ich es noch erleben dürfte, dass ein königlicher Kreuzer den berüchtigten Roten Korsaren in den Hafen schleppt.«

»Ist denn der Rote, von dem Ihr sprecht, wirklich ein solches Scheusal?«

»Der? Sein ganzes Schiff steckt voll von seinesgleichen! Bis zum letzten Schiffsjungen sind sie einer wie der andere blutdürstige Räuber und Mörder. Mein lieber Pardy, es ist entsetzlich, nur mit anzuhören, was diese Kerle auf der hohen See Seiner Majestät für Gräuel und Unheil anrichten.«

»Ich habe oft vom Roten Freibeuter oder, wie die Leute ihn auch nennen, Roten Korsaren erzählen hören«, bemerkte der Jüngere, »aber Genaueres habe ich bisher noch nicht erfahren.«

»Wie solltest du auch, junge Landratte? Die Nachrichten von der See kommen nicht bis zu deinem Bauernhof. So etwas ist nur für uns, die in einem belebten Hafen wohnen. Doch lassen wir

das; du wirst zu spät nach Hause kommen«, setzte er hinzu, »es geht auf fünfe und Ihr habt noch doppelt so viele Meilen zu gehen, bis Ihr zum Hof Eures Vaters kommt.«
»Ach was! Der Weg ist eben und die Leute unterwegs sind ehrlich«, erwiderte der Bauernsohn, denn ihm war es einerlei, ob er erst um Mitternacht nach Hause kam, wenn er nur Neuigkeiten aus der Stadt und Geschichten von dem Seeräuber erzählen konnte. Er wusste, danach würde man ihn zuallererst fragen. »Und ist er denn wirklich so schrecklich, wie man sagt? Macht man denn Jagd auf ihn?«
»Jagd auf ihn? Niemand findet Vergnügen daran, gegen einen Feind zu kämpfen, der beim ersten Schuss eine blutige Flagge aufzieht und bereit ist sich und seinen Angreifer in die Luft zu sprengen, wenn Satans Hand nicht mehr stark genug ist ihm zu helfen.«
»Trotzdem begreife ich nicht«, erwiderte der junge Mann und warf sich mächtig in die Brust, »trotzdem begreife ich nicht, warum die Insel und ihre Bewohner nicht ein Fahrzeug ausrüsten, um ihn aufzubringen, damit er mal sieht, was ein ehrlicher Galgen ist. Sollen sie doch heute oder morgen hier die Trommel rühren und ich wette meinen Hals, dass sie wenigstens einen Freiwilligen finden.«
»Ihr redet so daher, weil Ihr kein Pulver gerochen habt! Wozu sollen denn Eure Dreschflegel und Heugabeln nützen, wenn es gegen den Teufel geht? Wie oft ist der Räuber nicht von königlichen Kreuzern gesichtet worden? Wie oft war er schon umzingelt und im Netz? Wie oft glaubte man ihn schon auf der Folter zu sehen? Wenn aber der Morgen graute – husch, war er weg, kein Mensch weiß, wie.«
»Sind denn die Kerle so blutgierig, dass man sie deshalb die Roten nennt?«
»Den Namen haben sie von ihrem Anführer«, erwiderte mit

wichtiger Miene der ehrwürdige Kleidermacher. »Es ist sein Name und auch der Name seines Schiffes. Jedenfalls hat niemand, der mal den Fuß auf seine Planken setzte, das Schiff wieder verlassen, um zu sagen, ob es einen anderen Namen führe. Niemand, das heißt kein ehrlicher Seemann oder braver Passagier. Das Schiff soll übrigens nach Größe und Ausrüstung einem königlichen Kriegsschiff gleichen und wie durch ein Wunder ist es schon mancher Fregatte entgangen. Einmal schien es gar unter den 50 Kanonen eines Linienschiffes vor aller Augen wie ein Klumpen Blei zu versinken und am nächsten Morgen lief in den Hafen ein Westindienfahrer ein, den der Seeräuber in der Nacht nach seinem Untergang rein ausgeplündert hatte; und während das Linienschiff ausgebessert werden musste, fuhr das Piratenschiff an der Küste spazieren, so heil, als wäre es eben vom Stapel gelaufen.«

»Das ist unerhört!«, rief der junge Mann, auf den die Geschichten einen tiefen Eindruck zu machen begannen. »Ist es denn überhaupt ein wirkliches Schiff?«

»Da ist man verschiedener Meinung. Die einen sagen Ja, die anderen Nein. Aber ich kenne jemanden, der eine Woche lang mit einem Matrosen gearbeitet hat, der mal bei einem Sturm kaum hundert Schritt am Roten vorübergesegelt ist. Dabei hat er ihn so klar und deutlich gesehen, wie ich Euch hier vor mir sehe.«

»Das ist kühn, dem Teufel so nahe auf den Leib zu rücken.«

»Vergesst nicht, Pardon, es war nicht seine Absicht und außerdem war die Nacht so finster, dass man . . .«

»So finster?«, unterbrach ihn der andere, dem trotz seiner Leichtgläubigkeit Zweifel kamen. »Wie konnte er denn alles so genau sehen und hinterher beschreiben?«

»Das weiß kein Mensch«, sagte der Schneider. »Das macht aber nichts. Hauptsache, er sah alles und konnte es hinterher haarklein wieder erzählen. Noch mehr: Er merkte sich das Schiff genau, um es wieder zu erkennen, wenn es seinen Weg mal wieder kreuzen sollte. Ein langes schwarzes Schiff, ging flach im Wasser, hatte ein bösartiges Aussehen. Und wenn es dahinfährt, scheint es durch die Wolken zu schweben und braucht sich um den Wind nicht zu kümmern. Ja, und wenn ich mir's so recht überlege, dann hat das Seeräuberschiff etwas von dem Fahrzeug dort drüben, das weiß der Himmel, warum, seit voriger Woche hier im äußeren Hafen liegt.«

Der geschwätzige Schneider hatte bei seiner Erzählung natürlich Zeit verloren, die er jetzt durch fleißiges Nähen wieder hereinzubringen suchte. Das gab dem Bauernbuben Gelegenheit, sich umzuwenden, um dorthin zu schauen, wohin der Schneider gewiesen hatte. Er wollte sich ja zu all den Erzählungen, mit denen er sich den Kopf voll gestopft hatte, auch noch ein Bild von dem Schiff machen. Die Pause, die jetzt entstanden war, unterbrach schließlich der Schneider, nachdem er das Kleidungsstück endlich fertig gestellt hatte. Er warf jetzt alles von sich, Rock, Nadel, Fingerhut, rückte die Brille auf die Stirn und schob sich so weit zum Fenster hinaus, dass er nun ebenfalls das Schiff voll in Augenschein nehmen konnte.

»Wisst Ihr, Pardon«, sagte er dabei, »dass ich über dieses Schiff die seltsamsten Gedanken und furchtbarsten Ahnungen hege? Die Leute nennen es Sklavenschiff und sagen, es nehme Holz und Wasser an Bord. Und da liegt es schon volle acht Tage und in all dieser Zeit ist kein Stück Holz, dicker als ein Ruder, an Bord gebracht worden; und ich möchte wetten, dass zehn Tropfen Rum auf einen Tropfen Wasser kommen. Und dann seht doch, wo es vor Anker liegt, wie es nur von einer einzigen Kanone der Batterie bestrichen werden kann. Wäre es ein gewöhnliches Handelsschiff, es hätte sich einen Platz im Schutze der Kanonen gewählt.«

»Lieber Alter«, bemerkte der junge Mann, »Ihr habt ein bewundernswert scharfes Auge. Ich wäre darauf nicht gekommen, auch wenn das Schiff dicht vor der Batterie-Insel läge.«

»So ist es, Pardon. Das machen Gewohnheit und lange Erfahrung. Ich habe so manchen Krieg erlebt und sogar einen Feldzug von acht Tagen im Fort selbst mitgemacht, als es hieß, die Franzosen wollten Kreuzer an der Küste entlangschicken. Da stand ich gerade an jener Kanone Schildwache und visierte ihren Lauf entlang.«

»Aber wer sind denn diese Leute dort?«, unterbrach ihn Pardon mit jener Art von träger Neugier, die sich nach längeren Erzählungen einstellt. »Sind's Matrosen vom Sklavenschiff oder Newporter, die nichts zu tun haben, als auf und ab zu gehen?«

»Die dort?«, rief der Schneider. »Gewiss und wahrhaftig, das sind Fremde und in unseren unruhigen Zeiten kann man nicht wachsam genug sein. Hier, Nab, nimm nur das Stück ab und bügle die Nähte, du faules Stück. Unser Freund hier hat's eilig, seine Zeit ist kostbar, er kann nicht nur herumstehen und schwätzen wie du. Rühr dich und schwing das Eisen!«

Mit diesen Worten übergab er das eben vollendete Stück einem schmollenden Mädchen, das mit der Nachbarin ein lebhaftes Gespräch geführt hatte. Er selbst schob seine kleine, hinkende Person – denn er hatte das Unglück gehabt, mit einem kürzeren Bein auf die Welt zu kommen – vom Fenster weg und zur Tür hinaus in die freie Luft.

2

Dort standen die Fremden, drei an der Zahl. Homespun, der Schneidermeister, war ein Mann, der nicht nur die Namen, sondern auch die geheime Geschichte aller Männer und Frauen auf zehn Meilen in der Runde kannte. »Fremde sind's«, flüsterte er aufgeregt, »und noch dazu Fremde von geheimnisvoller, drohender Art.«

Der erste, zugleich der auffallendste unter den drei Fremden, war ein junger Mann von etwa 26 oder 27 Jahren. Dass sein bisheriges Leben nicht eitel Sonnenschein bei Tage und erholsame Ruhe bei Nacht gewesen war, das verriet sein Gesicht, das vom Wetter gegerbt und dunkel gefärbt war; seine Gesichtszüge waren männlich und kühn; umrahmt war es von pechschwarzem Haar, das in wilden Locken auf die Stirn herabfloss; die Gestalt des jungen Mannes war ebenmäßig, doch verriet sie Kraft und Gewandtheit. Die Kleidung, auf die der Schneider sein besonderes Augenmerk richtete, war die eines einfachen Seemannes; und doch wagte der Meister Homespun nicht den Fremden anzureden, denn der stand, ganz in den Anblick des geheimnisvollen Schiffes versunken, am Kai, lächelte seltsam vor sich hin und murmelte unverständliche Worte.

Von den beiden anderen war der eine ein Weißer, der andere ein Neger. Beide waren über ihre mittleren Jahre hinaus; beiden sah man es an, dass sie des Lebens Last und Mühen getragen hatten, dass sie sich den Stürmen der See ausgesetzt hatten. Sie trugen die einfache Kleidung der Seeleute, abgenutzt und teerbefleckt.

Der Weiße war von kurzer, dicker, stämmiger Gestalt, mit muskelbepackten Armen und Schultern, auf denen ein runder, grober Kopf saß. Und während er sich auf einem Fass niederließ und ebenfalls hinüber zu dem Sklavenschiff blickte, machte er zu dem Neger hin einige Bemerkungen, die ihn als einen Mann von Erfahrung auswiesen. Der Neger, der offenbar eine untergeordnete Stellung innehatte, wirkte nicht minder kraftvoll als der Weiße, doch war er höher gewachsen und seine Gestalt war ebenmäßiger. Sein Gesicht hatte etwas Einnehmendes, sein Lachen verriet die Gabe des Humors.

Nun hätte der Schneider die beiden ohne weiteres ansprechen können, denn in ihrem Wesen lag durchaus nichts Abweisendes. Er zog es aber vor, seinem jungen Begleiter vom Land zu zeigen, wie man Fremden ihr Geheimnis listig entlockt. So schlich er um die Fremden herum und versuchte ihre Unterhaltung heimlich zu belauschen. Zwar verstand er nicht viel, aber jedes Wort, das er hörte, bestärkte ihn in dem Verdacht, bei den Fremden müsse es sich mindestens um Landesverräter handeln.

»Sieh mal die schöne Bucht hier«, bemerkte der Weiße, schob seinen Kautabak im Mund hin und her und wandte seinen Blick dem Neger zu, »ist das nicht ein Plätzchen, wo man sein Schiff gern unterbringen möchte, wenn man ohne Anker anlegt? Ich versteh nur den Kerl da draußen nicht, warum läuft er nicht in den inneren Hafen ein? Wozu die Boote unnütz arbeiten lassen? Was meinst du, Scip?«

Der Neger hatte nämlich in der Taufe den Namen Scipio Africanus – abgekürzt Scip – erhalten; eine Art von Witz, wie er früher in Amerika üblich war, nämlich die Diener und Sklaven mit den Namen römischer Helden und Kaiser zu schmücken. Nun, dem Scipio aus Guinea war es im Grunde einerlei, ob das Schiff auf offener See oder im Hafen lag, aber der andere fuhr fort:

»Der Mensch dort hat seinen Ankerplatz gewählt mit oder ohne

Grund. Aber kannst du mir einen Grund nennen? Ich bin bereit dir zuzuhören.«

»Angenommen, ein frischer Wind bläst aus Nordwest«, erwiderte der Schwarze, »und ein Schiff will in Eile in See stechen, liegt er dann richtig, Meister Dick, he?«

»Der Schwarze hat Recht«, mischte sich der dritte Seemann ein, der dem Streit zugehört hatte. »Der Sklavenhändler hat sein Schiff im äußeren Hafen gelassen, weil er weiß, dass in dieser Jahreszeit der Wind meistens nach Westen bläst. Aber könnt ihr erkennen, ob er einen zweiten Anker unter sich hat oder ob er nur an einem liegt?«

»Der Mann muss ein Narr sein«, bemerkte der Weiße, »ein Narr, dass er sich und sein Schiff ohne Wurfanker der Strömung von Ebbe und Flut überlässt. Alles ist nur einem einzigen Tau anvertraut.«

»Sieh da, sieh da«, fiel der Neger ein, der seinen Blick ebenfalls auf das Schiff gerichtet hatte, »sie haben den Wurfanker heruntergelassen und alle übrigen Anker gestaut. Er hat die Strömung unterm Bug, Misser Harry, und kann jederzeit davongehen.«

Der angeredete Harry starrte wie gebannt auf das Schiff; doch in diesem Augenblick schienen sich seine Zweifel zu lösen. »Recht, Scipio, ganz recht; du hast Recht, mein Junge. Das Schiff reitet ganz auf seinem Wurfanker; alles ist bereit zum baldigen Aufbruch. In zehn Minuten könnte er außerhalb des Feuers der Batterie sein, auch wenn er nur eine Mütze voll Wind hat.«

»Sir, Sie scheinen sich in diesen Dingen gut auszukennen«, unterbrach ihn plötzlich eine unbekannte Stimme von hinten.

Der junge Mann drehte sich schnell auf dem Absatz herum und bemerkte, dass er mit seinen beiden Gefährten nicht mehr allein war. Doch war er nicht der Einzige, der völlig überrascht war,

denn auch der Schneider war beim Dazwischentreten des neuen Gesprächspartners zunächst sprachlos vor Staunen.
Der Neue war ein Mann zwischen dreißig und vierzig; Miene und Gestalt waren durchaus dazu angetan, die Neugierde des guten Homespun noch mehr anzustacheln. Kaum mittelgroß, schien der Fremde nicht nur äußerst gewandt zu sein, sondern auch über ein ungewöhnliches Maß an Körperkraft zu verfügen. Seine Gesichtshaut war hell und von fast mädchenhafter Zartheit, doch verlieh ihm eine scharfe Habichtsnase männliche Kühnheit. Sein Haar fiel an den Schläfen in schönen, weichen Locken nieder. Der Blick war unstet, zuweilen fast wild. Er trug einen hohen, spitz zulaufenden Hut halb auf dem Ohr, einen hellgrünen Reitfrack, rehlederne Beinkleider, Stulpstiefel und Sporen. In der Hand hielt er eine dünne Reitgerte, mit der er, als man ihn entdeckte, gleichgültig durch die Luft hieb.
»Sie scheinen, wie ich schon sagte, sich in diesen Dingen gut auszukennen«, wiederholte er, als er die neugierigen Blicke eine Zeit lang ertragen hatte und anfing ungeduldig zu werden: »Sie sprechen darüber wie ein Mann, der das Recht hat, seine Meinung frei zu sagen.«
»Überrascht es Sie, dass sich einer in dem Beruf, zu dem er erzogen wurde und in dem er zeit seines Lebens gearbeitet hat, auskennt?«
»Hm, das gerade nicht. Doch finde ich es merkwürdig, dass ein einfacher Seemann so große Worte macht, wie sie eigentlich uns, den Herren Juristen, zustehen.«
»Redet, wie Ihr wollt, denn als ehrlicher Seemann möchte ich mit den Herren Juristen sowieso nichts zu tun haben«, gab der junge Seemann spitz zurück und wandte sich ab, ohne seinen Ärger zu verbergen.
»In dem steckt ein guter Kern«, murmelte der Grünrock vor sich hin und versuchte den anderen durch freundliche Worte

wiederzugewinnen. Doch das misslang ihm, denn nach einem kurzen, unhöflichen Wortwechsel erhoben sich die drei Matrosen und gingen grußlos weg.

Der Grünrock schickte sich eben an dem Kleeblatt zu folgen, als er eine Hand fühlte, die sich auf seinen Arm legte und ihn innehalten ließ.

»Ein Wort ins Ohr, Sir«, zischelte der Schneider und deutete an, dass er wichtige Dinge mitzuteilen habe, »nur ein einziges Wort, Sir, da Sie sich in Seiner Majestät besondern Diensten hier befinden. Nachbar Pardon«, fügte er mit freundlicher Gönnermiene hinzu, »die Sonne geht unter, Ihr habt noch einen weiten Weg vor Euch und keine Zeit zu verlieren. Mein Mädchen wird Euch Eure Kleider geben. Erzählt von allem, was Ihr gesehen und gehört habt, kein Wort, ehe ich noch einmal mit Euch gesprochen habe. In Kriegszeiten muss man vorsichtig sein. Lebt wohl, guter Freund, grüßt Euren Vater und Eure Mutter.«

Als sich Meister Homespun auf diese Weise seines staunenden Begleiters entledigt hatte, sah er ihm noch mit wichtigen Blicken nach, bis er in der Ferne verschwunden war, und dann erst wandte er sich wieder an den Grünrock. Dieser war inzwischen ruhig stehen geblieben und wartete darauf, bis der Schneider, den er wohl schon längst durchschaut hatte, seine Rede fortsetzen werde.

Der begann sehr vorsichtig und behutsam: »Sagen Sie, sind Sie wirklich in den Diensten Seiner Majestät?«

»Ich sage noch mehr: Ich bin deren Vertrauter!«

»Zu viel Ehre für mich, mit einem Mann, der so hoch steht, ein Gespräch zu führen. Ich fühle die Gnade in allen Gliedern«, sprach der Schneider und strich mit der Hand über die spärlichen Haare, indem er eine tiefe Verbeugung machte. »Ein so großes Glück – eine so gnädige Erlaubnis –, es ist die höchste Auszeichnung ...«

»Schon gut, mein Freund, ich nehme es auf mich, Euch im Namen Seiner Majestät willkommen zu heißen.«
»Ich fühle mich glücklich und geehrt, mein geehrtester Herr, diese Gelegenheit zu finden, meinen brennenden Eifer für den König einem Manne vorzulegen, der es nicht versäumen wird, meine Bemühungen Seiner Majestät zu Ohren zu bringen.«
»Sprecht frei«, unterbrach ihn der Grünrock mit einer Miene der fürstlichen Herablassung, aus der jeder andere als der Schneider Ungeduld herausgelesen hätte. »Sprecht ohne Rückhalt, wie wir es bei Hofe gewohnt sind.«
»Ich will sprechen, Sir. Ich sehe es als Gnade an, wenn mir ein so vornehmer Herr sein Ohr leiht. Sehen Sie doch das große Schiff dort im äußeren Hafen unserer königstreuen Stadt.«
»Oh ja, das Schiff scheint die Aufmerksamkeit der würdigen Einwohner sehr zu beschäftigen.«
»Eure Herrlichkeit haben mit dieser Vermutung den Scharfsinn meiner guten Mitbürger etwas überschätzt. Das Schiff liegt hier schon seit Tagen, ohne dass außer mir irgendjemand auch nur ein Wort dazu gesagt hätte.«
»Ei, ei«, der Fremde senkte die Stimme und fasste den Schneider scharf ins Auge, der vor Wichtigkeit buchstäblich anschwoll. »Und was sind Eure Vermutungen?«
»Ich kann mich irren, Sir, und Gott wird mir's verzeihen, wenn ich's tue. Die Leute auf dem Schiff dort gelten hier bei den Einwohnern als ehrliche Sklavenhändler und wären in der Stadt überall gerne gesehen. Aber bisher hat kein Einziger von der Mannschaft bei mir auch nur einen Rock ausbessern oder gar neu anfertigen lassen. Das ganze Geschäft geht durch die Hände eines Anfängers namens Tape, der auf jede Weise Kunden anlockt und über seine Kollegen böse Gerüchte verbreitet. Kurzum, ich habe an dem Schiff noch keinen Pfennig verdient.«
»Da könnt Ihr von Glück sagen, Freund«, erwiderte der grüne

Mann, »dass Ihr mit den Kerlen nichts zu tun habt. Doch Ihr habt vergessen mir zu sagen, was ich dem König vortragen soll.«

»Ich komme gleich zu diesem Punkt. Ihr müsst wissen, dass ich ein Mann bin, der viel gesehen und im Dienste Seiner Majestät viel gelitten hat. Fünf grausame, blutige Kriege habe ich durchgemacht, ganz zu schweigen von anderen Abenteuern, denn es ist die Pflicht eines guten Untertanen, zu dulden und zu schweigen.«

»Das alles soll dem König zu beiden Ohren kommen, das verspreche ich Euch. Doch nun macht Eurem Herzen Luft und teilt mir Euren Argwohn frei und unumwunden mit.«

»Sir, man behält, wenn man unzählige Kriege überlebt hat, einen militärischen Überblick und so komme ich auf das Schiff zu sprechen. Hier also, an diesem Fenster saß ich und dachte darüber nach, wie die Mannschaft dort drüben von dem Pfuscher Tape um ihr gutes Geld betrogen wird. Und wie ich nun so nachdachte, dass er mir meine Kunden wie die Fliegen wegschnappt, kam ich auf folgenden Gedanken: Wären die Leute auf dem Sklavenschiff ehrliche Sklavenhändler, würden sie dann einen ehrlichen, arbeitsamen Schneider und Familienvater übergehen und ihr Geld einem Betrüger und Schwätzer in den Rachen schieben? Nein! Dann bleibt nur noch ein Schluss: Ist es kein ehrliches Sklavenschiff oder ein königlicher Kreuzer, so ist es, und jedes Kind muss es einsehen, so ist es das Schiff des übelsten Seeräubers, das Schiff des Roten Korsaren.«

»Des Roten Korsaren?«, rief der Fremde aus. Seine Aufmerksamkeit, die bei dem Geschwätz des Schneiders schon merklich nachgelassen hatte, erwachte wieder. »Ja, Freund, das wäre eine Entdeckung, über die sich reden ließe. Aber wie kommt Ihr darauf?«

»Aus verschiedenen Gründen, die ich hübsch nacheinander aufzählen will. Erstens ist es ein bewaffnetes Schiff, Sir. Zweitens ist es kein gesetzlich zugelassener Kreuzer, denn ich kenne alle Schiffe des Königs und an jedem verdiene ich ein paar Pfennige. Drittens fällt mir das rohe und raubgierige Betragen der Leute auf, die an Land kommen, auch wenn es nur wenige sind. Das also sind meine Beweise, die ich zur Prüfung durch Seine Majestät vorzulegen bitte.«

Der Rechtsanwalt im grünen Rock hatte dem Schneider aufmerksam zugehört. Seine Augen wanderten schnell vom Schiff zum Redner zurück und dann vergingen ein paar Augenblicke, bis er eine Antwort gab. Seine sorglose Munterkeit, die er bisher gezeigt hatte, war gewichen und hatte einer gewissen Nachdenklichkeit Platz gemacht. Doch rasch wechselte er die Miene wieder und in seinem Gesicht verbanden sich Aufrichtigkeit und Spottlust zu einer merkwürdigen Mischung. Dann legte er die Hand dem Schneider gönnerhaft auf die Schulter und begann: »Freund, Ihr habt mir hier über eine sehr wichtige Sache Auskunft gegeben und Euch als treuer Diener Seiner Majestät ausgewiesen. Ich weiß, und wir wissen alle, dass ein hoher Preis auf den Kopf des Roten Korsaren und seiner Gefährten ausgesetzt ist und dass eine glänzende Belohnung auf den wartet, den sein Glück zum Werkzeug bestimmt, durch das die ganzen Schurken den Händen der Gerechtigkeit ausgeliefert werden. Ich bin auch überzeugt, dass ein Zeichen königlicher Gnade eine solche Entdeckung lohnen wird. Da ist zum Beispiel ein gewisser Phipps gewesen, ein Mann von geringer Abkunft, den der König gar zum Ritter gemacht hat ...«

»Wie? Zum Ritter?«, wiederholte der Schneider, ganz außer sich vor Bewunderung und Respekt.

»Zum Ritter«, wiederholte langsam der Mann im grünen Rock, »zum ehrenwerten, ritterlichen Ritter. Wie ist Euer Taufname?«

»Mein Vorname ist Hektor, gnädiger Herr.«

»Und Euer Familienname, der alte Name Eures Geschlechts?«

»Seit alters Homespun.«

»Nun, Sir Hektor Homespun wird ebenso gut klingen wie irgendein anderer Name. Aber, lieber Freund, wenn Ihr Euch Euren Lohn erhalten wollt, dann müsst Ihr besonnen und verschwiegen sein. Ich bewundere Euren Scharfsinn und beuge mich Euren Gründen. Ich zweifle nicht mehr daran, dass dieses Schiff das Schiff des berüchtigten Piraten ist, den man den Roten nennt, so wenig, wie ich daran zweifle, dass Ihr demnächst Sporen tragen und Euch Sir Hektor nennen werdet. Aber wir müssen behutsam und klug zu Werke gehen. Nicht wahr, ich kann mich darauf verlassen, dass noch kein anderer von Euch Aufklärung in dieser Sache erhalten hat?«

»Keine Menschenseele. Selbst Tape würde schwören, dass die Leute dort drüben ehrliche Sklavenhändler sind.«

»Umso besser. Erst müssen wir der Sache auf den Grund kommen, dann folgt die Belohnung von selbst. Trefft mich heute Abend um elf Uhr dort drüben, wo die Landzunge nach dem äußeren Hafen hin ausläuft. Von dort aus wollen wir unsere Beobachtungen anstellen. Doch jetzt wollen wir uns trennen, damit uns niemand hier im Gespräch antrifft und Verdacht schöpft. Dreierlei müsst Ihr bedenken: Schweigen, Pünktlichkeit und die Gunst des Königs. Dies seien unsere Losungsworte.«

»Adieu, hochgeehrtester Herr«, antwortete der Schneider und machte eine Verbeugung bis zur Erde, während der andere kaum den Hut berührte.

»Adieu, Sir Hektor«, rief ihm der Grüne zu, ehe er langsam den Kai entlangging und am Ende verschwand. Das Oberhaupt des alten Schneidergeschlechts stand noch eine Weile regungslos da, entzückt über sein Glück und benebelt von den Wolken des Ehrgeizes.

3

Sobald der Grüne sich von unserem leichtgläubigen Schneider getrennt hatte, legte er sein angenommenes Wesen ab und wirkte viel natürlicher und gesetzter. Doch nach einer Minute schlug er schon wieder mit der Gerte an den Stiefelschaft und trat munter und leichten Schrittes in die Hauptstraße des Ortes ein. Seinem schnellen Blick entgingen nur wenige der Passanten und seinem raschen Geist prägte sich alles deutlich ein. Ein Fremder in diesem Aufzug konnte natürlich der Aufmerksamkeit der Gastwirte, von denen schon die Rede war, nicht entgehen. Doch er ließ sich nicht von den Höflichkeiten und Verbeugungen der beiden vornehmeren Wirte verführen, sondern betrat merkwürdigerweise die dritte Schänke, die die gewöhnliche Herberge des Hafengesindels war.
Als er diese betrat, fand er die Stube mit den gewöhnlichen Zechbrüdern voll gepropft. Das Erscheinen eines Gastes, der sich in seinem Auftreten und in seiner Kleidung so auffällig von den anderen Gästen unterschied, erregte Aufsehen und bewirkte vorübergehend eine Pause im Gespräch. Doch hob der Lärm bald wieder an, nachdem sich der Neuankömmling auf einer Bank niedergelassen und beim Wirt seine Bestellung aufgegeben hatte. Der holte das Verlangte, setzte es dem Fremden vor und entschuldigte sich gleichzeitig, dass ein Mann, der am anderen Ende des schmalen Tisches saß, die ganze Unterhaltung an sich gerissen und alle Gäste durch das Versprechen, er werde etwas Ungeheures erzählen, auf sich aufmerksam gemacht hatte.

An den Grünen gewandt, fügte der Wirt weiter hinzu: »Squire, der Mann dort in der Ecke ist der Bootsmann auf dem Sklavenschiff im äußeren Hafen, ein Mann, der sich die Seewinde manches Jahr hat um die Nase wehen lassen und so viele Gefechte und Wunder erlebt hat, dass er dicke Bücher damit füllen könnte. Sein Name ist Jack Nightingale. – Ist der Punsch nach Eurem werten Geschmack?«
Der Fremde beantwortete die zweite Frage mit einem Schmatzen und einer leichten Verbeugung. Zugleich wandte er den Kopf nach dem eben beschriebenen Mann, der nach der Art seines Vortrags als ein wahrer Redner gelten konnte.
Eine Gestalt, weit über sechs Fuß hoch; ein fürchterlicher Backenbart, der sein Gesicht halb verdeckte; eine Schmarre als Zeuge eines schlecht verheilten Hiebes, der ihm einst die Wange gespalten hatte; der mächtige Bau der Glieder; und die Seemannstracht, geschmückt durch eine schmutzige silberne Kette, an der eine kleine silberne Pfeife hing. Ohne sich durch das Eintreten des Fremdlings im Geringsten beirren zu lassen, fuhr der Seebär in seiner Erzählung fort.
Eben streckte er seinen gebräunten Arm mit geschlossener Faust aus, um den Norden des Seekompasses zu bezeichnen, und fuhr fort: »Also, angenommen, die Guineaküste liegt hier; toter Wind von der Küste und nur hier und da eine Bö, wie wenn eine Katze prustet oder der alte Windgott einen aus dem Schlauch fahren lässt. Ihr wisst doch, was ein Schlauch ist?«
Mit dieser Frage wandte er sich an den einfältigen Bauernburschen, den wir schon kennen und der, sein neues Kleidungsstück unter den Arm geklemmt, mit offenem Mund dasaß und die Wundergeschichten verschlang, um sie zu Hause, zusammen mit den Geschichten des Schneiders, brühheiß weitererzählen zu können. Allgemeines Gelächter erfolgte auf Kosten des guten Pardon.

Nightingale ergriff triumphierend wieder das Wort: »Nun weiter. Dort liegt das Land und wie gesagt von hier kam der Wind Ost zu Süd, vielleicht auch Südost zu Ost. Bisweilen blies er stark, dann ließ er wieder nach. Mir war das Wetter gar nicht recht, denn ich sah voraus, es würde etwas anderes geben als eine ruhige Wache. Ich blieb also auf den Beinen, um bereit zu sein meine Meinung von mir zu geben, wenn man mich danach fragte. Und siehe da, alles kam, wie ich es geahnt hatte.

›Mister Nightingale‹, sagte unser Kapitän, denn er ist ein Gentleman und weiß, wie man uns an Deck anzusprechen hat, ›was haltet Ihr von dem Wolkenfetzen dort in Nordwest?‹

›Wohl, Sir‹, antwortete ich dreist, denn ich bleibe niemandem gerne eine Antwort schuldig, ›mit Eurer Gnaden Erlaubnis‹ – eine bloße Redensart, denn der Kapitän war gegen mich an Erfahrung ein Anfänger, aber ich streue nie heiße Asche gegen den Wind –, ›mit Eurer Gnaden Erlaubnis, meine Meinung wäre, die Toppsegel zu bewegen. Wir haben keine Eile, denn wo Guinea heute Abend liegt, wird es morgen auch noch liegen. Um das Schiff auf Kurs zu halten, haben wir das Großsegel . . .‹«

»Das hättet Ihr ebenfalls festmachen sollen«, ließ sich von hinten eine Stimme vernehmen, ebenso bestimmt, aber nicht so brüllend wie die des Bootsmannes.

»Wer ist der Anfänger?«, fragte Nightingale zornig.

»Kein Anfänger, sondern ein Mann, der mehr als einmal Afrika umsegelt hat und eine Bö von einem Regenbogen unterscheiden kann!« Das war Dick Fid, der mit seinem Begleiter, dem Neger Scipio, eingetreten war und sich nun dem wütenden Bootsmann klein, aber stämmig entgegenstellte. »Ein Mann, der es nie seinem Kapitän raten würde, so viel Segel stehen zu lassen, wenn Gefahr ist, dass das Schiff backwärts vom Wind gepackt wird.«

Auf diese kühne Herausforderung erfolgte ein allgemeines Gemurmel, das sich zu einem lauten Lärmen steigerte, bis man schließlich keinen Einzelnen mehr verstehen konnte, und wenig hätte gefehlt und die Gegner wären handgreiflich geworden. Doch schließlich ebbte der Tumult ab und man war bereit die beiden Hauptgegner anzuhören. In dem folgenden Wortgefecht schien Fid in der Sache Recht zu behalten, er beging aber den Fehler, seinen dunkelhäutigen Freund als Zeugen aufzurufen, und darüber waren die Leute empört, denn das Zeugnis eines Negers galt bei den Amerikanern nichts.

»Meine Herren«, rief Nightingale, »ich überlasse es Ihrem Urteil, ob es sich schickt, einen Neger hier auftreten zu lassen, damit er einem Weißen widerspricht!«

Beifälliges Gemurmel war die Antwort. So blieb den beiden nichts anderes übrig, als das Feld zu räumen.

Der Triumph des Bootsmannes war vollständig und seine Freude darüber kannte keine Grenzen. »Gentlemen«, wandte er sich stolz und zufrieden an die Zuhörer, »ich mag mich nicht rühmen, ich weiß auch nicht, wer der Kerl ist, der sich da eben aus dem Staub gemacht hat. Ich will nur so viel sagen, dass der Mann zwischen Boston und Westindien erst noch gefunden werden muss, der sich besser darauf versteht, ein Schiff zu manövrieren, vorausgesetzt, dass . . .«

Hier stockte er plötzlich, sein Blick wurde starr, er stand wie verhext, als ihn der Blick des grünen Mannes traf, der aus der Menge hervorgetreten war.

»Mag sein«, fuhr der Bootsmann kleinlaut und bescheiden fort, »mag sein, dass dieser Herr hier etwas von der Seefahrt versteht und unseren Streit entscheiden kann.«

»Wir studieren auf der Universität nicht die Seefahrkunst«, erwiderte der andere kurz angebunden, »aber nach meiner geringen Kenntnis muss ich gestehen, dass der Neger Recht hatte.«

Mit diesen Worten beglich er seine Zeche und verließ das Lokal.

Nightingale setzte nach einer kurzen Pause seine Erzählung

fort, nur, sei's aus Ermüdung, sei's aus anderen Gründen, weit weniger prahlerisch als vorher und wesentlich kürzer. Kaum war er fertig und sein Glas geleert, wankte er zum Ufer, wo bald darauf ein Boot anlegte, um ihn nach dem Schiff zu bringen, das unser Homespun fortwährend im Auge behalten hatte.

Unterdessen hatte der Grüne seinen Weg durch die Hauptstraße des Ortes fortgesetzt. Vor ihm gingen Fid und Scipio, die nunmehr nach der gemeinsamen Niederlage den Streit unter sich weiter ausfochten, denn nun wollte Fid plötzlich nicht mehr Scipios Meinung teilen. Der Grüne folgte dem schwarz-weißen Paar auf eine Anhöhe, wo er die beiden Ehrenmänner an einem Zaun antraf, wie sie aus einem Schnappsack gemeinsam ihr schlichtes Mahl einnahmen. Der Friede zwischen den beiden schien wiederhergestellt.

Der Fremde näherte sich und rief: »Wenn Ihr mit eurem Schnappsack so verschwenderisch umgeht, dann muss wohl der dritte Mann ohne Abendessen zu Bett gehen.«

»Wer da?«, rief Dick, von seinem Knochen auffahrend wie ein Bullenbeißer, den man bei einer ähnlichen Beschäftigung stört.

»Ich möchte Euch nur in aller Freundschaft daran erinnern, dass es noch einen dritten Kameraden gibt.«

»Wollt Ihr eine Schnitte? Da nehmt, Bruder«, sagte der Seemann freigiebig, wie die Matrosen sind, und schob ihm den Schnappsack hin.

»Nein, nein, Ihr versteht mich falsch; hattet ihr nicht drunten am Kai noch einen dritten Mann bei Euch?«

»Ja so! Der ist dort drüben, wo Ihr den Steinhaufen seht, der jeden Augenblick herunterrollen kann.«

Der Fremde sah in die angegebene Richtung und bemerkte den jungen Seemann, nach dem er sich erkundigt hatte, nicht weit von der Stelle, wo sie waren, am Fuß eines verfallenen Turmes, der aussah, als müsse er bald zusammenbrechen. Der Rechtsge-

lehrte warf den beiden Seeleuten eine Hand voll Münzen zu, wünschte ihnen gesegnete Mahlzeit und sprang über den Zaun, um sich ebenfalls die Ruine zu betrachten. An dieser war nicht viel Interessantes zu sehen. Es war ein kleiner, runder Turm auf rohen Pfeilern, die durch Bogen miteinander verbunden waren; er mochte in früheren Zeiten als Schutzwehr erbaut worden sein, vielleicht war er auch einst der Sockel einer Windmühle.
Als der Grüne den Ort erreicht hatte, schlug er wieder kräftig mit der Gerte gegen seinen Stiefel, um den anderen auf sich aufmerksam zu machen, und begann: »Ein malerisches Plätzchen, diese Ruine. Doch Ihre Aufmerksamkeit gilt wohl eher den Türmen da drüben«, und damit deutete er hinüber zu den Masten des Schiffes im äußeren Hafen.
»Sie scheinen meinen Geschmack zu kennen, Sir«, antwortete der andere abweisend.
»Das ist nicht schwer zu erraten, auch wenn ich nur wenige Fachkenntnisse habe. Doch wir wollen uns nicht streiten, wechseln wir ein freundliches Wort. Was führt Sie denn hierher zu diesem Steinhaufen? Wie kann er Sie vom Blick auf das schöne Schiff ablenken?«
»Nun, ich bin ein Seemann ohne Anstellung und habe Zeit, mir dies und das in Ruhe anzusehen.« Dank der freundlichen Anteilnahme des Grünen wurde das Gespräch bald freier und gelöster, sodass der junge Seemann den Grünen schließlich fragte:
»Sie sind ein gebildeter und weit gereister Herr. Was halten Sie von der Ruine? Wozu wurde der Turm wohl einst erbaut?«
»Um das zu beurteilen, müsste man sie genauer untersuchen und auch besteigen.« Mit diesen Worten kletterte er auf einer morschen Leiter hinauf zum Bogengewölbe; eine Falltür nahm ihn auf. Auf ein Zeichen hin folgte ihm der andere nach mit der Behändigkeit, die seinem Beruf zukam.
»Hier sind wir also!«, rief der Grüne und betrachtete neugierig

die nackten Wände, die aus so kleinen und ungleichen Steinen gebaut waren, dass das ganze Gebäude hinfällig und gefährlich aussah. »Wir haben eichene Planken unter den Füßen und den Himmel zum Dach. Aber nun wollen wir den Turm untersuchen, Mister ... Nun habe ich vergessen, wie Ihr Euch gewöhnlich nennt.«

»Das hängt von den Umständen ab. So wie sie sich änderten, so änderte sich gelegentlich auch mein Name. Aber wenn Ihr mich Wilder nennt, so werde ich auf diesen Namen hören und Euch antworten.«

»Wilder! Das klingt gut und passt zu einem jungen Mann, der über die Meere schweift und zu Hause manches zärtliche Herz seufzen und gar brechen lässt.«

Nachdenklich und empfänglich für die Anteilnahme des Grünen, erwiderte der junge Mann: »Nur wenige haben über mich geseufzt. Doch lassen wir das, untersuchen wir lieber den Turm. Wozu diente er, fragte ich Euch.«

»Das ist nicht schwer zu erraten. Früher waren hier oben Kornböden und die Bewohner waren kleine flinke Tierchen. Kurzum, es war eine Mühle.«

»Andere behaupten, es sei eine Festung gewesen.«

»Ganz ausgeschlossen ist auch das nicht. Aber ich glaube, es war eine Mühle. Die Lage und die Pfeiler und die ganze innere Einrichtung, alles deutet darauf hin. Mir ist, als hörte ich jetzt noch das Geklapper.«

Doch das Geklapper kam von unten. Ein Blick durchs Fenster zeigte ihnen, dass sich eine kleine Gruppe von Menschen näherte, die sich schließlich zu vertraulichem Gespräch unter dem Turm niederließ und so die beiden Forscher oben zu unfreiwilligen Zuhörern machte.

4

Die kleine Gesellschaft unten bestand aus vier Personen, lauter Frauen. Die eine war eine Dame in höherem Alter, die zweite war über die mittleren Jahre hinaus; die dritte war jung, an der Schwelle des Lebens, wie man zu sagen pflegt; und die vierte schließlich war eine Negerin von etwa 25 Jahren, eine Dienerin, die offenbar das Vertrauen und die Achtung der anderen genoss. Die beiden Lauscher vernahmen zunächst die alte Dame, die sich an das junge Mädchen wandte: »Und nun, mein liebstes Kind, Schluss mit all den guten Ratschlägen. Du wirst sie beherzigen. Grüße deinen Vater und erinnere ihn an sein Versprechen, dich noch einmal zu schicken, ehe wir uns für immer trennen müssen.«

Das Mädchen schlug die Augen auf und bemühte sich vergebens die Tränen zu unterdrücken: »Liebste Tante, ich hoffe Sie noch öfter zu besuchen, an mir soll es bestimmt nicht liegen, wenn mein Vater nicht im nächsten Frühjahr mit mir herüberkommt.«

»Und unsere gute Frau Wyllys wird uns sicher beistehen«, wandte sich die Tante an die dritte Gesprächspartnerin, die Erzieherin des jungen Mädchens, »ihr wird General Grayson schwerlich etwas abschlagen.«

»Ich bin überzeugt, die gesunde Luft dieser Insel ist meinem jungen Fräulein zuträglich, Madam; an meiner Unterstützung wird es also nicht fehlen«, erwiderte Frau Wyllys schlicht.

»Dann ist uns der Sieg sicher, wie mein verstorbener Mann, Kon-

teradmiral de Lacey, zu sagen pflegte. Er hatte strenge Lebensgrundsätze, Mrs Wyllys, und diesen strengen Grundsätzen verdankte er einen guten Teil seines Ruhmes und seiner Erfolge. Zum Gelingen ist nur eines erforderlich: Es wirklich zu wollen!«
Gertraud, das junge Mädchen, unterbrach hier die weitschweifige Rede ihrer Tante und rief: »Ich wollte, liebste Tante, dass mein Vater sich entschließen könnte, seine Güter in Carolina zu verkaufen und für immer hierher zu ziehen!«
»Das ist nicht so leicht, wie du glaubst, mein Kind«, erwiderte Frau de Lacey, »ich habe auch meinen Bruder nie dazu gedrängt, denn ich weiß nicht, ob die Familie nicht eines Tages wieder ganz nach Hause zurückkehren möchte. Es ist jetzt über ein Jahrhundert, Mrs Wyllys, dass die Graysons wegen gewisser Spannungen aus England in die Kolonien gekommen sind und die Güter in Carolina erworben haben. Aber seit der Zeit meines Urgroßvaters, Sir Everard, hat sich wohl manches geändert, sodass mein Bruder vielleicht eines Tages in die Hallen unserer Ahnen heimkehren wird. Doch vorher muss er über unsere Besitzungen hier in Amerika noch seine Verfügungen treffen.«
Damit schloss die gutmütige, aber etwas redselige und familienstolze Dame ihre Rede.
Gertraud hatte sich ein wenig beschämt abgewandt, wie sie es immer zu tun pflegte, wenn Frau de Lacey die Gouvernante mit Familiennachrichten zu langweilen geruhte. Aber nachdem die Tante geendet hatte, trat sie wieder an die beiden anderen heran. Sie wies hinüber auf ein Schiff im inneren Hafen und rief, um der Unterhaltung endgültig eine andere Wendung zu geben: »Und in diesem finsteren Kerker sollen wir einen ganzen Monat zubringen, Mrs Wyllys, und denken Sie an die Stürme und Untiefen und die wilden Strömungen!«
Mrs Wyllys versuchte dem jungen Mädchen Mut zu machen durch vernünftigen Zuspruch: »Liebe Gertraud, wenn wirklich

alle diese Gefahren, vor denen Sie sich fürchten, auf der Reise drohten, dann würden nicht täglich, ja stündlich die Schiffe auslaufen und ihre Ziele erreichen. Sie selbst, Madam, sind sicher oft mit Ihrem Gemahl, dem würdigen Admiral, aus Carolina zu Schiff hierher gekommen?«

»Nie«, erwiderte die Dame kurz und trocken, »ich habe die Seereise nie vertragen, ich bin immer zu Lande gereist. Und doch, Mrs Wyllys, bin ich natürlich als Gattin und Witwe eines berühmten Seehelden mit allen Fragen der Seefahrt wohl vertraut. Mit Ihnen, Mrs Wyllys, mag es anders sein. Ich vermute, diese Dinge sind Ihnen böhmische Dörfer.«

Die ruhige Miene der Gouvernante nahm einen Zug von Trauer und Schwermut an, schmerzliche Erinnerungen schienen sie zu beschäftigen. Eine Zeit lang war sie unschlüssig, ob sie das Gespräch abbrechen sollte; doch endlich antwortete sie: »Ich bin keineswegs unerfahren auf See. Mein Verhängnis hat es gewollt, dass ich manche lange und gefährliche Fahrt habe machen müssen.«

»Aber nur als Passagier«, fiel ihr die verwitwete Seeheldin ins Wort und begann zu schwärmen. »Kann es ein schöneres Schauspiel geben als ein stattliches Schiff, das die Wellen durchschneidet, dessen Bug, wie mein seliger Admiral immer sagte, die See durchfurcht, dessen Heck einen hellen Streifen hinter sich lässt, wie eine Schlange, wie ein lebendiges Tier! Ich weiß nicht, liebste Wyllys, ob Sie mich verstehen können, ob Sie begreifen können, was mein Auge sieht.«

Die Gouvernante musste lächeln, aber ihr Gedanke, dass der selige Admiral seine Frau vielleicht gelegentlich zum Besten gehalten hatte, wurde durch ein Geräusch von oben unterbrochen, das wie Blätterrascheln klang, in Wahrheit aber ein unterdrücktes Gelächter war. Auch Gertraud wurde aufmerksam.

»Haben Sie nichts gehört?«

»Die Ratten treiben sich noch immer in der alten Mühle herum«, gab Mrs Wyllys zurück.
»In der Mühle? Liebe Wyllys, meinen Sie immer noch, diese malerische Ruine sei nichts anderes als eine Mühle?«
»Selbst wenn das alte Gemäuer in Ihren Augen an Wert verliert, so bleibt es dennoch eine Mühle.«
Der scherzhaft gemeinte Streit ging noch eine kleine Weile weiter, bis Mrs Wyllys bemerkte, dass das Schiff, auf dem sie die Reise antreten sollten, in Bewegung geriet.
Die Admiralin stimmte ihr zu: »Sie haben Recht, Mrs Wyllys, die Matrosen bugsieren das Schiff in den äußeren Hafen. Dort liegt es vor Anker, bis sie Segel setzen und in See stechen.«
»Ein Zeichen für uns, mein liebes Kind, uns für die Reise fertig zu machen. So schön es hier oben ist, so müssen wir den Platz doch wenigstens für ein paar Monate verlassen.«
Und damit wandten sich die vier Frauen zum Gehen, nur Gertraud blieb noch einen Augenblick gedankenverloren stehen.
Die beiden Männer, die der Zufall so sonderbar im Turm zusammengeführt hatte, standen an ihren Fenstern und schauten dem hübschen Mädchen nach, solange noch ein Schimmer ihres weißen Kleides zu sehen war.
»Was für ein ein liebenswertes Geschöpf, die Nichte der seekundigen Admiralin«, sagte der Anwalt, »und jene Wyllys! Lag nicht in ihrer Stimme etwas Merkwürdiges, das ans Herz rührte, etwas ganz Besonderes?«
»Ich gestehe, sie hat auch auf mich einen tiefen Eindruck gemacht, ohne dass ich sagen könnte, woran das lag.«
»Steckt dahinter ein Geheimnis?« Der Rechtsgelehrte ging sinnend auf und ab, doch dann schüttelte er die Gedanken ab und begann unvermittelt, indem er ans Fenster trat und auf das Schiff im äußeren Hafen deutete: »Habt Ihr kein Interesse mehr an dem Schiff dort drüben?«

»Im Gegenteil; das ist ein Fahrzeug, wie es ein Semannsauge am liebsten sieht.«

»Wollt Ihr es nicht besteigen?«

»Jetzt, um diese Zeit? Allein? Ich kenne weder den Kapitän noch die Mannschaft!«

»Es muss ja nicht gerade jetzt sein und ein Seemann ist bei seinen Kameraden immer willkommen.«

»Nicht immer. Die Sklavenschiffe haben's gewöhnlich nicht gern, wenn man sich zu viel um sie kümmert. Sie sind bewaffnet und wissen, wie man sich neugierige Fremde vom Leib hält.«

»Gibt es denn bei Euch Seeleuten nicht geheime Losungsworte, woran ein Bruder den anderen erkennt?«

»Wozu diese Fragen?«, gab Wilder kühl zurück.

»Ein unschlüssiges Herz erobert kein Mädchen und auch kein Schiff. Ihr wünscht eine Anstellung, und das kann ich Euch sagen: Wäre ich Admiral, dann wärt Ihr der Kapitän meines Flaggschiffs. Vielleicht gehe ich einem Fremden gegenüber zu weit. Doch mein guter Rat ist unentgeltlich, auch wenn er von einem Rechtsanwalt kommt.«

»Und kann ich mich dann umso eher darauf verlassen?«

»Das müsst Ihr selbst entscheiden«, schloss der Grünrock die Unterhaltung und setzte einen Fuß auf die Leiter. Er stieg rückwärts hinab. »Adieu, mein Freund!«

Damit verschwand er und war im nächsten Augenblick auf dem Boden. Mit bewundernswerter Gewandtheit sprang er hinter die Leiter und gab ihr einen Stoß, dass sie abrutschte und fiel, sodass dem Mann oben die einzige Möglichkeit, zur Erde zu kommen, abgeschnitten war.

»Eine Unverschämtheit!«, schimpfte Wilder, der nun ein Gefangener in der Ruine war. Ein Sprung von oben war viel zu gefährlich und ein Blick durchs Fenster zeigte, dass der Anwalt

schon über alle Berge war; er hatte bereits die Vorstadt erreicht und war zwischen den Häusern verschwunden.
Während dies alles am und im Turm geschah, hatten sich Fid und der Neger Scipio tapfer an den Inhalt des Schnappsacks gehalten und waren nicht von der Stelle gewichen, wo sie der Grüne vorher angetroffen hatte. Nur als der Hunger des Ersteren einigermaßen gestillt war, kam er wieder in die Stimmung, seinem dunklen Freund einen Vortrag über gutes Benehmen zu halten. Er kam noch einmal auf den Vorfall in der Matrosenkneipe zu sprechen, doch in diesem Augenblick unterbrach er sich selbst:
»Was ist das? Wer schreit da so? Wo wird ein Schwein abgestochen?«
»Herrgott!«, rief der Neger. »Misser Fid, da steckt Misser Harry den Kopf aus einer Stückpforte, dort oben am Leuchtturm, und grölt wie ein Matrose!«
Sofort machten sich die beiden auf den Weg, um dem Gefangenen zu Hilfe zu kommen und die Leiter wieder anzulegen.
»Wo ist der Grüne?«
»Der Gestiefelte? Der ist mit gutem Wind in die hohe See gegangen und hat inzwischen eine gute Strecke zurückgelegt.«
»Ihm nach!«, schrie Wilder, aber ihre Jagd war vergebens. Obwohl sie ihre Nachforschungen bis in die Nacht hinein ausdehnten und überall fragten, konnte ihnen niemand die geringste Auskunft geben. Einige hatten ihn zwar hier oder dort gesehen und sich über sein sonderbares Kostüm gewundert. Aber es ergab sich, dass er ebenso geheimnisvoll aus der Stadt verschwunden war, wie er hineingelangt war.

5

Die guten Einwohner der Stadt Newport pflegten sich zeitig zur Ruhe zu begeben. Um zehn Uhr waren alle Türen der Stadt verschlossen und es ist mehr als wahrscheinlich, dass eine Stunde später kein Auge mehr wachte. Es gab auch keine Nachtwächter in Newport aus dem ganz einfachen Grunde, weil es in der Provinz keine Spitzbuben und Halunken gab, die ihr Geschäft bei der Nacht betrieben hätten.

Als daher Wilder und seine beiden Gefährten durch die Straßen hinunter zum Wasser schlenderten, fanden sie die Stadt ausgestorben und menschenleer. Am Kai lagen mehrere kleine Fischerboote, von denen Wilder eines zu nehmen gedachte. Er gab seinen beiden Gefährten diesen Auftrag und schritt selbst weiter, um eine Stelle zu suchen, wo er bequem einsteigen konnte. Nach kurzer Zeit kamen jedoch zwei Boote, das eine geführt von Scipio, das andere von Fid.

»Warum zwei?«, fragte Wilder. »Was soll das? Ihr habt mich nicht richtig verstanden.«

»Doch, doch«, erwiderte Fid recht selbstzufrieden. »Das eine wolltet Ihr haben, aber das andere ist das bessere, bei meinem Ehrenwort, denn mein Vater war selbst Schiffszimmermann.«

»Kerl«, erwiderte Wilder aufgebracht, »gleich ruderst du das Boot dorthin zurück, wo du es genommen hast, und machst es fest. Du bringst es noch so weit, dass ich dich wegjage!«

»Mich wegjagen?«, gab Fid in sehr entschiedenem Ton zurück. »Mich wegjagen? Was wollt denn Ihr und Scipio ohne mich an-

fangen, wenn wir uns trennen sollten? Habt Ihr einmal nachgerechnet, wie lange wir zusammen gesegelt sind?«
»Das habe ich. Doch gibt es Fälle, wo man eine 20-jährige Freundschaft auch abbrechen kann!«
»Mit Eurer Erlaubnis, Meister Harry, ich will verdammt sein, wenn ich so etwas glaube. Hier steht ein Neger, keine geeignete Gesellschaft für einen Weißen. Da ich aber nun schon seit 22 Jahren sein dunkles Gesicht sehe, so gefällt es mir jetzt wie jedes andere. Ich habe mich daran gewöhnt. Und zur See, in stockfinsterer Nacht, lässt sich ein weißes Gesicht nicht von einem schwarzen unterscheiden. Nein, nein, Meister Harry, so kriegt Ihr mich nicht los. Ich habe Euch noch nicht satt und eine Kleinigkeit soll uns nicht trennen.«
»Dann musst du dich daran gewöhnen, mir zu gehorchen.«
Nach einem kurzen Wortwechsel ruderte Fid das Boot brummend zurück zu seinem Platz am Kai. Dann bestieg Wilder das Boot und die beiden anderen griffen zu den Riemen, um möglichst leise in den Hafen hinauszusteuern.
»Legt die Ruder an«, befahl nach einiger Zeit Wilder, »lasst das Boot am Schiff vorübertreiben!«
Sie waren in diesem Augenblick ganz nahe an dem Schiff, das am nächsten Morgen mit Mrs Wyllys und der bezaubernden Gertraud nach Carolina absegeln sollte. Während das Boot vorübertrieb, betrachtete Wilder das Schiff beim schwachen Licht der Sterne. Nichts entging seinem prüfenden Blick. Und als sie vorüber waren und die Konturen des Schiffes verschwammen, lehnte sich der junge Mann zurück und versank in tiefes Nachdenken. Die beiden anderen fühlten sich nicht berufen ihn darin zu stören, bis schließlich Wilder selbst das Schweigen brach:
»Ein großes, festes Schiff, ein Schiff, das eine lange Jagd machen könnte.«
»Ja, ein Schiff, das bei günstigem Wind und mit vollen Segeln ei-

nem königlichen Kreuzer bis zum Entern nahe kommen könnte«, pflichtete ihm Fid bei.
»Hört her«, unterbrach ihn Wilder, »es ist Zeit, dass ich euch ins Vertrauen ziehe. Wir sind seit mehr als 20 Jahren Kameraden. Ich war nicht viel mehr als ein Kind, als du, Fid, mich zum Patron deines Schiffes brachtest und mir damit wohl das Leben gerettet hast. Und wenn ich's weiterbringe, dann habe ich es auch dir zu danken.«
»Kein Wort davon, Master Harry, Ihr wart ja bald geborgen und machtet nicht viel Umstände. Eine kleine Hängematte, das war alles.«
»Nein, Fid, ich bin dir viel schuldig für diesen ersten Dienst und für deine Anhänglichkeit in all den Jahren.«
»Da habt Ihr Recht, Master Harry. In diesem Punkt bin ich nie von meiner Bahn gewichen und habe nie den Enterhaken fahren lassen, sooft Ihr auch geschworen habt mich wegzujagen. Der Schwarze hier, der hängt seinen Mantel immer nach dem Wind, während es zwischen uns beiden immer mal einen kleinen Sturm gibt. Erinnert Euch an das Boot.«
»Kein Wort davon«, unterbrach ihn Wilder, »du weißt, dass nur der Tod uns trennen kann, wenn du mich nicht jetzt verlassen willst. Ihr müsst nämlich beide wissen, dass ich einen Plan verfolge, der uns allen Tod und Verderben bringen kann.«
»Gibt's dabei viel an Land zu tun?«, platzte Fid heraus.
»Nein, das nicht. Alles, was zu tun ist, wird zu Wasser erledigt.«
»Mehr brauch ich nicht zu wissen und zu erfahren, Master Harry. Und was sagst du, Scip? Machst du mit?«
Der Neger brummte etwas vor sich hin, was seine Bereitschaft und volle Zustimmung andeutete.
»Ihr seht, Master Harry, er ist dabei. Wir machen mit und sind mit allem voll zufrieden. Kein Wort mehr darüber.«
Wilder wusste, dass er sich auf die beiden ganz und gar verlassen

konnte, auch wenn es gelegentlich einmal einen kleinen Ärger gab. »Denkt an meine Weisung, und nun zu dem Schiff im Außenhafen.«
Die beiden Ruderer gehorchten und bald glitt das Boot an der kleinen Insel vorbei in den so genannten großen See. Je näher sie dem Schiffe kamen, desto leichter wurden die Ruder und dann hörten sie ganz auf. Wilder zog es vor, die Jolle der Strömung zu überlassen, damit er das Schiff in aller Ruhe überprüfen konnte, ehe er an Bord ging.
»Sieht das Schiff nicht gefechtsbereit aus?«, fragte er leise, aber doch so, dass man ihm seine Erregung anhörte.
»Ganz recht«, entgegnete Fid. »Die Sklavenhändler haben kein gutes Gewissen und sind nie ohne Furcht, außer wenn sie an der Küste von Kongo Jagd auf einen jungen Neger machen. Und doch ist die Gefahr, dass hier ein Franzose auftaucht, so gering wie die Gefahr, dass ich Lord Großadmiral Seiner Majestät von England werde; wenigstens nicht so bald, weil meine Verdienste dem König zurzeit leider noch unbekannt sind.«
»Ja«, fuhr Wilder fort, der auf die Reden Fids nicht weiter achtete, »die Kerle sind bereit, jedem, der das Schiff entern wollte, einen heißen Empfang zu bereiten. Da ist nichts zu machen.«
»Ich wette, dass jetzt ein Viertel der Mannschaft zwischen den Kanonen schläft. Ich selbst stand mal . . .«
»Still!«, unterbrach Wilder den wackeren Fid. »Still! Es rührt sich was an Deck!«
»Ja, sicher, der Koch spaltet ein Scheit Holz und der Kapitän ruft nach seinem Nachttrunk.«
Wieder wurde Fid unterbrochen, doch diesmal von einem Anruf vom Schiff her, der klang wie das Brüllen eines Seeungeheuers, das unvermutet den Kopf aus dem Wasser hervorstreckt. Unsere Seefahrer erkannten sofort, dass der Ruf einem Boot galt. Ohne an die Möglichkeit zu denken, dass noch ein zweites

Boot in der Nähe sein könnte, dachte Wilder, der Ruf gelte seinem Boot, und stand auf, um zu antworten.
»Wer seid ihr?«, rief das Ungeheuer zurück. »Ihr gehört nicht zu denen, die hier an Bord ihr Brot verzehren. Wo steckt ihr?«
»Hier unter eurem Backbord-Bug, im Schatten!«
»Und was habt ihr hier zu suchen?«
»Ich durchfurche die Wellen mit meinem Bug«, gab Wilder zurück und spielte damit auf die Erzählung der Admiralin an.
»Wer ist der Narr?«, knurrte der Fragende. »Hervor mit dem Tölpel! Kann der Kerl keine vernünftige Antwort geben?«
»Halt!«, rief eine Stimme in ruhigem, aber befehlendem Ton vom Ende des Schiffes. »Lass ihn näher kommen!«
Der Mann im Bug ließ sie näher kommen. Erst jetzt bemerkte Wilder, dass der Anruf vorhin einem anderen Boot gegolten hatte und dass er voreilig Antwort gegeben hatte. Da es aber jetzt zu spät war, sich zurückzuziehen, und vielleicht auch, weil er glaubte, dass es zu seinen Plänen passte, befahl er seinen Gefährten ans Schiff heranzurudern.
In tiefer und, wie er fühlte, unheimlicher Stille kletterte Wilder hinauf. Die Nacht war dunkel, obwohl die vereinzelt sichtbaren Sterne so viel Licht gaben, dass das Auge eines geübten Seemannes die Gegenstände unterscheiden konnte. Sobald Wilder das Deck erreicht hatte, warf er rasch einen forschenden Blick um sich, als wollte er sich in einem Augenblick Klarheit über die Bewandtnis des Schiffes verschaffen.
Auf einen anderen hätte der Anblick, der sich hier oben bot, einen gewaltigen Eindruck gemacht, die zum Himmel ragenden Masten, die Takelage, das dunkle Tauwerk vor dem nächtlichen Himmel, scheinbar wirr und verwickelt, in Wahrheit aber ein kunstvolles und wohlberechnetes Labyrinth. Aber für Wilder war das alles nichts Neues. Nach einem kurzen Blick nach oben fasste er das Deck ins Auge. Merkwürdigerweise befand sich

hier außer einer winzigen vermummten Gestalt, wohl einem Offizier, keine menschliche Seele. Auf beiden Seiten standen in schönster Ordnung, aber bedrohlich, die Kanonen, doch nirgends war ein Mann zu ihrer Bedienung. Vielleicht lagen die Leute in ihren Hängematten, aber wo war dann die Wache? Eine befremdliche, fast unwirkliche Situation, wie Wilder jetzt empfand, der sich nun zu einer Erklärung veranlasst sah: »Ihr wundert Euch mit Recht, Sir, dass ich zu einem Besuch eine so späte Stunde gewählt habe.«

»Ihr wurdet allerdings früher erwartet«, war die knappe Antwort.

»Erwartet?«

»Ja, erwartet. Habe ich nicht gesehen, wie Ihr und Eure beiden Gefährten, die drunten im Boot sitzen, uns den halben Tag über vom Kai aus und selbst von dem alten Turm aus beobachtet habt? Das konnte doch nur bedeuten, dass Ihr an Bord kommen wolltet.«

»Merkwürdig! Ich muss es gestehen!«, rief Wilder aus, nicht ohne ein Gefühl der Unruhe. »So war Euch meine Absicht bekannt.«

»Hört mal, Freund«, unterbrach ihn der Vermummte und lächelte kaum merklich, »Ihr seht aus wie ein Seemann. Glaubt Ihr denn, dass wir keine Ferngläser an Bord haben und dass wir sie nicht zu gebrauchen wissen?«

»Ihr müsst wichtige Gründe haben, wenn Ihr die Fremden am Ufer so genau beobachtet.«

»Hm, vielleicht warten wir auf Ladung vom Land. Aber Ihr seid ja nicht in stockfinsterer Nacht hierher gekommen, um unsere Papiere zu kontrollieren. Wollt Ihr den Kapitän sprechen?«

»Seh ich ihn hier nicht?«

»Wo?«, fragte der andere erschrocken, als stehe er hinter ihm.

»In Eurer Person.«

»Ich? Nein, so hoch steh ich nicht, wenn es auch mit der Zeit einmal so weit kommen mag. Hört mal, Freund, Ihr seid doch auf dem Weg hierher an dem Schiff dort drüben vorbeigerudert.«
»Ja, es liegt ja gerade auf dem Weg.«
»Ein schönes, tüchtiges Schiff, eines der besten, die ich je gesehen habe. Bereit zur Abfahrt, wie man mir sagt.«
»So scheint es. Es liegt da, als ob es voll beladen sei.«
»Und was hat es geladen?«
»Nun, das wird in den Papieren stehen. Aber Ihr hier scheint noch leicht zu sein. Und wenn Ihr hier ladet, dann werden wohl noch ein paar Tage vergehen, ehe Ihr fahren könnt.«
»Na, vielleicht nur ein paar Stunden später als der Nachbar.«
Die Antwort kam etwas schnell und der Vermummte schien sich zu besinnen, als habe er schon zu viel gesagt. So fügte er hinzu: »Wir Sklavenhändler laden, wie Ihr wohl wisst, nicht viel mehr als die Ketten und Fesseln für unsere Neger und so viel Reis, wie wir brauchen. Den Ballast machen die Kanonen aus und die Munition.«
»Ist es denn üblich, dass Handelsschiffe so schwere Geschütze mit sich führen?«
»Das kommt darauf an. Hier an der Küste herrscht wenig gesetzliche Ordnung, sodass der bewaffnete Arm oft mehr vermag als der Arm der Gerechtigkeit. Drum hält es unser Reeder für nützlich, uns mit Kanonen und anderen Waffen zu versorgen.«
»Dann habt Ihr auch Leute, die damit umzugehen wissen.«
»Die haben wir.«
Die letzten Worte wurden von der gleichen rauen Stimme unterbrochen, die Wilders Boot angerufen hatte und jetzt wieder über den Hafen brüllte: »Boot, halt!«
Der Mann, mit dem Wilder sich unterhalten hatte, schien einen Augenblick verlegen zu sein und nicht recht zu wissen, wie er

sich nun zu verhalten habe. Schon wollte er dem Fremdling anbieten ihn in die Kajüte zu führen, als das Plätschern im Wasser die Ankunft des Bootes meldete und es zu spät war. Er bat Wilder einen Augenblick um Geduld und sprang nach der Laufplanke hin, den Leuten entgegen.

So war Wilder vorübergehend ganz allein und konnte noch einmal in aller Ruhe das Deck mustern und die Leute beobachten, die jetzt an Bord kamen.

Fünf bis sechs Matrosen von athletischer Gestalt stiegen von dem Boot aufs Schiff, ohne ein Wort zu verlieren. Dann folgte ein kurzes, geflüstertes Gespräch mit dem Offizier, der ihren Bericht anzuhören schien und ihnen dann neue Befehle erteilte. Dann wurde von der Großrah ein Seil niedergelassen und gleich darauf sah Wilder, wie aus dem Boot eine Last emporschwebte und mit größter Sorgfalt aufs Deck niedergelassen wurde.

Während des ganzen Vorgangs, der an sich nichts Auffallendes an sich hatte, denn es kam alle Tage vor, dass ein Schiff im Hafen beladen wurde, hatte Wilder seine Augen in einer Weise angestrengt, als sollten sie ihm aus den Höhlen treten. Die dunkle Masse, die aus dem Boot gehoben wurde, hatte, als sie in das matte Licht der Sterne gelangte, etwas von der Gestalt und der Größe eines Menschen. Die Matrosen drängten sich um das Paket, hoben die Last empor und trugen sie weg, bis sie hinter den Masten, Booten und Kanonen auf dem Vordeck verschwanden.

Das ganze Ereignis hatte Wilders Aufmerksamkeit voll beansprucht. Doch hatte er sein Auge nicht nur auf die Leute gerichtet, die die eben erwähnte Bürde trugen, sondern auch auf ein Dutzend dunkler Körper, die hinter Spieren und Masten immer wieder sichtbar wurden. Es konnten Blöcke sein, es konnten aber auch Köpfe sein, die auftauchten und wieder verschwanden. Wilder entschied sich fürs Letztere und vermutete, es seien Leute von der Mannschaft, die, von der Neugier, ihn zu sehen,

geplagt, aus ihren Verstecken guckten. Doch jetzt kam der Offizier zurück, mit dem er nun wieder ganz allein war.
»Ihr wisst, wie schwer es ist, die Mannschaft vom Land wieder aufs Schiff zu bringen, wenn die Abfahrt nahe ist.«
»Wie es scheint, macht Ihr kurzen Prozess«, bemerkte Wilder, »und habt Eure besonderen Mittel, das Volk zusammenzuholen.«
»Oh, Ihr meint den Kerl, den wir da eben heraufgezogen haben. Ihr müsst gute Augen haben. Der Bursche war meuterisch, nicht eigentlich ein Meuterer, aber betrunken; ein Meuterer, wie einer ist, der nicht mehr sitzen oder stehen oder sprechen kann.« Mit seinem Witz zufrieden, fuhr der Offizier fort: »Aber Ihr steht ja hier schon eine Ewigkeit auf Deck herum und der Kapitän wartet auf Euch in der Kajüte. Kommt, ich will Euch lotsen.«
»Halt! Wollt Ihr mich nicht vorher melden?«
»Er weiß schon, dass Ihr da seid. Es gibt hier auf dem Schiff nur wenige Stellen, wohin sein Ohr nicht reicht.«
Dann führte er Wilder zu dem Verschlag, der Achterdeck und Hauptkajüte trennte, wies auf eine Tür und flüsterte mehr, als dass er sprach: »Pocht zweimal, und gibt er Antwort, so tretet ein.«
Wilder tat, wie ihm geheißen. Das erste Klopfen wurde entweder überhört oder nicht beachtet. Beim zweiten Mal rief man »Herein!«. Der junge Mann öffnete die Tür und stand nun im Schein einer gewaltigen Lampe dem Fremden im grünen Rock gegenüber.

6

Der Raum, in dem sich unser Abenteurer nun befand, unterschied sich an Größe und Form kaum von einer gewöhnlichen Kapitänskajüte. Die Einrichtung aber zeugte von Pracht- und Waffenliebe. Die Lampe an der Decke war aus massivem Silber und musste wohl einst zu heiligen Zwecken auf einem Altar gedient haben. Mächtige Leuchter aus demselben Metall, vermutlich ebenfalls aus einer Kirche, standen auf einem ehrwürdigen Tisch aus Mahagoniholz, das vor Alter glänzte und auf geschnitzten Säulen und vergoldeten Klauen ruhte. Auch dieser Tisch war sicher ursprünglich nicht für eine Schiffskajüte geschaffen. Über das Bett war eine Samtdecke gebreitet und den Schotten gegenüber stand ein mit blauer Seide bespannter Diwan, der wohl aus Asien stammte. Kupferstiche an den Wänden, geschliffene Gläser, kostbare Rahmen, Spiegel, Silberzeug, Tapeten und Gardinen vervollständigten die Einrichtung. Jedes Stück schien aus einer anderen Gegend zu stammen, keines glich dem anderen in Form und Material. Es war klar, dass bei der Wahl und Zusammenstellung mehr auf Pracht und Eleganz geachtet worden war als auf feinen Geschmack und dass alles nur die Bestimmung hatte, der Laune und der Bequemlichkeit des Besitzers zu dienen.

Doch das war noch nicht alles: In der Kajüte standen vier schwarze Kanonen, denen ohne weiteres anzusehen war, dass sie auch zum ernsthaften Gebrauch da waren. Pistolen, Säbel, Piken, Streitäxte und ein ganzes Zeughaus kleinerer Waffen war in der Kajüte bereitgestellt, um im Notfall rasch zur Hand zu sein.

Die Waffen, die schweren Holzriegel, mit denen sich offenbar die Tür verrammeln ließ, die Luke, die zu den Kajüten der Offiziere und zu den Vorräten führte, das alles deutete darauf hin, dass man das Zimmer des Kapitäns zu einem besonderen Bollwerk machen konnte. Diese Vorrichtungen kannte Wilder von anderen Schiffen nicht und sie fielen ihm auf, ohne dass er im Augenblick Zeit hatte, weiter darüber nachzudenken.

Der Fremde in Grün – der noch immer in diese Farbe gekleidet war – verbarg, als er aufstand, um seinen Gast zu begrüßen, nicht seine Genugtuung und eine gewisse ironische Freude.

Beide standen sich einen Augenblick gegenüber, bis es endlich dem Anwalt gefiel, das Schweigen zu brechen: »Welchem glücklichen Umstand habe ich es zu danken, dass Ihr mich mit Eurem Besuch beehrt?«

»Ich glaube, der Einladung des Kapitäns.«

»Stimmt, ich habe das Glück, der Kapitän dieses schönen Fahrzeugs zu sein. Euch hat mein Schiff gefallen und Ihr habt mir gefallen. Ich wünschte, wir wären schon früher miteinander bekannt geworden. Sucht Ihr eine Stelle?«

»In diesen unruhigen Zeiten wäre es eine Schande, nur so herumzulungern.«

»Ihr habt Recht, wir leben in einer unruhigen, aufgeregten Zeit. Die einen meinen, der Mensch brauche nur zu beten, die anderen nehmen sich, was ihnen zusteht, weil sie weder Zeit noch Lust haben, darum zu bitten. Ihr habt Euch doch sicher, ehe Ihr hierher kamt, Gedanken über uns und unser Schiff gemacht?«

»In Newport heißt es, dass Ihr ein Sklavenschiff seid.«

»Oh, sie irren sich nie, Eure Kleinstädter und Dorfklatschmäuler! Wie sie alle heißen: Doktor und Kneipenwirt, Priester, Bartscherer und Schneider!«

Der Kapitän unterbrach sich plötzlich. »Roderich!«, rief er und schlug dabei an einen Gong, der vom Deckenbalken herabhing. Ein Bursche sprang aus einer der beiden Nebenkojen und meldete sich.

»Ist das Boot zurück?«

»Ja.«

»Ist alles gut gegangen?«

»Der General ist in seiner Kajüte, Sir, und kann Euch besser Antwort geben als ich.«

»So soll er kommen und berichten, wie sein Feldzug verlaufen ist!«

Wilder war viel zu sehr mit sich selbst beschäftigt, um das Schweigen zu brechen, das nunmehr eintrat. Der Junge verschwand so leise, wie er gekommen war, und der Kapitän saß da und lehnte den Kopf auf die Hand wie in tiefen Gedanken.

Das Schweigen hätte sicher noch länger gedauert, wenn es nicht durch das Erscheinen eines Dritten unterbrochen worden wäre. Denn plötzlich erschien in der Luke eine lange, gerade, steife Figur wie ein Geist aus dem Theater, trat vor den Kapitän hin und murmelte: »Ich erwarte Befehle.«

Wilder stutzte über den unerwarteten Anblick. Der Mann mochte in den Fünfzigern sein, das Gesicht war von der Zeit mehr abgehärtet als abgenützt, überall gleichmäßig rot und nur auf jeder Wange mit einer mächtigen Narbe geziert. Der Schädel war kahl bis auf ein paar Haare, die grau und pomadisiert über die Ohren herabhingen und hinten in einer militärisch steifen Locke endeten. Den langen, dünnen Hals umgab eine schwarzseidene Krause. Arme, Schultern und Brust verrieten Körperkräfte, der Rock hing formlos an ihm herab.

Kaum hatte der Kapitän die Stimme vernommen, da fuhr er auf: »Ha, General, habt Ihr Land gefunden?«

»Ja.«

»Und die Stelle und den Mann?«
»Beides.«
»Und was habt Ihr weiter getan?«
»Die Befehle ausgeführt.«
»So ist's recht. Ihr seid ein Juwel, General. So trage ich Euch in meinem Herzen. Gab's Geschrei?«
»Der Kerl wurde geknebelt.«
»Sehr gut. Ihr habt meinen Beifall verdient.«
»Und meinen Lohn.«
»Worin soll der bestehen? Steht Ihr nicht schon so hoch, wie ich Euch stellen kann? Ich müsste Euch zum Ritter schlagen.«
»Pah, kein Interesse. Aber meine Leute! Sie sehen aus wie Landmiliz, sie haben keine Röcke.«
»Sollen sie haben! Die Garden Seiner Majestät sollen nicht so schmuck aussehen. General, ich wünsche Euch eine gute Nacht.«
Damit verschwand die Gestalt mit gespenstisch steifen Bewegungen und ließ Wilder und den Kapitän wieder allein. Letzterer schien etwas verlegen zu sein, dass die sonderbare Unterhaltung in der Gegenwart eines Fremden stattgefunden hatte, und fand es daher gut, ihm eine Art von näherer Erläuterung zu geben.
»Mein Freund«, erklärte er, »hat das Kommando über das, was man bei einem regulären Kreuzer ›Marineinfanterie‹ nennen würde. Er ist stufenweise aus dem Mannschaftsstand emporgestiegen zu seiner jetzigen Stellung. Ihr werdet bemerkt haben, dass er noch nach Lager riecht.«
»Mehr als nach Schiff. Ist es denn auf einem Sklavenhändler üblich, mit Militär bemannt zu sein? Ihr seid mit allen Waffen völlig ausgerüstet.«
»Ihr möchtet gerne mehr von uns wissen, ehe wir unseren Handel schließen, nicht wahr?«, erwiderte der Kapitän mit einem

Lächeln. Zugleich öffnete er ein Kästchen, das auf dem Tisch stand, und nahm ein Pergamentblatt heraus, das er Wilder überreichte. Dabei blickte er Wilder scharf an und sprach weiter: »Ihr seht, dass wir Kaperbriefe haben und bevollmächtigt sind für den König zu streiten, auch wenn wir mitunter unsere eigenen friedlichen Geschäfte betreiben.«

»Ihr habt Recht, das ist eine Ausfertigung für ›das gute Schiff der sieben Schwestern‹. Aber wie steht's mit den Kanonen? Ihr habt mehr als zehn; und die hier in der Kajüte, das sind keine Vierpfünder, das sind Neunpfünder.«

»Ihr seid aber auch gar zu genau, gerade als wäret Ihr der Anwalt und ich der kleine Seemann. Habt Ihr nie von der Freiheit gehört, mit der man eine Genehmigung ausdehnen, erweitern kann?«, erwiderte der Kapitän und schob das Papier wieder in das Kästchen unter einen Packen von anderem Papierkram. Dann stand er auf und schritt schnell hin und her, bis er wieder das Wort ergriff: »Ich brauche Euch nicht zu sagen, dass wir ein gewagtes Geschäft betreiben. Einige nennen es gesetzwidrig. Doch lassen wir diese Frage, ich bin schließlich kein Theologe. Ihr seid zu uns gekommen und habt Euch die Sache sicher reiflich überlegt. Um also keine Zeit zu verlieren und um ganz offen zu reden, will ich Euch gestehen, dass ich Euch brauche. Ein braver, geschickter Mann, älter als Ihr, aber sicher nicht besser, bewohnte bis vor einem Monat die Backbord-Kajüte. Aber der arme Teufel ist Futter für die Fische geworden.«

»Ist er ertrunken?«

»Oh nein, er starb mitten im Gefecht mit einem Schiff Seiner Majestät.«

»Des Königs? Habt Ihr Eure Ausfertigung so weit ausgedehnt, dass Ihr Euch mit den Kreuzern Seiner Majestät herumschlagt?«

»Gibt es denn nur Georg den Zweiten von England? Vielleicht trug das Schiff eine weiße Flagge, vielleicht eine dänische. Aber um wieder auf den Leutnant zu kommen. Er war ein tapferer Bursche; und nun ist seine Stelle noch unbesetzt. Er war der Mann, der mein Nachfolger werden sollte, wenn mir sein Los beschieden gewesen wäre. Ich könnte ruhiger sterben, wenn ich wüsste, dass dieses Schiff einem zufällt, der es wie ich zu leiten versteht.«

»Und was sagt der Eigentümer des Schiffs dazu?«

»Der beunruhigt mich selten mit lästigen Aufträgen und Befehlen«, gab der Kapitän zurück und musterte Wilder mit einem Blick, der diesen nötigte die Augen niederzuschlagen.

»Und wie steht es mit den Flaggen? Gibt Euch der Eigentümer auch das Recht, unter den Flaggen nach Gutdünken auszuwählen?«

Ihre Blicke trafen sich. Der Kapitän zog aus einer Schublade eine Flagge nach der anderen heraus und rollte sie auseinander.

»Hier sind die Lilien Frankreichs, kein schlechtes Sinnbild für dieses makellose Land; hier die Holländer, ich liebe ihre Flagge nicht. Hier die Herren aus Hamburg, die mit ihren Wappentürmen und ihrem Reichtum prahlen. Der türkische Halbmond, den man nur selten auf den Meeren sieht. Und hier sind die kleinen Trabanten des Halbmondes, die Berberstaaten aus Afrika, bei denen nicht viel zu holen ist. Und das ist der prächtige Spanier, dessen gelbes Feld in der Flagge mich an den Reichtum seiner Goldminen denken lässt, nach denen man seine Hand ausstrecken möchte. Dann die Portugiesen mit ihren Diamantenminen in Brasilien; das kleine Kruzifix dort an der Tür ist ein Pröbchen solcher Steine, wie ich sie liebe.«

Wilder drehte sich um und bemerkte in der Tat das kostbare Stück dicht neben der Tür. Er merkte, dass ihn der Kapitän genau beobachtete, vielleicht, um herauszufinden, welchen Eindruck diese Schätze auf ihn machten. Dabei hatte er das Gefühl, all diese schönen Dinge seien hier zu seinem Empfang ausgebreitet worden, um ihn zu gewinnen und zu bestechen. Doch schon kramte der Kapitän weiter in der Schublade mit den Flaggen herum.

»Hier die Dänen, die tapferen Schweden und andere kleine Fische, die alle nicht für mich sind. Und dann die übermütigen Neapolitaner. Vor allem aber hier die Flagge mit den Himmelsschlüsseln des Papstes.«

»Was? Ihr kämpft unter dem Banner der Kirche?«

»Ja, und gerade mit den friedlichen Schlüsseln lockte ich mir manchen von den Moslems vor die Kanonen.«

»Was habt Ihr mir sonst noch zu zeigen? Ihr habt ein paar Flaggen übersprungen.«

»England habe ich noch; da noch die Flagge des Lord-Großadmirals und dann die königliche Standarte selbst!«

»Die königliche Standarte?«

»Warum nicht? Ist nicht der Kapitän der Monarch auf seinem Schiff? Ja, die Standarte, und ich habe sie auch in Gegenwart eines Admirals aufgezogen.«

Wilder empfand eine Art von Abscheu, wie sie einen Geistlichen befallen mag, wenn er einen Kirchenraub bemerkt. »Wie, die königliche Standarte vor einem anderen Schiff aufziehen? Und Ihr fürchtet nicht die Strafe, die Ihr Euch durch diesen Frevel zuziehen könnt?«

»Mir macht es Spaß«, erwiderte der andere und lachte bitter und zornig, »den Schuften zu trotzen und sie herauszufordern. Wenn sie mich strafen wollen, dann müssen sie stark sein; sie haben es versucht, aber immer auf ihre Kosten. Schön ist es, den Gesetzen des Landes ein Stück Segeltuch entgegenhalten zu können. Muss ich noch mehr sagen?«

»Und Eure Flagge, die Ihr am liebsten führt?«, fragte Wilder nach einer Pause des Nachdenkens.

»Ich wechsle oft die Flaggen, ein Dutzend Mal am Tag. Wenn's

aber ins Gefecht geht und wenn es Ernst wird, dann war es immer vor allem eine, von der ich mir Erfolg versprach.«
»Und die ist?«
Hier ließ der Kapitän seine Hand eine Zeit lang auf der Rolle ruhen und schien tief in der Seele des anderen lesen zu wollen, so durchdringend war sein Blick. Dann hob er die Hand, der Lappen rollte langsam auf und es wurde ein dunkelrotes blutrotes Feld sichtbar, ohne ein Bild oder Wappen oder sonstigen Zierrat.
»Die Farbe des Piraten!«, rief Wilder aus.
»Ja – sie ist rot, wie Ihr seht, und Rot ist mir lieber als Eure schwarzen Felder mit Totenköpfen oder anderen albernen Vogelscheuchen. Diese Flagge droht nicht, sie sagt nur: Dies ist der Preis, um den man mich haben kann! – Mr Wilder«, fügte er hinzu und streifte jeden scherzhaften und ironischen Unterton ab und gab sich Ansehen und Überlegenheit, »Mr Wilder, ich glaube, wir verstehen einander. Es ist Zeit, dass jeder von uns Flagge zeigt. Ich brauche Euch nicht zu sagen, wer ich bin.«
»Ich glaube nicht. Ich weiß, Ihr seid . . .«
». . . der Rote Korsar«, schloss der andere, als er bemerkte, dass Wilder zögerte den Namen auszusprechen. »Ich bin es und hoffe, dass dies der Beginn einer langen und dauerhaften Bekanntschaft ist. Unerklärlicherweise hat mich etwas zu Euch hingezogen, habe ich Interesse für Euch empfunden. Vielleicht aus einem Gefühl der Leere, das mich seit einiger Zeit gelegentlich befällt. Gleichviel, ich empfange Euch mit offenem Herzen und offenen Armen.«
Zweifellos hatte Wilder schon länger eine Ahnung von dem eigentlichen Wesen des Schiffes und seiner Mannschaft gehabt, und doch war er jetzt einigermaßen verwirrt. Der Ruf des berüchtigten Freibeuters, seine Kühnheit, die Mischung aus Großzügigkeit und Gewalttätigkeit und seine absolute Gleichgültig-

keit gegen den Tod, das alles ergriff unseren jüngeren Abenteuerer zutiefst.

»Ihr habt Euch in mir nicht geirrt«, antwortete er schließlich. »Ich gestehe offen, dass ich Euch gesucht habe. Ich nehme Euer Angebot an. Ihr könnt mich hinstellen, wo Ihr wollt und wo Ihr glaubt, dass ich Euch nützlich sein kann.«

»Ihr seid von nun an der Erste nach mir. Das wird morgen früh der Mannschaft bekannt gemacht. Und im Falle meines Todes werdet Ihr mein Nachfolger. Wundert Euch nicht über mein rasches Vertrauen. Ich müsste ein schlechter Menschenkenner sein oder mein Vertrauen wird mir Eures gewinnen.«

»So soll es sein!«, rief Wilder plötzlich und mit Nachdruck.

»Junger Mann«, fuhr der Kapitän lächelnd und mit ruhiger Stimme fort, »junger Mann, Ihr macht aus Eurer Zuneigung kein Hehl. Und trotz unseres gegenseitigen Vertrauens muss ich Euch sagen, dass ich Euch schon früher gesehen habe. Ich war von Eurer Absicht, mich aufzusuchen, von Eurem Entschluss, in meinen Dienst zu treten, bereits unterrichtet.«

»Unmöglich«, fuhr Wilder auf, »keine Menschenseele . . .«

». . . kann sicher sein, dass niemand ihre Geheimnisse kennt«, unterbrach ihn der andere, »wenn er ein so unverhülltes Gesicht trägt wie Ihr. Es sind erst 24 Stunden her, dass Ihr in Boston wart.«

»Stimmt! Aber . . .«

»Ihr werdet auch das andere zugeben. Ihr wart zu eifrig und zu neugierig bei Euren Erkundigungen über den Esel, der dort Klage führte, er sei von mir um Schiff und Ladung gebracht worden. Der falsche Hund! Ihm ist zu wünschen, dass er niemals wieder meinen Weg kreuzt.«

»War denn sein Bericht erlogen?«

»Sein Bericht? Bin ich denn wirklich das, was die Klatschmäuler aus mir machen? Schaut doch dem Ungeheuer ins Gesicht!« Der Pirat lachte höhnisch und bitter.

»Wo sind die Hörner und der Pferdefuß? Atmet tief ein, mein Freund! Riecht Ihr nicht den schwefeligen Gestank? Genug davon. Ich erfuhr von Euren Erkundigungen und mir gefiel Eure Person und ich kam nahe genug an Euch heran, um einen Entschluss fassen zu können. Ihr gefielt mir, Wilder; und jetzt hoffe ich, dass wir weiterhin miteinander zufrieden sein werden.«
Der frisch gebackene Seeräuber machte eine kurze Verbeugung, schien aber um eine Antwort verlegen zu sein. Etwas hastig brachte er ein anderes Thema zur Sprache.
»Da zwischen uns alles klar ist, möchte ich Euch nicht länger beschwerlich fallen und Euch für diese Nacht noch einmal verlassen, ehe ich mich morgen früh zu meinem Dienst hier einfinde.«
»Mich verlassen?«, wiederholte der Kapitän, der bei diesen Worten wie angewurzelt stehen blieb und den anderen mit durchbohrenden Blicken maß. »Es ist bei meinen Offizieren nicht üblich, mich so spät noch zu verlassen. Ein Seemann muss sein Schiff lieben; er darf es nachts nie allein lassen, es sei denn aus Not oder Zwang.«
»Wir müssen noch einen Punkt klären«, erwiderte Wilder rasch. »Soll ich Euer Sklave sein und wie ein Bolzen niet- und nagelfest auf dem Schiff verbleiben, dann ist unser Vertrag null und nichtig.«
»Nun, ich bewundere Eure Entschlossenheit mehr als Eure Überlegung. Ich möchte Euer Freund sein und mich so wenig wie möglich von Euch trennen. Gibt es hier an Bord nicht genug Dinge, die Euch zu fesseln vermögen? Ihr habt Geist – nun, hier sind Bücher; Ihr habt Geschmack – Ihr findet hier Eleganz; Ihr seid arm – und hier findet Ihr Reichtum.«
»Das ist alles nichts, wenn die Freiheit fehlt«, erwiderte Wilder kühl.
»Und was versteht Ihr unter Freiheit? Ich will nicht hoffen, dass Ihr das Vertrauen, das ich Euch schenke, so bald verraten wer-

det. Unsere Bekanntschaft ist jung. Bin ich zu rasch mit meiner Offenheit gewesen?«

»Ich muss ans Land«, wiederholte Wilder mit Nachdruck, »und sei es auch nur, um zu erproben, dass Ihr mir vertraut und dass ich nicht Euer Gefangener bin.«

»Ihr seid entweder sehr edel oder sehr hinterlistig«, erwiderte der Kapitän nach einer längeren Pause des Nachdenkens. »Ich will hoffen, das Erstere. Gebt Ihr mir die Versicherung, dass in Newport keine Seele erfahren wird, was hinter dem Sklavenschiff steckt?«

»Mit einem Eid!«

»Auf dieses Kreuz«, lachte der Pirat spöttisch, »auf dieses mit Edelsteinen besetzte Kreuz? Nein, mein Freund«, er legte das Kreuz verächtlich zur Seite, »ich brauche nur das Wort eines ehrlichen Mannes.«

»Nun, dann erkläre ich feierlich, dass niemand in Newport von mir erfahren soll, welche Bewandtnis es mit diesem Schiff hier hat. Ja, noch mehr ...«

»Genügt schon, genügt schon, versprecht nicht mehr, als gefordert wird«, unterbrach ihn der Kapitän. »In einer Stunde sollt Ihr an Land gehen. Bis dahin will ich Euch mit den Bedingungen Eurer Anstellung vertraut machen und meine Schiffsliste mit Eurem Namen beehren. – Roderich!«, rief er und schlug wieder an den Gong. »Roderich, komm herauf!«

»Hier bin ich«, meldete sich der flinke Junge.

»Roderich«, erklärte ihm nun der Kapitän, »du siehst hier meinen künftigen Leutnant, deinen künftigen Offizier und meinen Freund. Wünscht Ihr eine kleine Erfrischung? Das ist Roderich, der wird Euch so ziemlich alles geben können, was Ihr wollt.«

»Danke, Sir, ich brauche nichts.«

»Dann folgt dem Knaben. Er wird Euch in die große Kajüte führen und Euch die geschriebenen Schiffsartikel übergeben. In ei-

ner Stunde könnt Ihr sie durchgelesen haben; dann bin ich wieder bei Euch. Leuchte die Leiter hinab, mein Junge. – Doch Ihr könnt ja eine Leiter entbehren, wenn ich mich nicht irre. Sonst hätte ich im Augenblick nicht das Vergnügen, Euch hier zu sehen.«
Das Lächeln des Grünen, wie wir ihn noch einmal nennen wollen, wurde von Wilder, dem der Scherz galt, nicht erwidert. Er ließ seine Verstimmung dadurch deutlich merken, dass er dem Knaben ernst und schweigend folgte. Der Kapitän trat rasch auf Wilder zu, um ihn wieder zu versöhnen: »Master Wilder, ich habe mich bei Euch noch zu entschuldigen für die Unhöflichkeit, mit der ich Euch im Turm gefangen hielt. Ich sah Euch zwar schon als den meinigen an, war mir aber noch nicht ganz sicher. Ihr versteht, wie notwendig es war, mir in dieser Lage einen Begleiter vom Hals zu schaffen.«
Wilder wandte sich um ohne eine Spur von Verärgerung. Mit einer Handbewegung wischte er die Geschichte weg.
»Es war kein Vergnügen, als Gefangener in dem Mäuseturm zu sitzen. Aber ich sehe jetzt vollkommen ein, dass Ihr so handeln musstet. Ich hätte es wohl nicht anders getan, vorausgesetzt, ich hätte so viel Geistesgegenwart gehabt. Kein Wort mehr davon.«
Damit verabschiedete er sich und folgte dem Jungen die Leiter hinab.

7

Ein Gefühl der Freude und Befriedigung über den Erfolg, den er soeben errungen hatte, als er sich einen neuen Mitarbeiter und Stellvertreter gewann, erfüllte den Kapitän. Nach einer angemessenen Frist schlug er wieder auf den Gong und erwartete den Knaben Roderich. »Hier bin ich«, meldete sich der Kleine mit leiser, fast kleinlauter Stimme.

»Gabst du ihm die Vorschriften?«

»Ja, Herr.«

»Gut. Ich muss den General sprechen, sag's ihm. Und dann geh zu Bett, du brauchst Ruhe. Gute Nacht.«

Bald darauf trat der General ein, lang und steif, baute sich vor dem Sessel auf und blieb schweigend stehen. Der Kapitän begrüßte ihn mit einem freundlichen Kopfnicken, ließ sich aber durch sein Erscheinen zunächst in seinem Nachdenken noch nicht stören. Dann endlich richtete er das Wort an ihn: »General, der Feldzug ist noch nicht beendet.«

»Was gibt es noch zu tun? Das Schlachtfeld ist unser, der Gegner ist gefangen.«

»In der Tat, Ihr habt gesiegt, aber ich bin noch nicht fertig. Habt Ihr den jungen Mann in der Kajüte gesehen?«

»Ja.«

»Wie findet Ihr ihn, sein Äußeres . . .«

»Seemännisch.«

»Das heißt, er gefällt Euch nicht sonderlich?«

»Ich liebe das Militärische.«

»Ich muss Euch noch um eine Gefälligkeit bitten. Ihr werdet zwei Matrosen in einem Boot hart am Schiff finden; der eine ist weiß, der andere ist schwarz. Beide müsst Ihr auf das Schiff bringen, in eine der Vorderkojen; dann müsst Ihr dafür sorgen, dass sie sich betrinken, bis sie sich nicht mehr rühren können.«
»Soll geschehen!«, erwiderte der General, machte kehrt und ging auf die Tür zu.
»Noch eins, General!«, rief ihn der Kapitän zurück. »Da ist noch Euer Gefangener ...«
»Soll ich den auch betrunken machen?«
»Bewahre, lasst ihn herbringen.«
»Gut«, sagte der General und ging.
Der Kapitän versank in Gedanken. »Es wäre unvorsichtig von mir, wenn ich seiner jugendlichen Begeisterung und seinem offenen Gesicht zu sehr vertraute. Er ist mit den beiden Matrosen gut bekannt und eng verbunden, die behalte ich zunächst als Bürgen seiner Treue. Und vielleicht dringe ich durch die beiden auch tiefer in seine Geschichte ein. Ja, so ist's am besten.«
Unterdessen waren zwei Matrosen eingetreten und hatten ein menschliches Bündel in der Kajüte abgesetzt. »Seid mir willkommen, Sir Hektor Homespun!«, rief der Kapitän aus.
Dem Schneider, denn kein anderer war der Gast auf dem Schiff des Roten Korsaren, verschlug es immer noch die Sprache. Er ließ nur unruhig die Augen umherschweifen und musterte die prunkvolle und zugleich kriegerische Einrichtung des Raumes.
»Ich heiße Euch nochmals willkommen, Sir Hektor!«
»Der Herr sei den Sünden eines miserablen Vaters von sieben kleinen Würmern gnädig!«, heulte der Schneider. Aber der Kapitän unterbrach ihn, griff nach der Reitgerte, die zufällig noch da lag, und schlug dem völlig zerknirschten Schneider leicht auf die Schultern, wie um ihn zu verzaubern.
»Munter, du ehrlicher, treuer Untertan. Das Glück ist dir end-

lich günstig. Noch vor wenigen Stunden beschwertest du dich, dass sich keiner auf diesem Schiff auch nur eine Jacke bei dir flicken lässt. Jetzt kannst du die ganze Mannschaft als Kundschaft haben.«

»Ach würdigster, großmütigster Herr Seeräuber«, wimmerte der Schneider, dem nun die Worte wieder kamen, »ich bin ein ganz verarmter, zu Grunde gerichteter Mann. Mein Leben ist eine Kette von schweren Leiden und Prüfungen. Fünf blutige, grausame Kriege ...«

»Genug, ich weiß alles. Doch jetzt fängt das Glück an Euch zuzulächeln. Kleider haben Leute unseres Schlages ebenso nötig wie der Pfarrer Eurer Stadt. Ihr braucht ohne bare Bezahlung nicht eine Naht zu bügeln und keinen Knopf anzunähen. Seht!« Durch den Druck auf eine Feder öffnete er ein geheimes Schubfach, das aufsprang und einen großen Haufen von goldenen Münzen verschiedenster Prägungen zeigte. »Seht, wir können Eure treuen Dienste lohnen.«

Der Haufen Gold, der bei weitem alles überstieg, was sich der Schneider bisher in seinen kühnsten Träumen auch nur vorgestellt hatte, verfehlte seine Wirkung nicht. Der arme Teufel stierte auf den Schatz, und als der Kapitän die Schublade wieder schloss, fragte er innerlich sichtlich gestärkt und ermutigt: »Und was habe ich zu tun, mächtiger Herr der See, um einen kleinen Anteil an diesem Goldschatz von Peru zu erhalten?«

»Was Euresgleichen täglich landab, landauf zu tun hat: zuschneiden, nähen, bügeln, Kleider machen.«

»Gut, aber, edelster Seeheld, da ist noch meine trostlose – beinahe hätte ich gesagt: Witwe –, meine Desideria. Das gute Weib ist zwar weit in Jahren vorgerückt und hat ein spitzes Maul und eine scharfe Zunge, wie's sonst keine gibt; und dennoch ist sie meine eheliche, gesetzlich angetraute Hälfte und die Mutter meiner zahlreichen Kinder.«

»Sie soll keinen Mangel leiden. Mein Schiff ist der Zufluchtsort für unglückliche Ehemänner. Ihr alle, denen es an Kraft gebricht, zu Hause das Kommando zu führen, kommt auf mein Schiff, wo ihr geborgen seid. Ihr habt mein Wort, Eurer Frau und Euren Kindern soll es an nichts fehlen.«
»Vielleicht ließe sich von diesem Goldberg schon etwas als Vorschuss für mein geängstigtes Weib abzwacken, damit sie sich nicht über meinen Verlust zu sehr gräme. Ich weiß, dass bis dahin kein Augenblick Ruhe in ganz Newport zu erwarten ist.«
Der Kapitän nahm eine Hand voll Geld aus der Lade und hielt sie Homespun mit den Worten hin: »Wollt Ihr Handgeld nehmen und mir Treue schwören, so ist dieses Geld Euer.«
»Der Herr führe mich nicht in Versuchung und erlöse mich von dem Bösen!«, schrie der erschrockene Schneider und fuhr fort: »Heldenmütiger Seeräuber, ich habe Furcht vor dem Gesetz. Sollte Böses über Euch kommen, etwa in der Gestalt eines königlichen Kreuzers, so heißt es wohl ›mitgefangen – mitgeh...‹«
Der Kapitän ging darauf nicht ein. Er drehte sich um und donnerte gegen den Gong, dass man ihn in allen Winkeln des Schiffes hören musste. Sofort erschienen vier oder fünf Köpfe in der Tür. »Bringt ihn in seine Hängematte!«
Der gute Homespun, der aus Furcht oder aus Verstellung keine Bewegung wagte, wurde emporgehoben, zur Tür geschleppt und schon war er wie durch Zauber verschwunden. In der Kajüte herrschte mit einem Male, wie auf dem ganzen Schiff, tiefste Stille, die erst unterbrochen wurde, als sich der General zurückmeldete. Bei seinem Eintreten merkte man an seinem Gang, an seinen Augen und an sonstigen Anzeichen, dass er seinen Auftrag, die beiden Matrosen betrunken zu machen, wohl erledigt hatte, dass er selbst bei der Erfüllung seiner Pflicht aber nicht ganz leer ausgegangen war.
»Der Weiße ist so weit, dass er nicht einmal liegen kann, ohne sich

am Mast festzuhalten; doch der Neger ist entweder ein Gauner oder sein Schädel ist aus Stein, aber ich habe keine Minute zu früh den Rückzug angetreten. Es ist alles in Ordnung.«
Bei diesen Worten machte der General eine stramme Wendung und versuchte in gerader, militärischer Haltung einherzuschreiten und auf der kürzesten Linie die Tür zu erreichen. Der Kapitän war höflich genug die kleinen Abweichungen und die Schwierigkeiten, die der General mit seinen langen Beinen hatte, nicht zu bemerken, und wartete, bis er verschwunden war, ehe er sich selbst auf den Weg machte. Die Einrichtung des Schiffes und die Aufteilung der Räume unterschieden sich nur geringfügig von denen der königlichen Kreuzer; nur war es nicht zu übersehen, dass die Querwand, die die Kajüten und Offizierszimmer von der übrigen Mannschaft trennte, weit stärker und fester gebaut war als gewöhnlich und dass eine kleine Haubitze bereitstand, ein Wort mitzureden, wenn sich eine kleine innere Unordnung einstellen sollte. Die Türen waren ebenfalls von ungewöhnlicher Dicke und die Mittel, sie zu verrammeln, glichen mehr den Vorkehrungen zu einer Belagerung als den gewöhnlichen Maßnahmen gegen Einbruchdiebstahl. Auch die Waffen, die in diesem Teil des Schiffes zahlreich herumhingen, dienten nur scheinbar der Verzierung. Alles deutete darauf hin, dass Kapitän und Offiziere auf diese Weise für den Fall einer Meuterei vorgesorgt hatten.
Im größten der unteren Zimmer fand der Kapitän seinen neuen Leutnant, anscheinend beschäftigt das Dienstreglement durchzulesen und sich mit den Artikeln bekannt zu machen.
»Ich hoffe, Mr Wilder, Ihr findet unsere Gesetze hinreichend fest und bestimmt.«
»Mangel an Festigkeit und Bestimmtheit kann man ihnen wahrhaftig nicht vorwerfen«, antwortete der andere, indem er aufstand und den Kapitän begrüßte, »ich habe noch nie so strenge Regeln gefunden, nicht einmal in . . .«

»In? Wo?«, fragte der Kapitän, als er Wilders Zögern bemerkte.
»Ich wollte sagen, in den Diensten Seiner Majestät. Ich weiß nicht recht, ob es ein Nachteil oder eine Empfehlung ist, auf einem königlichen Schiff gedient zu haben.«
»Eine Empfehlung! Und das umso mehr, als ich selbst mein Handwerk in königlichen Diensten erlernt habe.«
»Auf welchem Schiff?«, unterbrach in Wilder eifrig.
»Auf mehreren«, war die kühle, zurückweisende Antwort. »Ihr findet unsere Vorschriften streng. Nun, für uns gibt es weder Gerichtshöfe zu Lande noch Kreuzer zur See, die sich um unseren Schutz kümmern. So bleibt uns nichts anderes übrig, als dem Kommandeur eine gewisse Macht einzuräumen.«
»Sagt lieber eine unumschränkte«, erwiderte Wilder.
»Ich hoffe, Ihr werdet nie das Gefühl haben, dass ich sie willkürlich gebrauche. Doch jetzt ist die Stunde abgelaufen. Ihr seid beurlaubt, um an Land zu gehen.«
Während sie nach oben stiegen, sprach der Kapitän weiter. »Ihr habt noch Euer Boot am Schiff und Eure beiden kräftigen Begleiter werden Euch bald hinübergerudert haben. Sie sind doch in unseren Vertrag mit eingeschlossen, denke ich. Oder?«
»Sie haben mich seit meiner Kindheit nicht verlassen und werden es gewiss auch jetzt nicht tun.«
»Es muss ein ganz besonderes Band sein, das sie an Euch bindet. Sie sind doch von ganz anderer Art und Herkunft.«
»Da habt Ihr Recht, doch bei Seeleuten ist der Unterschied oft nicht so groß. Ich muss jetzt zu ihnen, um ihnen beizubringen, dass wir in Eure Dienste treten.«
Das Wetter hatte sich nicht geändert. Der Himmel war trübe, aber die Luft war mild; auf dem Deck herrschte Stille, nur ein einziger Offizier war zu bemerken. Die ehrerbietige Haltung, mit der er Wilder empfing und zu seinem Boot führte, bewies, dass die Würde des frisch gebackenen Leutnants kein Geheim-

nis mehr für ihn war. Als Wilder eben im Begriff war, hinabzusteigen, trat er verwundert ein paar Schritte zurück und rief aus: »Die Männer haben das Boot verlassen. Wo sind die Kerle?«

»Sir«, erwiderte der Mann, »sie sind nicht fort, sie sind auf dem Schiff. Ich werde sie suchen.«

Der Kapitän und Wilder nutzten die Pause, um sich über das Schiff, das die Mannschaft übrigens »Delfin« nannte, zu unterhalten und andere Fragen zu erörtern, die mit dem Leben an Bord und mit der Bewaffnung zusammenhingen. Das Gespräch verebbte schließlich, als Wilder merkte, dass sich sein Gegenüber über manche Dinge ausschwieg und immer einsilbigere Antworten gab.

Indessen kam der Offizier zurück, brachte aber nur den Neger. Ein paar Worte genügten, um über den Zustand Fids Auskunft zu geben. Dem jungen Mann war es sichtlich peinlich, dass sein Gefährte die kurze Pause wahrgenommen hatte, um sich gründlich zu betrinken; er ahnte nicht, dass dahinter die listige Absicht des Kapitäns und des Generals steckte.

»Ihr wisst«, entschuldigte er sich und den Trunkenbold, »wie das Schiffsvolk ist. Ihr werdet es meinem Mann nicht übel nehmen, dass er sich bei Euch an Bord so schlecht benimmt. Sonst ist er der beste Seemann, der je die Strickleiter emporstieg.«

»Ihr könnt von Glück sagen, dass Ihr noch einen zweiten habt, der Euch hinüberrudert«, gab der Kommandeur zurück.

»Das kann ich auch allein. Ich möchte nicht gerne, dass die beiden getrennt sind. Erlaubt, dass der Schwarze ebenfalls an Bord übernachtet.«

»Wie Ihr wollt. An leeren Hängematten fehlt es seit dem letzten Gefecht nicht.« Und so geschah es.

Wilder verabschiedete sich, sprang ins Boot und stieß ab. Ein letzter Blick hinüber zum Schiff zeigte ihm, dass sein neuer Kapitän ihm lange nachsah.

8

Die Sonne stieg über dem Meer empor, als die Einwohner von Newport anfingen ihre Türen und Fenster zu öffnen, um den neuen Tag zu begrüßen. Der Wirt zum »Unklaren Anker« trat vor die Tür, um nach Gästen Ausschau zu halten. Ein Fremder stand, in Gedanken versunken und die Hand in der Weste, einige Schritte von der Tür entfernt. Bei diesem Fremden musste etwas zu verdienen sein, so vermutete der Wirt, allerdings musste man den richten Anfang finden.

»Eine reine, frische Luft, mein Freund«, so begann er unverfänglich und atmete die Brise des Oktobermorgens ein, »das ist der Vorzug unserer Insel. Ist der Herr hier fremd?«

»Gestern Abend spät angekommen«, war die knappe Antwort.

»Ein Seemann, nach der Tracht zu urteilen? Ihr sucht hier Arbeit? Das ist nicht so einfach, obgleich Newport ein blühender Ort ist.«

»Ich komme von Boston.«

»Und dort habt Ihr nichts gefunden? Ja, große Worte können die dort machen. Aber seht mal hinüber, dort liegt ein prächtiges Fahrzeug, das seit gestern Abend segelfertig ist und bei der nächsten günstigen Brise auslaufen soll. Die weisen sicher keinen ab. Und dann ist da draußen noch der Sklavenhändler. Vielleicht nimmt Euch der, wenn es Euch recht ist, statt Geld ein paar wollköpfige Neger in Zahlung zu nehmen.«

»Seid Ihr sicher, dass das Schiff im inneren Hafen mit dem ersten Wind segelt?«, fragte der Fremde.

»Ganz sicher, ich weiß es genau; es fehlt nur an Wind. Ja, da liegt es, ein schönes Schiff, die ›Royal Carolina‹. Sie macht regelmäßig einmal im Jahr die Reise von Bristol nach den Kolonien und zurück, legt dabei hier an, bringt uns Vorräte und nimmt Holz und Wasser ein.«

»Eine Frage. Ist die ›Carolina‹ gut bewaffnet?«, fragte nun der Fremde, der sich für das, was der Wirt zu sagen hatte, mehr und mehr zu interessieren begann.

»Ja sicher, die hat ein halbes Dutzend Bullenbeißer, die bellen können oder auch ein Wörtchen sprechen, wenn es um die Ehre Seiner Majestät des Königs geht. Gott möge ihn erhalten ... Judith! Judith!«, unterbrach sich hier der Wirt. Er meinte ein kleines Negermädchen, das Hobelspäne aufsammelte. »Judith, spring doch mal rüber zu Nachbar Homespun und klappere mit den Fensterläden. Der Mann hat verschlafen!«

Das Mädchen gehorchte und klopfte an die Läden bei Meister Homespun. Doch statt der Stimme des Meisters vernahm man das schrille Geschrei der Dame Desideria, die dachte, ihr Mann sei ein Nachtschwärmer geworden, der nun komme, um sie aus dem Schlaf zu schrecken.

»Wagst du es, zurückzukommen und die unschuldige Ruhe einer Mutter von sieben Kindern zu unterbrechen? Hektor, oh Hektor, was für ein abscheuliches Beispiel gibst du der jungen Brut, welchen Kummer machst du der armen Mutter!«

Der Wirt und seine Frau, die alles mit angesehen und angehört hatten, überschlugen im Stillen den Schaden, den ihnen das Verschwinden des Schneiders verursachte. Er stand für Morgenschnäpse und Abendtränkchen mit 23 Pence in der Kreide. Doch war der Gedanke tröstlich, dass er dem Kleinen des Wirts ein hübsches Kleidchen für die Schule gemacht hatte, das auch noch nicht bezahlt war.

»Der verschwundene Mann«, wandte sich der Wirt wieder an

den Fremden, »ist ein guter, fleißiger Handwerker und Familienvater, dem die Sonne niemals in die Werkstatt gelacht hat, obwohl die Wände wahrhaftig dünn genug sind.«

»Glaubt Ihr denn wirklich, dass er sich davongemacht hat? Habt Ihr denn irgendwelche Beweise?«

»Ei«, erklärte der Wirt und gab sich ein wichtiges Aussehen, »dergleichen Dinge sind wohl schon öfter geschehen. Wir Gastwirte kennen die Leute, denn ein Gläschen in Ehren löst nicht selten die Zunge; wir wissen, wie's beim Nachbarn zugeht. Könnte der gute Homespun seine Ehehälfte so bügeln und pressen wie seine Nähte, dann wäre manches nicht geschehen ... Wollt Ihr nicht eins trinken?«

»Ein Gläschen vom Besten.«

»Ihr könnt auch bei mir zu Mittag essen; ein schönes Gänschen will ich Euch braten.«

»Ich sage nicht Ja, ich sage aber auch nicht Nein«, erwiderte der Fremde, indem er das Glas, aus dem er kaum genippt hatte, bereits bezahlte.

»Das hängt vom Erfolg ab, den ich bei den Schiffen im Hafen habe.«

»Oh, dann rate ich Euch ganz uneigennützig auch in meinem Hause Quartier zu nehmen, solange Ihr in Newport bleibt. Bei mir gehen die meisten Seefahrer aus und ein und der Wirt zum ›Unklaren Anker‹ ist der Mann, der Euch besser als jeder andere über alles Auskunft geben kann.«

»Ihr habt mir ja schon den Rat gegeben, mich an das Schiff zu wenden, das da drüben liegt. Geht es wirklich so bald in See?«

»Mit dem ersten Wind. Ich kenne die ganze Geschichte des Schiffs und seiner Passagiere.« Und damit begann er dem fremden Seemann von der schönen Tochter des Generals Grayson und der Witwe de Lacey zu erzählen und schloss seine Rede mit dem Hinweis, dass der, »dem Miss Gertraud Grayson ihre

Hand gibt, nicht nur ein glücklicher, sondern auch ein sehr reicher Mann werden wird«.
»Ihr sagt also, dass das Haus der Witwe de Lacey hier ganz in der Nähe auf der Anhöhe steht?«, fragte der Fremde.
»Nun ja, es sind ein paar tausend Schritt von hier, ein ansehnliches Haus inmitten von schönen alten Bäumen.«
Der Fremde, den der Leser vielleicht inzwischen schon als Wilder erkannt hat, verabschiedete sich mit ein paar belanglosen Bemerkungen und schlug den eben bezeichneten Weg zur Anhöhe ein. Er fand auch bald das Haus, in dem die verwitwete Admiralin lebte. Als er an der niedrigen Mauer entlangging, vernahm er Stimmen, die ihm ganz nah schienen und von denen eine seine besondere Aufmerksamkeit erweckte. Ein günstiger Zufall wollte es, dass er außen an der Mauer eine Bank fand, die er nur zu ersteigen brauchte, um den Sprechenden heimlich ganz nahe zu sein. In einer kleinen Laube entdeckte er die drei Frauen, die wir schon von dem Turm her kennen, im Gespräch mit einem älteren, grauhaarigen Mann, der, obwohl er einen Stock in der zitterigen Hand trug, noch den ehemaligen Seemann erkennen ließ.
»Alter Freund«, sprach eben die Admiralin, »Ihr seid also der Meinung, dass ein Schiff in See gehen muss, wenn es segelfertig ist, sei das Wetter, wie es wolle. So hätte auch mein edler, oft beweinter Gemahl, der Seeheld de Lacey, gesprochen.«
»Hier kommt noch ein zweiter Seekundiger wie gerufen!«, unterbrach in diesem Augenblick Gertraud ihre Tante sehr lebhaft, denn sie hatte den jungen Wilder bemerkt, der ihr gerade jetzt sehr willkommen war, weil sie hoffte, er werde den Redefluss ihrer Tante stoppen. »Der soll unser Schiedsrichter sein.«
»Was können Sie uns sagen?«, fügte Mrs Wyllys hinzu. »Was halten Sie vom Wetter?«
»Dem Wetter ist nicht zu trauen, Madam«, erwiderte er. »Wer

nur ein wenig Kenntnis von der Seefahrt hat, wird daran nicht zweifeln.«

Der junge Mann machte auf die Damen keinen üblen Eindruck, obwohl er nur die Kleidung eines einfachen Seemanns trug. Selbst die Admiralin bemühte sich um äußerste Höflichkeit, als sie ihn jetzt anredete.

»Die beiden Damen hier sind im Begriff, sich diesem Schiff dort im Hafen anzuvertrauen, um nach Carolina zu segeln, und wir waren eben dabei, zu erforschen, welchen Wind wir heute haben würden. Doch denke ich, bei einem solchen Schiff haben sie nichts zu befürchten, gleichgültig, woher der Wind auch immer weht.«

»Im Gegenteil«, war die Antwort, »dem Schiff möchte ich mich nicht gerne anvertrauen, woher der Wind auch weht.«

»Es soll aber ein guter Segler sein. Es ist in nur sieben Wochen von England herübergekommen. Aber ich weiß, die Seeleute haben ihre Vorliebe und ihre Vorurteile. Alter Freund, was sagen Sie dazu?«, wandte sie sich abermals an den Alten.

»Es ist ein Schiff, wie es sich ein Seemann nur wünschen kann, ein braves, ein sicheres Schiff, darauf will ich schwören.«

»Wir haben also zwei völlig verschiedene Meinungen«, bemerkte die Admiralin. »Ich höre es gerne, dass sie das Schiff ein sicheres Schiff nennen, nicht ein schnelles ... Und Sie, junger Mann«, wandte sie sich wieder Wilder zu, »werden hoffentlich nicht bestreiten wollen, dass es sicher ist.«

»Doch«, erwiderte der, »genau das möchte ich bestreiten.«

»Merkwürdig, höchst merkwürdig. Hier steht ein alter Seemann, der ganz anderer Ansicht ist.«

»Er mag zu seiner Zeit ganz gute Augen gehabt haben, vielleicht bessere als ich; aber ich zweifle, ob sie heute noch so gut sind, Madame. Wir sind zu weit vom Schiff, um alle Einzelheiten beurteilen zu können. Ich bin ihm näher gewesen«, beharrte Wil-

der auf seiner Meinung und begann all die Fehler aufzuzählen, die er an dem Schiff zu erkennen vorgab.
»Ei, du lieber Gott«, meinte da der alte Seebär und lachte, »der junge Mann sieht da ganz neumodische Fehler und Mängel, von denen man zu meiner Zeit nichts wusste.Schließlich pflegte auch mein verstorbener Kommandeur sein Schiff auf die gleiche Weise zu takeln. Und ich, Bob Bunt, bin stolz behaupten zu können, dass nie ein besserer Seemann in der Flotte Seiner Majestät das Kommando geführt hat.«
»Und wie hieß Euer lieber Kommandeur?«, unterbrach ihn die alte Admiralswitwe.
»Wie er hieß? Es war der tapfere, siegreiche Konteradmiral de Lacey.«
»Und ließ mein hochverehrter Gemahl wirklich seine Schiffe auf diese Weise takeln?«, fiel ihm die Witwe ins Wort, bebend vor Aufregung und geschmeicheltem Stolz.
»So gewiss, wie ich hier vor Ihren Augen stehe. Ich habe es selbst unter seinen Augen getan«, sagte der alte Mann, sich ehrfurchtsvoll vor der Lady seines Admirals verneigend.
Madame de Lacey wandte sich würdevoll an Wilder: »Wir danken Ihnen für Ihre Meinung, doch sind wir der Ansicht, dass Sie die Gefahr übertreiben.«
Und ehe Wilder noch etwas sagen konnte, forderte sie den Veteranen auf ihr ins Haus zu folgen und weiter mit ihr zu sprechen. Die beiden anderen Damen folgten ihr. Wilder glaubte noch zu erkennen, dass Gertraud einen besorgten Blick auf ihn warf, doch konnte er nicht wissen, ob dieser Blick Anteilnahme oder Sorge vor der Zukunft bedeutete.

9

Damit war Wilders Plan, die Damen vor der Reise mit der »Carolina« zu warnen, gescheitert. Mürrisch machte er sich auf den Weg zur Stadt zurück.

Auf dem Schiff im inneren Hafen, das nach Carolina bestimmt war, herrschte sehr reges Leben. Wilder sah, wie die Matrosen in die Takelage hinaufkletterten; er sah, wie hier und da eine menschliche Gestalt auf den Rahen ritt und wie sich nach einiger Zeit die Segel wie blendend weiße Zelttücher ausbreiteten, in denen der Morgenwind spielte. Ganz anders wirkte das Sklavenschiff. Trotz genauester Beobachtung gelang es ihm nicht, irgendwelche Vorkehrungen zur Abfahrt zu erkennen. Der Anker blieb ausgeworfen, das Schiff selbst regungslos und nichts deutete daraufhin, dass die dunkle Masse überhaupt bewohnt war. Und doch gab es für das geschulte Auge deutliche Anzeichen dafür, dass auch das Sklavenschiff zur Abfahrt bereit war. Das Ankertau war kurz und fast senkrecht und hatte gerade so viel Spielraum, wie erforderlich war, um der Flut zu widerstehen, die den Kiel in Bewegung setzte. Alle Boote waren bereit herabgelassen zu werden, um das Schiff aus dem Hafen zu bugsieren, alle Segel, alle Taue waren an ihrem Platz. Das Schiff konnte jeden Augenblick seinen Anker lichten und auslaufen. Wilder schüttelte den Kopf in einer Weise, die erkennen ließ, dass er die trügerische Ruhe durchschaute. Dann setzte er seinen Weg fort.

Da wurde er aus seinen trüben Gedanken durch einen Schlag auf

die Schulter geweckt. Der alte Seemann, der ihn vorher mit den drei Frauen verlassen hatte, stand hinter ihm. »Ihr habt Euch wohl geärgert, dass ich Euch ausgespielt habe. Wie konntet Ihr Euch einbilden, dass ein alter Seehund wie ich vor Euch die Flagge streichen würde?«
»Schon gut, Alter. Ihr habt Euren Lohn von der Admiralswitwe eingestrichen. Sagt mir, geht Ihr auch hinunter in den Ort?«
»Bis ganz unten.«
»Das ist mir sehr lieb, mein Freund, dann gehe ich den Weg wieder hinauf«, brummte Wilder ärgerlich und machte kehrt.
Als er oben vor dem Haus ankam, bemerkte, er, dass von den Bedienten bereits Koffer und Kisten herausgetragen und zur Stadt hinuntergebracht wurden. Die Hauptpersonen schienen allerdings noch im Haus zu sein.
Schon wollte er sich enttäuscht und verdrießlich auf den Rückweg machen, als er hinter der Gartenmauer eine weibliche Stimme vernahm. Es war Gertraud, die eben mit Mrs Wyllys sprach, und er selbst war offenbar der Gegenstand der Unterhaltung.
»Sie meinen also wirklich, dass der junge Mann ein Offizier ist, womöglich in königlichen Diensten?«
»Das kann sehr wohl sein, auch wenn im Augenblick kein Schiff im Hafen liegt, zu dem er gehören könnte.«
»Und meinen Sie, dass er wirklich glaubt, dass wir in Gefahr sind, wenn wir dieses Schiff besteigen?«
»Möglich, denn er sprach sehr eindringlich und mit viel Anteilnahme, die mich auf unerklärliche Weise beunruhigte. Ich wünschte, ich könnte ihn noch einmal sprechen.«
Ein leiser Aufschrei der jungen Dame unterbrach sie, eine Gestalt sprang über die Mauer und im nächsten Augenblick stand Wilder neben ihnen.
Als er sah, dass die beiden erschraken, wollte er sich schon mit

ein paar entschuldigenden Worten zurückziehen. Aber Mrs Wyllys, die sich rasch gefasst hatte, begann, wenn auch noch etwas unsicher: »Ein merkwürdiger Zufall, denn ich wollte gerne noch einmal mit Ihnen über die ›Royal Carolina‹ sprechen und Ihre Meinung hören.«

»Nun, ich habe Ihnen vor kurzem alles gesagt, was ich über das Schiff zu sagen habe. Im Übrigen ist es gut gebaut und hat einen vortrefflichen Kapitän.«

»Und doch haben Sie uns eindringlich vor einer Fahrt gewarnt. Sie müssen uns Ihre Gründe nennen. Ein paar Worte nur, denn Sie müssen doch Ihre Gründe haben.«

»Nun, sehen Sie die Takelage, die . . .«

». . . so gut ist, wie sie nur aus der Hand des besten Takelmeisters kommen kann«, ließ sich da eine Stimme hinter ihnen vernehmen. Es war der alte Seemann von vorhin, der jetzt seinen Kopf über die Mauer streckte.

»Ich bin«, so fuhr er fort, »auf den Wunsch von Madame de Lacey, der Witwe meines verehrten Admirals, hinuntergegangen und habe mir das Schiff angesehen. Denken Sie, wie Sie wollen, aber die ›Carolina‹ ist getakelt wie das beste Schiff, das die britische Flagge führt.«

»Wem sollen wir nun glauben?«, wandte sich Mrs Wyllys etwas ratlos an Gertraud. »Meine Vernunft sagt mir, dass der junge Mann sich nur einen Spaß mit uns macht, und doch haben mich seine Worte merkwürdig bewegt«, fügte sie leiser, und nur an Gertraud gerichtet, hinzu. Dann wandte sie sich an Wilder:

»Es tut mir Leid, Sir, dass Sie uns durch Ihre unklaren Äußerungen zwingen Ihrem Rat zu misstrauen. Wir werden bei unserem ersten Entschluss bleiben und mit der ›Carolina‹ segeln.«

»Ich muss Ihren Entschluss aus ganzem Herzen bedauern.« Er machte eine Pause und schien mit sich selbst zu kämpfen und mehr sagen zu wollen. Dann aber schloss er: »Es tut mir unendlich Leid, Ihnen nicht mehr sagen zu können, obwohl für mich die Gefahr so klar ist wie die Sonne am Himmel.«

»So bleibt uns nichts anderes übrig, als in unserer Blindheit zu verharren.« Mrs Wyllys verneigte sich kühl. »Wir danken Ihnen für Ihre gute Absicht. Wir verlassen Sie jetzt, denn die Stunde des Abschieds hat für uns geschlagen.«

Als Wilder missmutig den Garten verließ, trat der Alte zu ihm und redete ihn in vertraulichem, freundschaftlichem Ton an.

»Na, Bruderherz, kommt her, Ihr habt Euch lange genug geplagt. Lasst sie segeln, wenn es ihnen Spaß macht. Warum habt Ihr denn versucht der Alten den Bären aufzubinden, dass die ›Carolina‹ eine Art ›Fliegender Holländer‹ sei.«

»Und warum habt Ihr es der Dame wieder ausgeredet?«, fragte Wilder zurück.

»Ihr hättet mir wohl zugemutet, meine 50 Dienstjahre zur See zu vergessen! Die Ehre eines Schiffes gilt einem alten Seebären so viel wie die Ehre seiner Liebsten!«

»Hört mich an, Freund. Ihr lebt, vermutlich wie alle Euresgleichen, von Essen und Trinken.«

»Ein wenig von jenem, etwas mehr von diesem«, gab der Alte zurück und wollte sich ausschütten vor Lachen.

»Nun, dann will ich Euch was in die Hand drücken, damit Ihr's einmal leichter habt. Wollt Ihr mir einen Dienst tun? Da habt Ihr Handgeld, und wenn Ihr's ehrlich meint, dann soll's noch mehr geben.«

Der alte Mann steckte den Dukaten, den ihm Wilder fast verächtlich über die Schulter reichte, ruhig ein und fragte dann geradeheraus, was er dafür zu tun habe.

»Nichts, was verboten wäre«, gab Wilder zur Antwort, »nichts, was gegen Eure Ehre geht. Ihr braucht nur das zu tun, was für Euch nichts Neues ist: Könnt Ihr die Unwahrheit sagen?«

»Ja, und ich kann sie auch beschwören. Ich versteh Euch, ich soll Euch die Arbeit abnehmen.«
»Ja, so ähnlich ist es. Ihr sollt alles, was Ihr von dem Schiff gesagt habt, wieder zurücknehmen. Und da Ihr das Vertrauen der alten Dame habt, so sollt Ihr alles noch etwas schlimmer darstellen, als ich es tat. Und jetzt verratet mir noch eines, damit ich Euch ganz genau kenne. Seid Ihr je mit dem ruhmvollen Admiral gefahren?«
»So wahr ich ein frommer, gottesfürchtiger Christ bin, habe ich von dem berühmten Herrn vorgestern früh noch kein Sterbenswörtchen gewusst. Ihr müsst mich von dieser Seite erst noch richtig kennen lernen, ich weiß mir zu helfen.«
»Ich glaub's. Nun aber hört meinen Plan.«
»Halt, würdiger Freund«, unterbrach ihn der verschmitzte Alte. »Steine haben Ohren, pflegt man an Land zu sagen. Kennt Ihr in der Stadt eine gewisse Kneipe zum ›Unklaren Anker‹?«
»Die kenn ich.«
»Ich hoffe, Ihr werdet sie wiederfinden, denn hier müssen wir uns trennen. Macht einen kleinen Umweg, ich will den geraden Weg gehen. Wir werden uns dort wiedertreffen. Wenn Euer Plan bei der Lady gelingen soll, dann darf man uns nicht zusammen auf der Straße sehen.«
»Ihr habt Recht. Macht, dass Ihr fortkommt, und seid pünktlich in der Kneipe, denn da das Schiff schon Segel gesetzt hat, ist keine Minute zu verlieren.«
»Keine Sorge. Mit dem Einschiffen hat's noch keine Eile«, sagte der Alte und streckte die Hand in den Wind. »Das Lüftchen genügt noch nicht einmal, um der jungen Lady dort oben die roten Wangen zu kühlen.«
Damit trennten sie sich. Der Alte warf Wilder noch einen pfiffigen Blick nach; dann verdoppelte er seine Schritte, um noch vor ihm an ihrem gemeinsamen Ziel zu sein.

10

Als Wilder sich dem »Unklaren Anker« näherte, wurde er dort Zeuge eines Schauspiels, das in der guten Stadt Newport seinesgleichen suchte. Die Hälfte der Weiber aus der Nachbarschaft war auf den Beinen und ein guter Teil der Männer hatte sich vor der Tür der Kneipe versammelt und umringte eine laut keifende Frau, die sich bitter über die Treulosigkeit ihres Ehemanns beklagte. Die Frau war keine Geringere als Desideria und der Verschwundene der Schneider Homespun. Die Menge schien sich über ihre Schimpfreden zu belustigen, niemand sie ernst zu nehmen. Da bemerkte sie das aufmerksame Gesicht des alten Seebären, der vor Wilder bei der Kneipe angekommen war, in der Menge. Sie unterbrach sich plötzlich und wandte sich direkt an ihn: »Hier steht ein Fremder, der eben eingetroffen ist! Sagt mir, Freund, ist Euch auf dem Weg hierher ein Streuner, ein Deserteur begegnet?«

»Liebe Frau, ich habe mit meinem alten Leib so viel zu tun, dass ich auf Namen und Rang der Landstreicher nicht achten konnte ... Doch eben fällt mir ein, da war so zwischen vier und fünf Uhr heute Morgen auf dem Weg hierher im Gebüsch bei der Fähre ein armer Teufel, den ich angerufen habe.«

»Wie sah der Mann aus?«, fragten sechs, sieben Stimmen gleichzeitig.

»Wie der Mann aussah? Na, wie ein Mann mit Armen und Beinen aussieht, wie jeder Christenmensch. Wie soll er sonst aussehen? Aber eins fiel mir auf: Er schleppte ein Bein nach wie ein lahmes Schaf und schlenkerte beim Gehen wie eine Vogelscheuche.«

»Er ist's! Er ist's!«, rief alles im Chor und ein paar Leute stürzten davon, um bei dem armen Schneider, wenn er noch in der Nähe war, nach Möglichkeit die Schulden einzutreiben. Die anderen folgten nach und nach und schließlich stürmte alles hinab zur Fähre, wo sie sich dann nach kurzer Zeit wiedertrafen, die einen um ihr Geld, die anderen um ihr Vergnügen betrogen.

Der alte Seemann blinzelte dem Wirt bedeutungsvoll zu und flüsterte: »Wenn's auch nicht wahr ist, so sind wir auf diese Weise doch den ganzen Schwarm los, der einen anständigen Christenmenschen daran gehindert hat, eine gute Kneipe zu betreten.«

Überrascht schaute der Wirt den Fremden an, dann brach er in ein lautes Gelächter aus, denn jetzt merkte er erst, mit welcher List der alte Seebär die neugierige Menge von der Wirtshaustür weggelockt hatte. Und jetzt erkannte er auch den Alten.

»Willkommen, ehrlicher Bob, willkommen, alter Knabe! Aus welcher Wolke hat es Euch herabgeregnet? Welcher Wind hat Euch hierher getragen? Woher des Wegs? Wann seid Ihr eingelaufen?«

»Zu viele Fragen auf einmal und überhaupt ist es hier zu trocken für eine geheime Unterredung. Quartiert mich in einer Eurer inneren Kajüten ein, stellt mir eine Kanne Grog und ein gutes Stück Rindfleisch hin – und dann so viele Fragen, wie es Euch beliebt, und so viele Antworten, wie sich mit meinen Kauwerkzeugen vertragen.«

»Und wer bezahlt mir die Zeche?«, lachte der Wirt, der allerdings wohl zu wissen schien, dass er in diesem Punkt nichts zu befürchten hatte.

»Wer?«, fragte Bob zurück und hob das Goldstück hoch, das er von Wilder bekommen hatte. »Wer sonst als dieser Herr hier auf dem Dukaten! Kein Geringerer als Seine Majestät höchstselbst ist mein Bürge!«

»Den Gott erhalten möge!«, wiederholte der Wirt, »ihn und alle, die sein goldenes Bild im Beutel mit sich tragen.«

Während die beiden in einem Hinterzimmer verschwanden, trat auch Wilder in die Gaststube ein. Er dachte eben nach, wie er sich mit seinem Verbündeten in Verbindung setzen sollte, ohne viel Aufsehen zu erregen, als der Wirt schon an ihn herantrat. Und da er ihn von dem früheren Gespräch her wiedererkannte, fragte er: »Wie steht's, Sir? Ein Schiff gefunden? Es ist schwer heutzutage; es gibt mehr Bewerber als Stellen.«

»Weiß nicht, ob es mit mir etwas wird. Als ich den Hügel hinaufging, begegnete ich einem alten Seemann ...«

»Aha«, unterbrach ihn der Wirt und gab ihm ein verstohlenes Zeichen, ihm zu folgen. Wilder folgte ihm über allerlei winkelige Umwege und über eine Hintertreppe bis hinauf zum Dachboden, wo er leise an eine Tür klopfte. Mit hohler, schwerer Stimme wurde Herein! gerufen. In der niederen, engen Kammer fanden sie niemanden anders als den ehrlichen Bob, den alten Bekannten des Wirts. Der war gerade bei einem wichtigen Geschäft; er zerlegte ein riesiges Stück Ochsenfleisch und begoss es reichlich mit Bier, das, ehe der Grog aufgetragen wurde, ganz nach seinem Geschmack war. Ohne Umstände lud er seinen Besucher ein sich niederzusetzen, während er sich in seiner Beschäftigung nicht stören ließ. »Sagt mir, Freund«, begann er, ohne seine Mahlzeit zu unterbrechen, »Ihr seid doch weit herumgekommen. Habt Ihr dabei je ein Land kennen gelernt, das so prächtiges Ochsenfleisch hervorbringt wie unser herrliches Amerika?«

»Wir wollen die Vaterlandsliebe nicht zu weit treiben. England übertrifft uns in vielen Dingen und die englischen Mastochsen

sind wohl auch besser als die amerikanischen«, antwortete Wilder.
»Wie Ihr meint, Mr ... Wie soll ich Euer Ehren nennen?«
»Mich? Mein Name ist – ist Harris.«
»Wie Ihr meint, Mr Harris. Ich bin ein armer Teufel. Aber es verdrießt einen, wenn man so hört, wie die Herren Engländer auftrumpfen, als habe Gott die Mastochsen nur für sie geschaffen.«
Wilder beschloss dieses Gespräch abzubrechen und zu den eigentlichen Geschäften überzugehen.
»Ihr habt doch das Handgeld nicht vergessen, Freund?«
Der Alte schob den Tisch ein wenig zur Seite, kreuzte die Arme und sah dem anderen voll ins Gesicht.
»Wenn ich einmal einen Auftrag angenommen habe, so baut man bei mir wie auf einen Fels. Ich hoffe, bei Euch ist's nicht anders, Freund Harris«, erwiderte er ruhig und mit sehr ernstem Gesicht.
»Ich wäre sonst ein Lumpenkerl. Doch ehe wir beginnen, möchte ich gern ins Nebenkämmerchen sehen, ob wir auch wirklich allein sind.«
»Wie Ihr meint. Sehen ist besser als glauben.«
Wilder hatte die Tür bereits aufgestoßen und sich überzeugt, dass die Kammer nichts weiter enthielt als ein paar Kleider und Flitterzeug, die wohl der Tochter des Wirts gehören mochten. Er kam zurück, rückte den Stuhl näher heran und begann: »Wie Ihr wohl wisst, möchte ich verhindern, dass die Damen, mit denen wir heute Morgen gesprochen haben, auf der ›Royal Carolina‹ absegeln. Meine Gründe brauchen Euch nicht zu interessieren.«
»Da braucht Ihr einem alten Seehund nicht viel zu sagen. Ich habe fünfzig Jahre auf dem blauen Wasser zugebracht und weiß es vom blauen Himmel zu unterscheiden. Ihr habt die Sache mit dem Mädchen abgemacht.«

»Da täuscht Ihr Euch, ich habe vor dem gestrigen Tag das Mädchen nie gesehen.«

»Nun, dann habt Ihr Euch über den Besitzer der ›Carolina‹ geärgert und gönnt ihm das Geschäft nicht.«

»So würdet vielleicht Ihr verfahren. Ich kenne keinen Menschen auf dem Schiff«, erwiderte Wilder.

»Tja, dann gibt es nur noch eines: Ihr steht mit dem Schiff im äußeren Hafen in Verbindung, und dort sollen sie die hübsche Fracht an Bord nehmen. Wollen sehen, ob wir die Damen hineinmanövrieren können.«

»Um Gottes willen, nein! Ein vollendet schönes Schiff, viel sicherer als die ›Carolina‹, ja, aber ich mag es nicht.«

»Nicht? Nun, das ist mir eben recht. Da wir schon einmal dabei sind, möchte ich Euch im Vertrauen sagen, mir gefällt die ganze Sache auch nicht. Wie es vor Anker liegt, außerhalb des Forts, schläfrig und doch segelbereit, und dann die schöne Batterie an Bord. Glaubt Ihr, die fahren aus, um Austern zu fischen oder Schlachtvieh zu laden?«

»Ihr traut ihm ein faules Gewerbe zu? Schmuggelgeschäft?«

»Ich weiß nicht, ich weiß nicht. – Was meint Ihr dazu, ehrenwerter Kneipenwirt?«

Überrascht wandte sich Wilder um. Der Wirt war so leise eingetreten, dass Wilder, der dem Alten sehr aufmerksam zugehört hatte, nichts davon bemerkt hatte. Der Wirt erschrak über die plötzliche Frage und wusste nichts zu antworten, sodass der Alte noch einmal und jetzt noch direkter fragte: »Ich möchte wissen, ob Ihr den Sklavenhändler da draußen für ein ehrliches Schiff haltet.«

»Bob, Ihr fallt einem immer so plump mit der Tür ins Haus mit Euren verdammten Vermutungen. Was soll ich dazu sagen? In meinem Haus fällt kein ehrenrühriges Wort gegen einen makellos ehrlichen Sklavenhändler. Gott möge mich vor der Sünde

bewahren einen Untertan Seiner Majestät unrecht zu verdächtigen!«
»Ich bestehe auf einer Antwort! Habt Ihr an dem Schiff was Auffallendes bemerkt?«, fuhr ihm der Alte dazwischen. »Habt ihr keinen Verdacht?«
»Bewahre mich der Himmel! Die Offiziere und die Mannschaft des Schiffs sind tapfere Zecher und freigebig wie die Prinzen. Und da sie immer ihre Rechnung bezahlen, halte ich sie für ehrliche Leute.«
»Aber ich halte sie für Piraten!«
»Piraten?«, wiederholte der Wirt und warf einen misstrauischen Blick auf Wilder. »Piraten? Das ist ein hartes Wort, Master Robert, das man nur gebrauchen sollte, wenn man seiner Sache sicher ist. Aber ich nehme an, Ihr wisst, was Ihr sagt und vor wem Ihr es sagt.«
»Das weiß ich. Und nun verschwindet!« Auf einen gebieterischen Wink des Alten hin verschwand der Wirt, sichtlich erleichtert, dass das peinliche Gespräch damit zu Ende war. Sobald er die Tür hinter sich gelassen hatte, begann der Alte: »Und was meint Ihr? Ihr staunt nicht weniger als der dumme Wirt!«
»Alter, Ihr erlaubt Euch da einen schweren Verdacht, den Ihr wohl schwerlich beweisen könnt. Und welcher Pirat sollte denn hier an unserer Küste sein?«
»Der berüchtigte Rote Korsar«, erwiderte der andere und senkte seine Stimme fast zu einem Flüstern, wobei er noch einen verstohlenen Blick in die Ecke warf, als sei selbst bei der Nennung des Namen Vorsicht geboten.
»Von dem heißt es doch, dass er sich hauptsächlich in der Karibischen See herumtreibe.«
»Der Rote ist überall und nirgends. Der König hat einen schönen Preis auf seinen Kopf ausgesetzt.«
»Leichter gesagt als getan!«

»Vielleicht ja, vielleicht nein. Ich bin ein alter Kerl, mit dem es mehr bergab als bergauf geht. Mit Euch steht's anders, Ihr seid wie ein frisch ausgerüstetes Schiff. Macht Euer Glück und verkauft das Gesindel an den König. Es geht doch nur darum, dem Teufel sein Futter ein paar Monate früher oder später zu geben.«
Wilder starrte sein Gegenüber entsetzt an. In seinem Inneren verurteilte er den Ton, mit dem der andere eben zu ihm gesprochen hatte.
»Schluss damit, ein für alle Mal. Das ist doch leeres Gerede, ein Hirngespinst in Eurem alten Kopf«, schloss Wilder das Gespräch unhöflich. »Je weniger davon die Rede ist, desto besser ist es. Wir haben unser eigenes Geschäft vergessen oder wollt Ihr jetzt nichts mehr davon wissen, da Ihr Euer Geld schon habt.«
Der Alte schien mit dem Gespräch trotz der Unhöflichkeiten des Jüngeren nicht übel zufrieden zu sein, doch davon merkte Wilder nichts, da er ungeduldig in der Kammer auf und ab ging.
»Schon recht, schon recht, ich bin ein alter Träumer«, beeilte sich Bob mit seiner Antwort, »ich stehe zu Diensten und erwarte die Befehle.«
Wilder nahm wieder Platz und gab seine Instruktionen, die darauf hinausliefen, dass der Alte alles, was er zu Gunsten der »Carolina« gesagt hatte, widerrufen sollte.

11

Da sich während des Tages die Anzeichen mehrten, dass ein kräftiger Wind aufkommen werde, wurde es an Bord der »Carolina« lebendig; die Abfahrt schien unmittelbar bevorzustehen. Allerdings dauerte es dann doch länger als erwartet und es verbreitete sich das Gerücht, einer der hohen Offiziere an Bord habe irgendeinen ernsten Schaden genommen. Das Donnern einer Kanone auf dem Schiff gab aber dann doch das endgültige Zeichen zur Abfahrt, wie es schien.

Wilder, der etwas entfernt vom dem Gedränge stand, erschrak bei dem Krachen des Geschützes, allerdings weniger darüber als über den Anblick, der sich ihm in diesem Augenblick bot: Eine zahlreiche Gesellschaft näherte sich und mittendrin entdeckte er Mrs Wyllys und Gertraud in Reisekleidern.

Er hatte ganz fest an das Gelingen seiner List mit dem Alten geglaubt und verbarg sich nun, halb unterdrückte Verwünschungen über seinen Mitverschworenen vor sich hin brummend, vor den Damen, konnte aber nicht verhindern, dass ihn Mrs Wyllys entdeckte und auf ihn zutrat. Sie wiederholte ihre drängenden Fragen nach dem Beweggrund seiner verschiedenen Warnungen, aber er konnte und wollte ihr so wenig wie zuvor eine deutliche Erklärung geben.

Die Reisenden nahmen unter Tränen und in gerührter Stimmung von Madame de Lacey Abschied und gleich darauf brachte ein Boot die Reisenden hinüber zum Schiff.

Während Wilder unter trübseligen Gedanken dem Kahn nachblickte, stieß ihn plötzlich jemand in die Seite. Entrüstet wandte er sich um und sah einen Knaben von ungefähr 15 Jahren; es war der Bursche des Korsaren, den er an Bord des Piratenschiffes gesehen hatte und den wir bereits als Roderich kennen.

»Ich bin beauftragt Ihnen diese Befehle zu übergeben«, meldete der Bursche.

»Befehle?«, entgegnete Wilder unwillig.

»Jawohl, Befehle, denen man nicht ungestraft ungehorsam ist«, sagte der Knabe und war verschwunden. So öffnete Wilder den Brief und las:

»Ein Zufall hat den Kapitän der ›Carolina‹ unfähig gemacht seine Aufgabe zu erfüllen. Der, dem die Ladung übergeben ist, hat kein Vertrauen in die Fähigkeiten des Nächsten im Rang auf dem Schiff; absegeln aber muss es. Man lobt es als einen schnellen Segler. Wenn Sie Zeugnisse über Ihre Kenntnisse haben, dann benutzen Sie die Gelegenheit und mustern Sie an. Erreicht Sie der Brief noch rechtzeitig, so verlieren Sie keine Zeit und handeln Sie entschlossen. Lassen Sie sich keine Überraschung anmerken, wenn Sie unvermutet Beistand finden. Ich habe mehr Leute im Sold, als Sie anfangs glaubten. Die Ursache ist klar: Gold ist gelb. Doch ich bin der ROTE.«

Wilder hegte keinen Augenblick Zweifel, dass der Brief wirklich vom Korsaren stammte. Ein rascher Blick in die Runde und schon sprang er in einen Kahn und erreichte das Schiff noch vor den Reisenden. Kaum an Bord, bahnte er sich den Weg bis dorthin, wo er die Leute zu treffen hoffte, denen am Schicksal des Schiffes am meisten gelegen sein musste, die Kaufleute und Reeder.

»Sehe ich hier den Eigentümer der ›Carolina‹?«, fragte er.

»Das Schiff ist unserem Hause eng verbunden«, erwiderte ein gesetzter Herr mit schlauer Miene. Man sah ihm an, dass er ein Handelsmann war.

»Ich höre, hier fehlt ein erfahrener Offizier.«
»Erfahrene Offiziere sind ein großer Trost. Ich hoffe, die ›Carolina‹ ist ausreichend damit versehen«, antwortete der Kaufmann.
»Ich höre aber, man sucht einen, der die Stelle des Kommandeurs einnehmen könne. Ich möchte mich um die freie Stelle bewerben.«
»So? Und sind Sie sicher, dass die Stelle auch wirklich frei ist? Und haben Sie Zeugnisse vorzuweisen, dass Sie diesem Posten überhaupt gewachsen sind?«
»Ich hoffe, diese Dokumente werden genügen«, sagte Wilder und übergab dem andern einige entsiegelte Papiere.
Während der Handelsmann die Dokumente durchlas, musterte er immer wieder über den Rand seiner Brille hinweg mit schlauen Blicken den Mann, dem die Zeugnisse galten, als wolle er sich von der Wahrheit dessen, was er las, überzeugen.
»Hm, hm, nicht übel, junger Herr. Und da das Zeugnis von zwei so respektablen Firmen stammt wie ›Spriggs, Boggs und Comp.‹ und ›Hammer und Hacket‹, ist es allerdings glaubwürdig. Aber, Mr Wilder, Sie verlangen doch wohl nicht, dass wir extra eine Lücke machen, damit Sie sie ausfüllen können.«
»Ich war der Meinung, der Kapitän sei so krank, dass ...«
»Krank ja, aber nicht bedenklich«, unterbrach ihn der verschmitzte Handelsmann und blickte rasch in die Runde, »krank allerdings, aber doch nicht so sehr, dass er das Schiff verlassen müsste. Nein, nein, meine Herren«, sprach er nun, dass es auch die Umstehenden hören sollten, »die ›Royal Carolina‹ tritt ihre Fahrt an, und zwar wie immer unter der Leitung des alten und erfahrenen Seemanns Nicholas Nichols.«
»Dann tut es mir Leid, dass ich Sie gestört habe, Sir«, erwiderte Wilder tief enttäuscht und trat einen Schritt zurück.
»Nur nicht so eilig, junger Mann, nur nicht so eilig. Kann sein,

dass uns Ihre Dienste dennoch von Nutzen sind, wenn auch nicht als Kommandeur. Wie wär's mit dem Titel ›Kapitän‹?«

»Ich kümmere mich wenig um den Namen, wenn nur das Schiff und der Oberbefehl mir anvertraut sind.«

»Ein kluger Junge, der den Unterschied zwischen Schein und Sein erkannt hat«, brummte der Kaufmann vor sich hin. »Aber die Bezahlung ...«

»Die Bezahlung spielt keine Rolle«, unterbrach ihn Wilder fast zu eifrig, »mir kommt es nur auf die Beschäftigung an.«

»Die sollen Sie haben und wir werden auch nicht kleinlich sein. Doch wer bürgt uns denn dafür, dass Sie wirklich die Person sind, die in den Papieren hier genannt ist?«

»Genügt nicht die Tatsache, dass ich die Papiere besitze?«

»Da kann ich Sie beruhigen, Mr Bale«, mischte sich plötzlich einer der Umstehenden ein, der dem Gespräch bisher mit größter Aufmerksamkeit gefolgt war, um ja kein Wörtchen zu verlieren, »ich kann dafür Zeugnis ablegen und, wenn nötig, auch Bürgschaft geben, dass der junge Herr die genannte Person ist.«

Überrascht wandte sich Wilder um und war nicht wenig erstaunt über einen Bekannten, der ihm hier durch Zufall über den Weg laufen sollte, wo er doch vollkommen unbekannt zu sein wünschte. Sein Erstaunen wuchs, als er bemerkte, dass der Sprecher kein anderer war als der Wirt zum »Unklaren Anker«, der eben auf die Gruppe zutrat. Mit dem ehrlichsten Gesicht der Welt stand er nun da und wartete, wie seine Bürgschaft auf die anderen wirken würde.

»Der Herr hat sicher eine Zeit lang bei Euch logiert und seine Rechnung pünktlich bezahlt«, erwiderte Mr Bale, der Handelsmann, »ich aber möchte Dokumente sehen. Aber sagt uns immerhin, was Ihr von dem jungen Manne wisst.«

»Dass er für seine Jahre ein Seemann ist, wie Sie ihn in den Kolonien nicht besser finden können. An Erfahrung mögen ihn manche übertreffen, aber sicher nicht an Tatkraft, Wachsamkeit und Klugheit, besonders an Klugheit.«

»Ihr seid also ganz gewiss, dass er die Person ist, auf die sich diese Papiere beziehen?«

In aller Ruhe nahm der Wirt die Zeugnisse an sich und machte sich daran, sie aufs Gewissenhafteste zu studieren, ein Bild der Ehrbarkeit und der Zuverlässigkeit.

»Alles, was hier steht, hat seine Richtigkeit, Mr Bale«, bemerkte der Wirt, als er die Papiere wieder zurückreichte. »Man hat nur vergessen zu erwähnen, wie er die ›Nanette‹ rettete und wie er ohne Lotsen die ›Margarethe‹ durch die Feuer speienden Batterien aus dem Hafen von Savannah steuerte. Ich nehme selbst Anteil am Schicksal der ›Carolina‹, Mr Bale, weil es ein Fahrzeug ist, das Newport selten verlässt, ohne dass klingende Münze in meiner Tasche zurückbleibt. Sonst wäre ich heute nicht da, um zu sehen, wie es die Anker lichtet.«

Bei diesen Worten klimperte der ehrliche Wirt mit ein paar Münzen in der Tasche und die beiden Männer lachten wie Leute, die sich verstehen, wenn es darum geht, Profit einzustreichen.

Bale winkte Wilder zur Seite und nach einigem Hin und Her wurden die Bedingungen des Vertrags aufgesetzt. Der eigentliche Kapitän sollte demnach an Bord bleiben, aber man machte jetzt kein Hehl mehr daraus, dass sein Schaden, nämlich ein gebrochenes Bein, um das sich eben die Chirurgen bemühten, ihn zwingen würde für mehr als einen Monat seine Kajüte und Hängematte zu hüten. Sein Amt und seine Pflichten sollte bis zu diesem Zeitpunkt Wilder übernehmen.

12

Wilder überzeugte sich zunächst, dass das Schiff, dessen Kommando er jetzt führte, wirklich die guten Eigenschaften hatte, die der Rote in seinem Brief angedeutet hatte. Alles deutete darauf hin, dass die »Royal Carolina« ein schnelles Schiff war, und auch die Mannschaft, die gerade unter dem Befehl des Lotsen am Bratspill beschäftigt war, machte einen günstigen Eindruck. Wilder lächelte selbstzufrieden und wandte sich dann um, als er plötzlich die erstaunten Augen von Mrs Wyllys auf sich gerichtet fand.

»Nach alldem, was Sie über dieses Schiff zu sagen hatten«, bemerkte sie ironisch, »hätte ich Sie am wenigsten hier erwartet.«

»Sie wissen wahrscheinlich, dass der Kapitän unglücklicherweise einen Unfall hatte«, antwortete Wilder.

»Wir haben gehört, dass ein neuer Offizier an seine Stelle getreten ist. Doch wir sind erstaunt gerade Sie hier zu finden.«

»Sie haben vielleicht einen ungünstigen Eindruck . . .«

»Oh, ich zweifle nicht an Ihren Kenntnissen und Sie werden sicher Gelegenheit haben, Ihr Können zu beweisen, wenn es gefährlich werden sollte. Oder halten Sie die Gefahren jetzt nicht mehr für so bedrohlich, da Sie bereit sind sie mit uns zu teilen?«

»Sie tun mir unrecht, Madame«, erwiderte Wilder mit einem Blick auf Gertraud, die schweigend zugehört hatte, »es gibt keine Gefahr, der ich mich nicht aussetzen möchte, um Sie und diese junge Dame zu schützen.«

»Ihr ritterliches Betragen ist uns nicht entgangen«, lenkte Mrs

Wyllys jetzt in einem etwas freundlicheren Ton ein, »auch wenn wir Sie und Ihre Reden bisher nicht verstehen konnten. Wir wollen Sie aber nicht länger von Ihren Pflichten abhalten. Gertraud, wir Frauen stehen gewöhnlich im Wege, wenn auf einem Schiff die Dienstpflicht ruft.«

Gertraud errötete und folgte ihrer Gouvernante, während unser Abenteurer ihr einen Blick nachsandte, der deutlich verriet, dass ihm die Gesellschaft der jungen Damen durchaus nicht lästig geworden wäre. Allein, die Matrosen hatten inzwischen den Anker bereits aufgeholt und Wilder übernahm von dem Offizier, der bisher die Kommandos erteilt hatte, den Befehl über das Schiff. Nachdem er alles vom Deck bis hinauf zu den Toppen überblickt und sich überzeugt hatte, dass es in Ordnung war, überprüfte er endlich auch noch die Außenseite des Schiffes, ob nicht irgendwo noch ein überflüssiges Tau herabhinge. In diesem Augenblick bemerkte er ein winziges Boot, das an der Leeseite des Schiffes festgemacht war und auf dem leicht bewegten Wasser wie eine Feder hin und her tanzte. Es gehörte dem Wirt zum »Unklaren Anker«, der eben jetzt aus dem Schiffsinneren emporgestiegen kam. Er näherte sich dem jungen Seemann, redete ihn mit dem Titel »Kapitän« an und wünschte ihm eine gute Reise und was man sonst in einem solchen Augenblick zu wünschen pflegt.

»Der Herr Kapitän haben da einen glücklichen Handel geschlossen«, endigte er, »und ich hoffe, Sie werden eine schnelle Fahrt machen. Es wird Ihnen jedenfalls heute Nachmittag nicht an gutem Wind fehlen. Und wenn Sie brav Segel setzen, können Sie morgen schon die Küste aus dem Gesicht haben. Wenn ich mich auch nur ein wenig aufs Wetter verstehe, dann wird der Wind von Osten blasen, mehr als Euch vielleicht lieb ist.«

»Und wie lange wird wohl meine Fahrt dauern?«, fragte Wilder

so leise, dass ihn kein anderer außer dem Wirt verstehen konnte. Der sah sich verstohlen um und erwiderte verschmitzt:
»Lieber Gott, Mr Wilder, woher soll das ein armer Gastwirt wissen? Muss ich dem Herrn dieses stattlichen Schiffs erst sagen, woher der Wind weht? Ihr werdet's schon schaffen und beweisen, dass ich meine Empfehlungen nicht umsonst gegeben habe.«
Wilder verwünschte insgeheim, dass er notgedrungen das Spiel des Schurken mitspielen musste, drang aber in ihn: »Aber das könnt Ihr mir wenigstens sagen: Wird man uns auf den Fersen folgen oder erwartet man, dass ich das Schiff unter einem Vorwand auf hoher See stoppe?«
»Der Herr behüte Euch, junger Mann! Was sind das für Fragen von einem, der frisch von der See kommt, an einen, der sie seit 25 Jahren nur vom Land aus kennt! Alles, was ich weiß, ist, dass Sie das Schiff ziemlich Süd halten müssen, bis die Inseln außer Sicht sind. Und dann müssen Sie Ihre Bewegungen nach dem Wind machen, damit Sie nicht in den Golf kommen, wo die Strömung Sie dahin treibt, während Ihr Kommando dorthin lautet.«
»Luv an! Beim Wind gehalten!«, rief da der Lotse dem Mann am Steuer zu.
»Beim Wind gehalten! Um keinen Preis nach der Leeseite des Sklavenhändlers!«
Wilder und der Wirt schreckten zusammen, als hätte das eben erwähnte Schiff für sie etwas Besorgniserregendes. Der Seemann wies auf das kleine Boot, das noch immer neben dem Schiff tanzte, und sagte: »Wenn Ihr nicht mit uns auslaufen wollt, dann ist es Zeit, von Bord zu gehen.«
»Ihr habt Recht«, erwiderte der Wirt, »ich muss Euch jetzt verlassen, so gern ich auch noch länger geblieben wäre.« Dann schwang er sich über die Bordwand und stieg hinab. »Na, Jungs, ich wünsch Euch gute Zeit, viel Wind und von der rechten Sorte und eine schnelle Rückkehr!«

Kaum hatte das Boot losgemacht, drehte es sich ein paar Mal und blieb dann zurück, während sich die »Carolina« ruhig und gleichmäßig fortbewegte.
Wilder folgte dem Boot noch einen Augenblick mit den Augen, dann wurde er durch die Stimme des Lotsen aus seinen Gedanken gerissen, der von der Vorderseite des Schiffs rief: »Die leichten Segel höher, anderen Wind! Keinen Zollbreit abfallen, sonst kommst du nicht am Sklavenhändler vorbei! Luv an! Luv an!«
»Der Sklavenhändler«, murmelte Wilder vor sich hin und eilte einer Stelle zu, von der aus er hinüberblicken konnte. Eigentlich ohne es zu wollen, stand er plötzlich neben Mrs Wyllys und Gertraud, die das fremde Schiff mit Vergnügen betrachtete und eben in dem Augenblick, als Wilder hinzutrat, bemerkte: »Sie werden mich auslachen, Mrs Wyllys, aber es wäre mir jetzt lieber, wir kämen von der ›Carolina‹ wieder herunter und könnten unsere Fahrt mit diesem schönen Schiff dort machen!«
»Ein schönes Schiff, in der Tat, aber gewiss nicht sicherer und bequemer als unseres«, erwiderte Mrs Wyllys, »und dann ein Sklavenhändler! Es ist eine Schande, dass ein so schönes Schiff zu einem so abscheulichen Zweck missbraucht wird.«
»Ein unheimliches Schiff und ein abscheulicher Zweck«, stimmte ihr Wilder zu und alle drei sahen schweigend und nachdenklich hinüber zu dem Sklavenschiff, auf dem sich nach wie vor nichts rührte.
Das Schiff war nun zwischen den kleinen Inseln und dem Punkt, wo man Homespun gefangen hatte, hindurchgesegelt und hatte den inneren Hafen verlassen. Schnurgerade im Weg lag der Sklavenhändler und alle waren gespannt, ob es noch möglich war, in Luv vorbeizukommen, was für das Auslaufen gewisse Vorteile gebracht hätte. Der neue Kommandant allerdings war begreiflicherweise auch aus anderen Gründen gespannt, wie sie die Durchfahrt meistern würden, denn es konnte ja bereits jetzt zu

einer Entscheidung kommen. Das Fort war keineswegs in dem Zustand, dass es den Korsaren hätte hindern können die Beute schon hier im Angesicht der Stadt aufzubringen und, den schwachen Befestigungen zum Hohn, mit sich hinwegzuführen. Auch waren die Positionen, die die beiden Schiffe einnahmen, einem solchen Überfall durchaus günstig; an eine wirksame Gegenwehr der »Carolina« war, da sie ja gar keine Vorbereitungen getroffen hatte, nicht zu denken. Und überdies mochte ein solch kühner und verwegener Überfall unter den Batterien der Hafenbefestigungen auch etwas Verlockendes für den Freibeuter haben.
Wilder strengte seine Augen an, um vielleicht an irgendeinem Zeichen die Absichten des Roten erkennen zu können; aber sosehr er sich auch bemühte, nichts deutete darauf hin, dass der Rote seine Position auch nur im Geringsten zu ändern beabsichtigte. Das Schiff lag da in tiefer, aber auch unheimlicher Ruhe, wie es den ganzen Morgen dagelegen hatte. Im ganzen Labyrinth des Tauwerks war nur eine einzige Gestalt zu entdecken, ein einsamer Matrose, der auf einer Rah saß und mit irgendwelchen Ausbesserungsarbeiten beschäftigt schien. Da der Mann im Luv saß, durchzuckte Wilder der Gedanke, dass er vielleicht dort postiert sei, damit er in die Takelage der »Carolina« einen Fanghaken werfe, um die beiden Schiffe aneinander zu fesseln. So beschloss er rasch diesen Plan zu hintertreiben und rief dem Lotsen zu, er solle den Sklavenhändler auf der Leeseite passieren.
»Keine Angst, Kapitän, lassen Sie mich nur machen!«, gab der Lotse zurück, der offenbar entschlossen war, seine kurze Herrschaft über das Schiff mit niemandem zu teilen. »Ich kenne hier jeden Stein auf dem Grund. Luv, Junge!, luv, so viel du kannst!«
»Wenn Ihr es auf den Sklavenhändler treibt, wer zahlt dann die Zeche?«
»Ich habe Kaution für alles gestellt«, gab der eingebildete Lotse

zurück, »und meine Frau nähte Euch jedes Loch, das ich in Eure Segel bringe, mit der Nähnadel zusammen.«

»Schön und gut, aber Ihr könnt ja das Schiff jetzt schon nicht mehr regieren. Abfallen!«

»Abfallen!«, wiederholte jetzt der Lotse, der angesichts der wachsenden Schwierigkeiten seine Selbstsicherheit verlor. »Haltet die Segel voll beim Wind! Ich hab's ja immer gesagt. Der Wind hat sich gedreht, Kapitän, sodass wir doch auf der Leeseite vorübermüssen.«

»Aus dem Wind mit dem Schiff!«, schrie Wilder im Befehlston. »Aus dem Wind!«

Doch da geschah das Unerwartete. »Das fremde Schiff hat uns ein Ankertau vors Kielwasser geworfen!«

Wilder schwang sich auf eine Kanone, um besser sehen zu können, und erkannte, dass eine lange Trosse das Wasser peitschte. Ganz klar, der Sklavenfahrer versuchte dem Kauffahrteischiff die Leeseite abzuschneiden. Die Offiziere auf der »Carolina« waren über diese Maßnahme nicht wenig befremdet, doch keiner konnte wissen, warum der Wurfanker so gelegt und ein Sperrtau quer über die Durchfahrt gespannt wurde. Zufrieden war allein der Lotse. Er hatte das Schiff in eine Lage gebracht, dass man auf keiner Seite mehr vorüberkonnte; sollte sich nun ein Unfall ereignen, dann konnte er sich in jedem Fall auf die schwierige und zweideutige Situation berufen.

»Eine Unverschämtheit«, knurrte Wilder, als er sich von der Lage überzeugt hatte, »Ihr müsst das Schiff doch auf der Windseite vorüberführen, Lotse. Es bleibt nichts anderes übrig.«

Befriedigt gab der Lotse die entsprechenden Befehle. Schwerfällig gehorchte das Schiff dem Steuermann, doch kaum war das Schiff wieder in der alten Richtung, so fiel es merklich an Fahrt ab, kraftlos wie zuvor, weil es keinen Wind mehr in den Segeln hatte, und trieb wieder auf den Sklavenjäger zu.

Da die Offiziere der »Carolina« mit spöttischen Bemerkungen über das unbeholfene Kreuzen ihres Schiffes nicht sparten, versuchte der Lotse seinen Ärger hinter zahllosen, lärmenden Befehlen zu verbergen. Das Geschrei wurde immer wirrer, bis die Matrosen schließlich müßig dastanden und nicht mehr wussten, welches Kommando sie ausführen sollten. Wilder stand indessen neben seinen weiblichen Passagieren und sah dem Durcheinander scheinbar gleichgültig zu. Mrs Wyllys sah ihn prüfend an, um vielleicht aus seinem Gesicht etwas über die Gefährlichkeit der Situation zu erfahren, sofern es überhaupt gefährlich war, wenn ein Schiff auf ruhigem Wasser auf ein anderes zutrieb, das unbeweglich vor Anker lag.

»Gibt es wirklich eine Gefahr?«, fragte sie und versuchte ihre eigenen Befürchtungen vor Gertraud zu verbergen.

»Ich sagte Ihnen schon, dass die ›Carolina‹ ein Unglücksschiff ist.« Das eigentümliche Lächeln, das diese Worte Wilders begleitete, gefiel den Damen durchaus nicht, sodass sich Gertraud ängstlich an ihre ältere Gefährtin schmiegte.

»Warum lassen sich die Matrosen des Sklavenhändlers nicht sehen, um in dieser Lage zu helfen?«, fragte sie, unsicher geworden.

»Die werden wir wohl bald genug zu sehen bekommen.«

»Sie halten das für gefahrvoll, Herr Kapitän?«

»Bleiben Sie in jedem Fall an meiner Seite«, erwiderte Wilder halb laut, »so nahe wie möglich.«

Und nun war es an der Zeit, dass der Kapitän für Ordnung auf dem Schiff sorgte und die allgemeine Unsicherheit beendete. Ein lauter Befehl übertönte das Geschrei des Lotsen und lenkte die Aufmerksamkeit der Matrosen auf den Befehlshaber des Schiffes. Wilder stand so, dass ihn jeder sehen und er alles überblicken konnte. Die Lage der »Carolina« war ihm klar; doch dann blickte er hinüber zu dem anderen, der noch immer in verräterischer Ruhe dalag und nicht zu erkennen gab, ob er die Durchfahrt gestatten würde oder nicht. Auf dem fremden Fahrzeug war nach wie vor kein Mensch zu sehen, außer dem bereits erwähnten Matrosen, der sich seiner Arbeit widmete, als ob die »Carolina« hundert Meilen von hier entfernt wäre. Dann kam Wilders zweiter Befehl: »Alle Segel backbrassen, vorne und hinten!«

»Jawohl«, wiederholte mechanisch der Lotse, »alles backbrassen!«

»Ist keine Schaluppe an Bord?«, fragte der Kapitän, und als ein Dutzend Stimmen die Frage bejahten, befahl er weiter: »Dann setzt den Lotsen hinein!«

»Das ist ein gesetzwidriger Befehl«, protestierte jener. »Ich verbiete es einem anderen Kommando als dem meinen zu gehorchen!«

»Werft ihn hinein!«, wiederholte Wilder streng.

Der Widerstand des Lotsen erregte kein besonderes Aufsehen. Die kräftigen Arme zweier Matrosen ergriffen ihn und warfen ihn trotz seines Sträubens ohne Umstände ins Boot, als wäre er ein Klotz. Das andere Ende der Fangleine wurde ihm zugeworfen und so überließ man ihn höchst gleichgültig seiner Wut und seinem Protest.

Inzwischen war der Befehl Wilders ausgeführt. Die riesigen Segel, die eben noch im Wind flatterten, pressten sich nun gegen die Masten und zwangen das Schiff zurück, ein schwieriges Manöver; doch der junge Kapitän war seiner Aufgabe gewachsen, die »Carolina« gab nach.

Während des ganzen Manövers hatte Wilder seine Aufmerksamkeit zwischen seinem eigenen Schiff und seinem rätselhaften Nachbarn geteilt, dessen imposante, totenähnliche Stille auch nicht durch einen einzigen Laut unterbrochen wurde. Kein menschliches Antlitz, ja nicht einmal ein Auge konnte er an einer der Stückpforten entdecken. Der Matrose auf der Rahe setzte seine Arbeit fort, als ob es ringsum nichts anderes gäbe. Und doch machte das Schiff fast unmerklich eine Bewegung, die der trägen Wendung eines schlafenden Walfisches glich und mehr durch die zufällige Strömung als durch Menschenhand hervorgerufen schien.

Aber nicht die geringste Veränderung entging dem scharfen Auge Wilders. Er sah, wie die Breitseite des Sklavenfängers sich nach und nach seinem Schiff zuwandte; unaufhörlich starrten die Kanonenmündungen des Fremden auf die »Carolina« wie die Augen eines lauernden Tigers auf die sichere Beute. In jedem Augenblick hätte eine volle Ladung aus den Geschützen des Korsaren das ganze Deck des Kauffahrers bestreichen können. Dann endlich war Letzterer der gefährlichen Nachbarschaft entronnen und steuerte einer Stelle zu, wo er sich sicher fühlen durfte. Doch nun erwies es sich, dass Strömung und Windrichtung ungünstig waren. Darum wurden noch einmal die Segel geborgen und der Anker herabgelassen.

13

Stolz trat Wilder nach dem geglückten Manöver auf die beiden Damen zu, die allerdings nicht ahnen konnten, welche tiefere Gründe hinter all den Vorgängen standen. Und doch bemerkte Mrs Wyllys, als er auf sie zutrat, halb sorgenvoll und wohl auch halb im Scherz: »Das Schiff dort könnte man für ein Gespensterschiff halten, wenn es so etwas überhaupt gäbe.«

»Nun, es ist ein wunderbar gebautes und hervorragend bewaffnetes Handelsschiff«, gab Wilder zurück.

»Bestand denn irgendeine ernsthafte Gefahr, als die beiden Schiffe aufeinander zutrieben?«

»Gewiss, aber wir sind ja jetzt in Sicherheit.«

»Dank Ihrer Geschicklichkeit. Aber wie lässt sich das alles mit Ihren früheren Befürchtungen vereinbaren? Oder haben Sie sich nur über die Leichtgläubigkeit furchtsamer Frauen lustig gemacht?«

»Durchaus nicht, Madame«, erwiderte Wilder lebhaft. »Wenn ich Mutter, Frau oder Schwester hätte, ich würde es nicht zulassen, dass sie auf der ›Royal Carolina‹ diese Fahrt antreten.«

»Ich durchschaue Ihre Gründe nicht, Mr Wilder, aber ich muss Ihnen zugeben, dass die geheimnisvolle Unbeweglichkeit dort drüben auch mich in Unruhe versetzt.«

»Vielleicht schlafen die Matrosen«, mischte sich Gertraud hier ein.

»Schlafen? Matrosen schlafen nicht zu dieser Tageszeit! Sagen Sie, Mr Wilder, halten Sie es für möglich, dass die Leute schlafen?«

»Nein.«

»Das habe ich mir gedacht. Wenn man das Schiff so sieht, dann könnte einem gar ein schlimmer Verdacht kommen. Hat man denn Leute von der Mannschaft in der Stadt gesehen, solange das Schiff hier vor Anker lag?«

»Ja.«

»Ich habe gehört, dass man falsche Flaggen vor der Küste gesehen hat und dass im letzten Sommer Schiffe geplündert und Passagiere misshandelt wurden. Es heißt sogar, dass der berüchtigte Rote Korsar aus der spanischen See hierher gekommen sei. Er soll in der Karibischen See gesichtet worden sein.«

Wilder schwieg und wartete, ob Mrs Wyllys noch mehr zu sagen habe.

»Und Sie haben uns nichts weiter zu sagen, Mr Wilder?«, fuhr sie fort. »Ist denn die Gefahr durch Ihre Gegenwart geringer geworden?«

»Geringer, ja; aber es besteht noch immer Gefahr.«

Gertraud hatte das Gespräch bisher nur als Zuhörerin verfolgt, doch jetzt wandte sie sich rasch und, wie es schien, mit Ungeduld um und fragte Wilder mit einem Lächeln, das auch einen eigensinnigeren Mann zum Reden gebracht hätte: »Dürfen Sie denn nicht mehr sagen?«

Wilder zögerte und errötete schließlich, während er das junge Mädchen betrachtete. Endlich, nach einer langen Pause, sagte er: »Ich bin sicher, dass ich mich auf Ihre Verschwiegenheit verlassen kann. So will ich Sie denn von Ihren Zweifeln befreien, wenn auch auf Kosten meiner ...«

Noch ehe er seinen Satz vollenden konnte, unterbrach ihn der Ruf eines Matrosen, der auf eine Bewegung auf dem Sklavenfahrer aufmerksam machte. Wilder richtete den Blick auf das andere Schiff und sah, dass der Mann von der großen Rah verschwunden war, während auf der anderen Seite ein Matrose mit einem Tau in der Hand auf- und abschritt, das er eben einzuholen im Begriff war. Auf den ersten Blick erkannte Wilder seinen getreuen Fid, der offenbar seinen Rausch ausgeschlafen hatte und wieder sicher auf den Beinen war.

»Sie wollten uns von unseren Zweifeln befreien«, nahm Mrs Wyllys das Gespräch noch einmal auf, »wenn auch . . .«

»Auf Kosten meines Lebens, wollte ich sagen, nicht meiner Ehre.«

»Gertraud, wir gehen in unsere Kajüte«, beendete Mrs Wyllys kühl und fast unhöflich die Unterhaltung, da sie glaubte, man treibe nur ein Spiel mit ihr. Die beiden Damen wandten sich ab und ließen den jungen Kapitän allein.

Während Wilder noch mürrisch vor sich hin starrte, wurde er plötzlich durch ein Geräusch aus seinen Gedanken aufgeweckt, das von dem leichten Eintauchen eines Ruders stammte. Ein kleines Fischerboot, wie man es in den seichteren Gewässern Nordamerikas verwendete, lag innerhalb von zehn Fuß vom Schiff, und zwar so, dass man es kaum zu entdecken vermochte. Nur ein einziger Mann saß in dem Fahrzeug, scheinbar der Eigentümer, der dem Fischfang nachging.

»Was sucht Ihr hier, guter Freund?«, rief ihn Wilder an. »Draußen in der Bucht gibt es bessere Fische.«

»Mir kommt es auf einen anderen Fisch an«, erwiderte der Mann im Boot und wandte sich um. Es war das verschmitzte Gesicht des alten Robert Bunt, des unzuverlässigen Bundesgenossen Wilders.

»Du wagst es, hierher zu kommen nach dem Schurkenstreich, den . . .«

»Pst, edler Kapitän! Pst!«, unterbrach ihn Robert und deutete mit einer Handbewegung an, dass ihre Unterhaltung keine Zeugen brauchte. »Wie kommt es, dass ich Eure Gunst verloren habe?«

»Da fragst du noch? Hast du nicht Geld bekommen, um den Damen eine Schilderung von dem Schiff zu geben, dass sie lieber auf einem Kirchhof übernachten würden, als auch nur einen Fuß auf diese Planken zu setzen?«

»Schon wahr, schon wahr«, gab der Alte zu. »Ihr habt mich angeworben, zur alten Admiralin hinaufzugehen und dort meine Behauptungen zu widerrufen.«

»Und das hast du nicht getan, sondern im Gegenteil eine ganz andere Geschichte erzählt.«

»Stimmt.«

»Stimmt, du Lump? Wenn es noch Recht und Gerechtigkeit gibt, dann sollte man dich an der höchsten Rah aufhängen!«

»Hu, nur nicht so große Worte, Herr Kapitän, haltet Euer Schifflein auf geradem Kurs. Die Hälfte meines Auftrags hatte ich ja bereits erfüllt, als ich zu der gläubigen Witwe hinaufstieg. Und dann beschloss ich eben den Rest Eures Lohnes auszuschlagen und mich lieber von der anderen Partei beschenken zu lassen.«

»Du niederträchtiger Lump!«, schrie Wilder. »Dein Alter soll dich nicht vor Strafe schützen. He, Maat, bemannt die Schute und bringt mir den Alten dort aus dem Boot und kümmert euch nicht um sein Geschrei!«

In weniger als einer Minute war die Schute bemannt und ruderte um das Schiff herum, um den Alten zu fassen. Doch Robert Bunt tat nur ein paar Ruderschläge und flog leicht wie eine Feder über das Wasser dahin in gerader Richtung auf das Sklavenschiff zu. Die Verfolger in der Schute verringerten zwar den Abstand immer mehr, allein, es dauerte nur kurze Zeit, da verschwand das flüchtende Boot hinter dem Heck des anderen Schiffes. Nach wenigen Minuten kam die Mannschaft der Schute langsam zurückgerudert wie Leute, die in ihren Erwartungen getäuscht worden waren.

»Der steht mit dem Teufel im Bunde«, berichtete Mr Nighthead, der die Schute befehligt hatte, »der Graukopf trieb sein Schiffchen vorwärts, als schwimme er in der Luft. Wir hatten ihn dennoch schon fast eingeholt. Aber als wir um den Sklavenfahrer herumkamen, waren Boot und Mann verschwunden.«

»Einfach verschwunden? Und Ihr habt ihn nicht mehr gesehen?«

»Nein, Sir. Und auch die Leute auf dem Sklavenschiff wussten nichts von ihm. Allerdings, es war nur ein Mann an Bord zu sehen und der schien eben erst aus dem Schlaf aufzuwachen.«

»Gut, lasst ihn laufen, den Spitzbuben«, schloss Wilder das Gespräch. »Es kommt ein Seewind auf und der soll uns nicht unvorbereitet finden. Zieht die Bramsegel auf. Vielleicht sehen wir doch noch die Sonne im Meer untergehen.«

»Anker gelichtet!«, kommandierte er kurz darauf. In schweren, abgemessenen Schritten drehte sich die Mannschaft ums Gangspill und holte den Anker ein. Der Wind kam frisch vom Meer her und fiel in die Segel, und ehe zehn Minuten verstrichen waren, sprühte die Gischt zu beiden Seiten der »Carolina«.

Wilder hatte nun selbst die Aufgabe übernommen, das Schiff durch die Inseln hindurchzusteuern, und bei der großen Verantwortung, die er damit auf sich geladen hatte, war es ein glücklicher Umstand, dass die Durchfahrt durch die Meerenge nicht schwierig war und dass sich der Wind so gedreht hatte, dass er die Ausfahrt begünstigte. Noch einmal musste die »Carolina« nahe am Sklavenschiff – oder sagen wir besser: am Freibeuterschiff – vorüber. Doch diesmal gab es keine Schwierigkeiten. Wilder meinte zwar, das Auslaufen der »Carolina« werde weiterhin nicht beachtet, doch er täuschte sich; denn eben, als sie vorüberfuhren, bemerkte er eine Gestalt in Offiziersuniform auf dem Heck des anderen und erkannte sogleich, dass es der Rote selbst war, der ihm hier zum Abschied winkte. Ein paar

Worte wurden noch zwischen den beiden Schiffen ausgetauscht, dann war die »Carolina« vorüber.
Die Erscheinung des Roten hatte auf die beiden Damen offenbar einen tiefen Eindruck gemacht.
»Ist es möglich, dass ein solcher Mann mit Menschen handeln kann?«, fragte Gertraud betroffen und ihre Gouvernante konnte sich noch immer nicht von dem Anblick des fremden Schiffes losreißen. »Das war kein gewöhnlicher Mensch«, bemerkte sie schließlich und fuhr sich mit der Hand über die Stirn, als wolle sie düstere Gedanken von sich weisen.
Die »Carolina« machte indessen gute Fahrt. Das Land blieb hinter ihr zurück, war endlich nur noch als ein blasser Streifen am Horizont sichtbar und verschwand dann ganz. Wilder blickte lange und sorgfältig durchs Fernglas zurück.

14

Sichtlich beruhigt, begab er sich zu seinen Reisegefährtinnen. Die Unterhaltung der drei wurde heiter und zwanglos und keiner erwähnte mehr die Sorgen und das Misstrauen der vergangenen Stunden. Ehe noch die kleine Gesellschaft gemerkt hatte, wie weit die Zeit schon vorgerückt war, schlug die Schiffsglocke acht Glasen und der heisere, lang gezogene Ruf, der die Matrosen auf Deck rief, unterbrach die Unterhaltung.

»Es ist die mittlere Wache«, sagte Wilder und lächelte über Gertraud, die bei dem unbekannten Ton zusammengeschreckt war. »Wir Seeleute sind nicht immer musikalisch, wie Sie hören. Und doch gibt es Leute, denen der Ruf noch viel unangenehmer klingt als Ihnen.«

»Sie meinen die Schlafenden unten?«, sagte Mrs Wyllys.

»Ja, die Wache, die zum Dienst gerufen wird. Für den Matrosen gibt es nichts Schöneres als den Schlaf. Für den Kapitän dagegen gibt es nichts Gefährlicheres, denn der trägt die Verantwortung.«

»Sie sind sehr jung für dieses Kommando.«

»Im Dienst zur See altert man früher als sonst«, gab Wilder zurück, »und ich vermute sogar, dass ich zur See geboren wurde.«

»Sie vermuten? Wissen Sie denn nicht, wo Sie geboren wurden?«

»Was dieses wichtige Ereignis im Leben angeht, muss wohl jeder das glauben, was ihm andere davon sagen, wissen kann er's

nicht«, sagte Wilder lächelnd. »In meinen frühesten Erinnerungen sehe ich jedenfalls das Meer.«
»Und Sie sind von klein auf in den besten Händen gewesen und haben eine ausgezeichnete Erziehung genossen.«
»Da haben Sie Recht!«, antwortete er mit Nachdruck. Dann stand er auf und lud die beiden Damen ein mit ihm zusammen an Deck einen Blick auf das Wetter zu werfen. Der Himmel war von dunklen Wolkenmassen bedeckt, durch die aber hin und wieder der volle Mond blickte, sodass keine absolute Finsternis herrschte; auf den Wogen, die das Schiff durchschnitt, tanzten weiße Schaumkronen und am Bug spritzte die Gischt auf; im ganzen ein düsteres, aber kein bedrohliches Bild.
»Dieser Anblick entschädigt für die lange Gefangenschaft auf einem Schiff«, rief Gertraud voller Bewunderung, »ach, Mr Wilder, Sie sind ein glücklicher Mensch, Sie können solche Augenblicke genießen, sooft Sie wollen!«
»Gewiss, das ist alles recht schön. Aber mir wäre es lieber, der Wind würde sich noch etwas drehen. Der Himmel will mir nicht recht gefallen und der Horizont auch nicht und am wenigsten die schlaffe Brise.«
»Das Schiff segelt doch schnell«, erwiderte Mrs Wyllys ruhig, da sie befürchtete, das Mädchen könnte bei diesen unüberlegten Worten ängstlich werden. »Wenn es so weitergeht, dann steht uns eine schnelle und gute Fahrt bevor.«
»Sie haben Recht!«, rief Wilder. »Höchstwahrscheinlich! Earing!«, befahl er dann. »Der Wind frischt auf. Refft die Bramsegel und brasst dichter beim Wind!«
Die Matrosen auf den Rahen führten den Befehl gehorsam aus, während Wilder mit raschen Schritten auf und ab ging, nicht ohne gelegentlich innezuhalten und auf den Kompass zu blicken. Dann schaute er wieder hinaus aufs Meer, als traue er dem Wetter nicht und wolle die Nacht mit seinen Blicken durchdrin-

gen, murmelte etwas von einer Täuschung vor sich hin; dann ging er wie zuvor wieder mit langen Schritten auf und ab.
Seine Gefährtinnen beobachteten mit wachsender Unruhe dieses Benehmen, das sie sich nicht erklären konnten. Auch sie spähten nun angestrengt übers Meer, konnten aber weiter nichts entdecken als die Wogen und die weißen Schaumkronen.
»Wir können nichts sehen«, sagte Gertraud, als Wilder wieder stehen blieb und scheinbar ins Leere starrte.
»Seht!«, antwortete er und deutete hinaus. »Ist dort nichts? Dort, wo der Himmel das Wasser berührt, dort bei dem Nebelstreifen? Ich täusche mich nicht. Beim Himmel, es ist ein Schiff!«
»Ein Segel in Sicht!«, rief die Stimme aus dem Mastkorb in diesem Augenblick. »Im Lee, dicht beim Wind! Seit einer Stunde hat's mehr einer Nebelbank als einem Schiff gleichgesehen.«
»Ja, er hat Recht«, brummte Wilder vor sich hin, »merkwürdig, dass gerade dort ein Schiff sein soll. Wolle Gott, dass es nach Norden steuere.«
»Sie sind uns eine Erklärung schuldig«, sagte Mrs Wyllys. »Sollen wir immer nur Warnungen von Ihnen bekommen? Stellen Sie uns einmal auf die Probe und Sie werden sehen, dass wir mutiger sind, als Sie denken.«
Wilder lächelte leise. »Sie sehen den bleichen Lichtstreifen. Sehen Sie die Spieren wie ein zartes Spinngewebe vor dem helleren Hintergrund? Ein stattliches Fahrzeug mit drei Masten.«
Jetzt entdeckten auch Gertraud und Mrs Wyllys das fremde Schiff. Nur schwache Umrisse waren zu erkennen.
»Ein Schiff, aber weit entfernt«, bemerkte Mrs Wyllys.
»Hm, mir wäre es lieber, es wäre noch weiter weg. Überall möchte ich es sehen, nur hier nicht.«
»Und warum nicht? Haben Sie Angst, uns könnte ein Feind auflauern?«

»Nein, aber es wäre mir lieber, er liefe nordwärts.«
»Ist's nicht ungewöhnlich, dass er gerade dort steht?«, fragte er den wachhabenden Offizier, den er zu sich gerufen hatte, und spähte wieder hinaus.
»Er will wohl weiter hinaus auf die offene See«, erwiderte der andere. »Ein Dutzend Meilen weiter Ost könnte auch uns nichts schaden!«
»Aber sehen Sie denn nicht, dass das Schiff da steht, wo es nicht stehen kann, wenn es nicht zusammen mit uns aus demselben Hafen ausgelaufen ist?«, unterbrach ihn Wilder.
»Tatsächlich, Sir«, räumte dieser nach einigem Nachdenken ein, »er kann eigentlich nicht dort stehen, ich begreife es nicht. Aber es gibt keinen Zweifel, dass es ein Schiff ist.«
»Kein Zweifel, aber höchst sonderbar.«
»Wir hatten einmal am Kap die gleiche Erscheinung. Und die Matrosen erzählen, dass der ›Fliegende Holländer‹ hier gelegentlich auftauche und auf die Schiffe lossteuere, als wolle er sie entern. Aber der dort kann der Holländer nicht sein, höchstens ein Kriegsschiff.«
»Nein, nein, der Holländer ist es nicht«, beruhigte ihn Wilder. Dann fügte er laut hinzu: »Heda, Ausguck dort oben!«
Der Mann oben meldete sich.
»Wie lange siehst du schon das fremde Segel?«
»Ich komme eben erst herauf. Aber Robert Brace, mein Kamerad, sagt, schon über eine Stunde! Er sitzt noch neben mir, um mir Gesellschaft zu leisten.«
»Dann schick ihn runter. Ich muss ihn sprechen!«
Als Brace sich nun meldete, fragte ihn der Kommandant: »Warum bist du nicht in deiner Koje?«
»Ich wollte noch ein wenig dort oben zubringen, Sir. Um die Wahrheit zu gestehen, ich habe ein paar schlimme Ahnungen. Ich saß in der Schute heute Morgen, die auf den Graubart Jagd

machte. Und mir hat es nicht gefallen, wie er uns entwischt ist. Und dann hat das Schiff dort leewärts etwas an sich, das mir durch den Kopf geht wie ein Wurfanker. Da kann ich nicht schlafen, und wenn ich meine Hängematte aufsuche.«

»Und wie hat es gestanden, als du es zuerst gesehen hast?«, fragte Wilder streng.

»Nicht viel anders als jetzt, Sir, es hat seine Richtung nicht geändert. Ein schnelles Schiff, sonst könnte es sich nicht neben der ›Carolina‹ halten.«

»Geh, mach, dass du in deine Hängematte kommst. Am Morgen können wir uns den Kerl dort vielleicht besser ansehen.«

»Mr Earing«, sagte Wilder, als sich der Matrose zögernd und brummend zurückgezogen hatte, »lassen Sie die Leute heraufkommen und dann Kurs ändern!«

Der Maat gab die nötigen Befehle, und als jede Rahe und jedes Segel so gesetzt war, dass es dem neuen Kurs entsprach, schaute Wilder sich neugierig und fast ängstlich nach dem fremden Schiff um. Eine Minute verging, ehe er den Punkt genau ausgemacht hatte, wo es stehen musste.

»Der Fremde ist verschwunden!«, sagte Earing mit einer Stimme, aus der Erleichterung, aber auch Unsicherheit sprach, ob er sich vielleicht nicht doch getäuscht habe.

»Dort drüben müsste er sein. Aber ich kann ihn nicht sehen!«

»Hier liegt er; und, beim Himmel, er hat schon gewendet!«, schrie Wilder in diesem Augenblick.

Kein Zweifel! Dieselben verschwommenen Umrisse vor dem hellen Hintergrund des Horizonts, dasselbe spinnenfeine Takelwerk, das sie schon kannten.

»Er hat wirklich gewendet!«, bestätigte Earing und aus seinen Worten war Furcht herauszuhören. »Solange ich die See befahre, habe ich noch nie ein Fahrzeug in einer solchen See wenden sehen. Der Wind muss es fürchterlich gerüttelt haben.«

»Mr Earing«, unterbrach ihn Wilder, »wir wollen Segel setzen, so viel wir können, und versuchen, ob unsere ›Carolina‹ den Fremden nicht totsegeln kann. Lassen Sie Bramsegel setzen!«
Gerne hätte der Maat widersprochen, aber es fehlte ihm der Mut dazu; im Ton des jungen Befehlshabers war etwas, das ihn davon abhielt. Unrecht hatte er allerdings mit seinen Bedenken nicht. Das Schiff hatte schon so viel Segel gesetzt, wie es sich nach seiner Meinung gar nicht mehr verantworten ließ, zumal zu dieser Zeit und unter einem Himmel, der noch ungünstigeres Wetter verhieß. Die nötigen Befehle wurden jedoch ebenso entschieden weitergegeben, wie sie von Wilder gekommen waren, und die Matrosen führten die Befehle mit einer Eile aus, die darauf schließen ließ, dass auch sie möglichst schnell aus der Nähe des unheimlichen Fremden kommen wollten. Die Segel waren rasch gesetzt; und nun standen sie alle da und schauten unverwandt hinüber zu dem Punkt, um zu sehen, welche Wirkung ihr Manöver haben würde.
Die »Carolina« beugte sich unter dem Druck der Segel tiefer in die See und jagte durch die schaumgekrönten Wellen dahin. Die Stöße, mit denen sie sich durch die See kämpfte, wurden von Mal zu Mal stärker und immer wieder ging vom Bug her ein Regen von Gischt über das Deck nieder.
Wilder beobachtete alle diese Zeichen genau und ein paar Mal hatte es den Anschein, als wolle er angesichts des wachsenden Drucks, dem das Schiff ausgesetzt war, den Befehl geben, die Segel wieder zu verringern, doch jedes Mal gab er den Vorsatz wieder auf, wenn er zu dem Nebelbild am westlichen Horizont hinüberblickte. Wie ein verwegener Spieler, der alles auf eine Karte setzt, schien er den Ausgang des Abenteuers entschlossen abwarten zu wollen.
»Die Segelstange dort biegt sich wie eine Peitsche«, murrte Earing.

»Mag sie brechen; wir haben genug Vorrat, um sie zu ersetzen«, war die Antwort.

»Die ›Carolina‹ hat immer Wasser gemacht, wenn sie zu schnell gegen die Strömung lief.«

»Wir haben Pumpen.«

»Schon wahr. Doch nach meiner bescheidenen Meinung hoffen wir vergebens ein Schiff totzulaufen, auf dem der Teufel selbst das Kommando führt.«

»Lassen wir's auf einen Versuch ankommen, Mr Earing.«

»Wir hatten es mit dem Holländer auch versucht und damals hatten wir günstigen Wind. Und doch konnten wir ihn nicht abschütteln.«

Wilder gab keine Antwort. Entweder war er es müde, auf die abergläubische Furcht des Maats einzugehen, oder er war zu sehr mit dem anderen Schiff beschäftigt, um sich um das Gerede kümmern zu können.

Abergläubische Furcht hatte auch alle anderen Matrosen erfasst, bis hin zum letzten Küchenjungen. Sie alle standen auf Deck und beobachteten den Kampf der »Carolina« und die Bewegungen des anderen.

In ihren Gesprächen wurde nun sogar der Unfall, der den Kapitän kurz vor dem Auslaufen betroffen hatte, zu einem unheilvollen Vorzeichen; und dass die »Carolina« in dieser Lage dem Druck der Segel standhielt und gute Fahrt machte, war ebenfalls ein Zeichen von übernatürlicher Gewalt. So wurde auch Wilder selbst, der mit auffallender Gelassenheit auf und ab schritt und von allen Umständen völlig unberührt schien, zum Gegenstand dunkler Vermutungen und Gerüchte.

15

Vor allem der zweite Maat, Nighthead, übte einen ungünstigen Einfluss auf die Mannschaft aus. Zwar stand er dem Rang nach hinter Earing; da er aber alle Vorurteile der einfachen Matrosen teilte, hatte er bei diesen weit mehr Einfluss als Earing. Er stand, nachdem das Schiff gewendet hatte, inmitten einer Gruppe von älteren und erfahrenen Seeleuten, die mit ihm über das geisterhafte Schiff auf Lee und dann auch über die ungewöhnliche Art, wie Wilder die Kräfte des eigenen Fahrzeugs auf die Probe stellte, eifrig diskutierten.

»Ich habe mir von alten Seeleuten oft erzählen lassen«, so führte er jetzt eben das große Wort, »dass der Teufel manchmal einen seiner Untergebenen an Bord eines ehrlichen Kauffahrers schickt, um ihn auf Untiefen und Sandbänke zulaufen zu lassen. Und wenn dann das Schiff zu Grunde geht, gehören ihm die Seelen der Leute an Bord. Ich habe Kap Hoorn umfahren. Aber was der hier macht, das geht nicht mit rechten Dingen zu. Ich sage euch, das Schiff ist auf eine Art und Weise bespannt, die kein Seemann, der weiß, was er will, dulden dürfte.«

Ein allgemeines Murren verriet, dass die meisten der Umstehenden seine Meinung teilten.

»Wir wollen besonnen und vernünftig die ganze Sache noch einmal untersuchen«, begann Nighthead von neuem, indem er sich vorsichtig umsah, ob Wilder, den er im Grunde fürchtete, nicht gerade hinter ihm stand. »Wir alle sind Engländer ohne einen Tropfen ausländischen Blutes, kein Schotte und kein Ire ist unter uns. Da musste erstens der wackere Nicolas Nichols von dem Wasserfass da abrutschen und sich ein Bein brechen! Nun weiß ich aber, Kameraden, dass Leute schon den Rahen heruntergefallen sind und doch kein Bein gebrochen haben. Aber darauf kommt es dem Teufel nicht an. Zweitens kommt euch ein Fremder an Bord mit einem Kolonial-Gesicht und nicht mit einem ehrlichen, glatten Engländer-Gesicht.«

»Der Junge sieht nicht übel aus«, warf der alte Matrose dazwischen.

»Jawohl, gerade darin liegt ja die Teufelei in dieser Angelegenheit! Er sieht gut aus, zugegeben! Aber er hat eben nicht das Aussehen eines Engländers. Irgendetwas an seinem Gesicht gefällt mir nicht. Und drittens steht er nun hier im Rang des Kapitäns, während der, der jetzt hier sein sollte, um die Befehle zu erteilen, unten in seiner Hängematte liegt und sich nicht regen kann. Ich mag dem nichts Übles nachreden, unter dessen Kommando ich fahre, aber ...«

»Und was sagt Ihr dazu, wie er heute Morgen das Schiff aus der Klemme brachte und den Lotsen von Bord jagte?«

Hier brach Nighthead in ein gemeines Gelächter aus, das auf die Zuhörer wirkte. »Bei gewissen Kapitänen ist das kein Wunder«, antwortete er, nachdem er sich von seinem Gelächter erholt hatte, »er hat es nur zu geschickt gemacht für einen so jungen Mann. Ich selbst hätte es kaum besser machen können. Aber was haltet ihr von dem Graubart in dem Boot? So eine Jagd, die seht ihr so schnell nicht wieder!«

»Merkwürdig war das allerdings«, gab der Alte zu, dessen Vertrauen in Wilder allmählich ins Wanken geriet.

»Das meine ich auch«, fuhr Nighthead fort, »und nun schaut euch den Himmel an und das Meer ...«

»He, ihr da drüben!«, unterbrach ihn der Befehlston Wilders. »Setzt das Oberbramsegel!«

Der Maat und seine Gefährten sahen sich einen Augenblick bedeutungsvoll an und schüttelten die Köpfe, ehe einige von ihnen endlich hinaufkletterten und das genannte Segel losmachten.

Wilder ließ tatsächlich so viel Segel setzen, dass selbst Leute, die weniger abergläubisch waren, misstrauisch werden mussten. Earing und auch Nighthead hatten zwar längst eingesehen, dass der Kapitän gleich ihnen nur den einen Wunsch hatte, nämlich dem gespenstischen Schiff, das ihnen so unbegreiflich folgte, zu entkommen. Aber über die Art und Weise, wie das bewerkstelligt werden sollte, gingen die Ansichten auseinander.

Nachdem die beiden Offiziere ein paar Worte gewechselt hatten, ging Earing entschlossen auf Wilder zu, um ihn zur Rede zu stellen und ihre Ansichten vorzutragen. Doch in dem Blick und in der Miene des Kapitäns lag etwas, das ihn in seiner Entschlossenheit wanken machte, sodass er die Bedenken nur sehr vorsichtig und bescheiden vorzutragen wagte.

»Ich sehe nicht, dass wir den Fremden aus den Augen verlieren, obwohl das Schiff so schwer durchs Wasser stampft«, fing er schließlich an. »Sind Sie wirklich der Meinung, Kapitän, dass menschliche Mittel genügen, die ›Carolina‹ aus dem Bannkreis des Fremden zu lösen?«

»Ich fürchte, nein«, erwiderte Wilder in einem Ton, der seine tiefe Sorge verriet. »Hier, nehmen Sie das Glas und sagen Sie mir, unter wie viel Segeln der Fremde fährt und wie weit er entfernt sein mag.«

Der wackere Mann tat, wie ihm befohlen war, legte den Hut aufs Deck und blickte durch das Fernrohr. Dann sagte er nach einiger Überlegung: »Wenn das Fahrzeug wie jedes andere irdische Schiff gebaut ist, dann hat es drei einfach gereffte Bramsegel und große Untersegel und Klüver.«

»Ihr seht, Earing, wir haben mit unserem ganzen Segeldruck

dem Schiff keinen Fuß abgewonnen, wenn der Kompass nicht trügt. Und wie weit ist er ab?«

»Ja nun, dem Schein nach ist's ein Schiff von 600 Tonnen, und wenn man ihm trauen darf, dann ist's wohl so sechs Meilen ab.«

»Das stimmt mit meinen Berechnungen überein. Sechs Meilen sind bei einer scharfen Jagd kein geringer Vorsprung. Ich will den Kerl hinter mir lassen, Earing, und sollte die ›Carolina‹ dabei aufs Trockene treiben.«

»Wenn sie Flügel hätte. Doch so treibt Ihr sie auf Grund.«

»Sie hält sich gut unter so viel Leinwand, sie hält viel aus.«

»Ich kenne sie in jedem Wetter, aber ...«

Er schwieg plötzlich. Eine ungeheure schwarze Woge erhob sich zwischen dem Schiff und dem östlichen Horizont und drohte, alles zu verschlingen, was ihr im Wege lag. Selbst Wilder erschrak zutiefst und zweifelte momentan an der Klugheit seiner Maßnahmen. Vor dem Bug der »Carolina« überschlug sich die Woge und eine Flut von Gischt brach über das Deck des Schiffs, der Bug verschwand, als wolle er unter der Woge hinwegtauchen. Der ganze Bau erbebte in seinen Fugen, als er sich schwerfällig wieder erhob, ein Zeichen, dass Wilder ihm zu viel abgefordert hatte.

Schweigend sah Earing seinen Vorgesetzten an, überzeugt, dass er keinen schlagenderen Beweis mehr nötig hatte. Und die übrigen Matrosen scheuten sich nicht länger ihre Unzufriedenheit laut kundzutun und gegen die Waghalsigkeit des Kapitäns zu protestieren. Wilder hörte nichts, das heißt, er wollte nichts hören. Erst eine Bewegung am Heck des Schiffes erinnerte ihn daran, dass er auch für andere Verantwortung trug. Gertraud und Mrs Wyllys, die sich trotz aller Gefahren fern von ihm gehalten hatten, um nicht im Wege zu sein, traten nun auf ihn zu.

»Das Schiff hat den Stoß gut ausgehalten«, sagte er beruhigend, um sie in Sicherheit zu wiegen. »Haben Sie Vertrauen in uns und die Mannschaft.«

»Mr Wilder, ich kenne das Meer, Sie täuschen mich nicht. Ich weiß, dass Sie dem Schiff zu viel zumuten. Ich möchte dieses Schiff verlassen. Ich verlange keine Erklärung von Ihnen. Keine Frage wird Sie belästigen. Aber bringen Sie uns zurück zu unseren Freunden nach Newport.«

»Das wäre eine Möglichkeit«, murmelte Wilder vor sich hin, »ein paar Stunden nur bei diesem Wind. – Mr Earing!«

Sogleich trat der Maat auf ihn zu.

»Hören Sie, Earing, lassen Sie das Schiff zwei Strich vom Wind abfallen und holen Sie die Luvbrassen dicht!«

Der Maat vernahm den Befehl mit Erstaunen, das er gar nicht zu verbergen trachtete. Denn er sah ohne weiteres, dass das Manöver nichts anderes bedeuten konnte, als dass sie dieselbe Strecke wieder zurückfuhren und damit das Ziel der Fahrt vorläufig aufgaben. Er wagte es daher, Gegenvorschläge zu machen.

»Nehmen Sie es einem alten Seemann nicht übel, dass er sich über das Wetter ein Urteil erlaubt. Wenn es zum Vorteil der Eigentümer wäre, dann hätte ich nichts dagegen, wieder umzukehren. Ich denke aber, wir können auf See bleiben, wenn wir die Segel nur ein wenig reffen. Und der Wind kann sich zwischen heute und morgen nach Nordwest drehen.«

»Einige Strich abfallen und die Luvbrassen dicht geholt, sage ich!«, wiederholte Wilder seinen Befehl.

Earing war nicht der Mann einen solchen Befehl zu überhören. Er gab daher die Anordnung weiter an die Matrosen, die zwar gehorchten, wie es sich von selbst versteht; aber einige unter ihnen, voran Nighthead, konnten ihren Unwillen über den scheinbar unsinnigen Befehl nicht unterdrücken und machten entsprechende Bemerkungen.

Obwohl das Gerede nicht zu überhören war, blieb Wilder

gleichgültig wie vorher; jedenfalls verschmähte er es, irgendwelche Notiz davon zu nehmen. Inzwischen glitt das Schiff, da es nunmehr mit günstigerem Kurs segelte, leicht dahin, und doch war die ganze Mannschaft noch immer der Meinung, dass angesichts des bedrohlichen Wetters viel zu viel Segel gesetzt waren. Ganz anders der Kommandant, der jetzt mit gebieterischer Stimme anordnete mehrere Leesegel zu setzen. Das Schiff lief daraufhin mit vermehrter Kraft durch die Wogen.

Als so viel Segeltuch gesetzt war, dass selbst Wilder sich eingestehen musste, mehr könne die »Carolina« nicht tragen, begann er sich umzusehen und nach dem Fremden Ausschau zu halten. Der hatte den Kurswechsel mitgemacht und schwebte noch immer wie ein kleiner Nebelpunkt am Horizont dahin. Alle Anstrengungen hatten der »Carolina« keinen Vorteil gebracht und nach einer weiteren Stunde lag der Fremde im Westen, als wäre er der Schatten der »Carolina«, den die fernen, düsteren Wolken auffingen. Earing sah sich in seinem Wunderglauben bestärkt und selbst Wilder konnte sich dem Eindruck nicht verschließen, das Schiff gleite mehr durch die Luft als auf den Wellen des Meeres.

Mrs Wyllys und ihre Schutzbefohlene hatten sich bereits in ihre Kajüte zurückgezogen. Wilder war auf Deck verblieben und beobachtete sorgenvoll den Himmel, der sich nach und nach veränderte. Der helle Streifen, der lange im Osten sichtbar gewesen war, verschwand. Schwere Massen dunkler Wolken ballten sich stattdessen dort zusammen, bis schließlich die Grenze zwischen Himmel und Wasser nicht mehr zu erkennen war. Auf der anderen Seite, im Westen, erschien am Horizont ein bösartiger Lichtstreifen, vor dem das fremde Schiff in phantastischen Umrissen zu verschwimmen schien.

16

Wilder erkannte die Zeichen und gab die entsprechenden Kommandos: »Leesegel bergen! Herunter damit!«, schrie er. »Herunter bis auf den letzten Lappen, vorn und achtern!« Das ganze Schiff geriet in Aufruhr, die Matrosen liefen an Deck zusammen und einen Augenblick sah es so aus, als löse sich alles in einem allgemeinen Wirrwarr auf. Doch die klaren Kommandoworte Wilders brachten rasch Ordnung.Wenig später hingen nur noch die großen Segel oben.

Das fremde Schiff hatte sich in der lichten Nebelflut aufgelöst, die sich jetzt über das Meer legte; der Wind, der bisher stramm geblasen und sich gelegentlich zu kleineren Böen gesteigert hatte, begann nachzulassen und wechselte die Richtung; er wurde schwächer und schwächer, bis schließlich die schweren Segel schlaff gegen die Masten schlugen – eine unheildrohende Stille trat ein. In diesem Augenblick erhellte ein flüchtiger Blitz den Horizont, ihm folgte ein Knall, der wie ein Donner über den Ozean rollte. Die Matrosen sahen sich erschrocken an, als hätten sie vom Himmel selbst eine Warnung erhalten. Nur Wilder deutete das Zeichen anders.

»Der glaubt wohl, wir schlafen hier«, brummte er vor sich hin, »und steckt doch selbst mittendrin. Der braucht uns nicht zu warnen!«

Dann drehte er sich um und prüfte den Himmel, sah hinauf nach den Segeln und richtete dann den Blick auf seine Mannschaft.

»Holt die Großsegel ein!«, befahl er mit ruhiger, doch überall

vernehmlicher Stimme. »Rollt sie zusammen, beide! Nehmt die Segel oben weg und beschlagt die Untersegel!«, fügte er mit erhobener Stimme hinzu.
Die Matrosen fühlten wohl, dass sie keinen Augenblick zu verlieren hatten, denn sofort sah man zwanzig Gestalten die Takelage hinaufklettern, wo sie die gewaltigen Segel zusammenrollten und an den Spieren befestigten.
Es war jetzt völlig windstill; die Wellen wurden kürzer, das Schiff selbst schien zur Ruhe zu kommen. In diesem kurzen Zeitraum des Erwartens traten die beiden Maate nochmals auf den Kommandeur zu.
»Eine entsetzliche Nacht, Herr Kapitän«, begann Earing als der ältere von beiden.
»Meine Herren«, unterbrach ihn Wilder, »was wollen Sie eigentlich? Kein Lüftchen rührt sich und das Schiff trägt bis zu dem Toppen keinen Fetzen Segel mehr.«
Dagegen gab es nichts zu sagen. Vielmehr war es die unbestimmte abergläubische Furcht vor etwas Unbekanntem, was die beiden Untergebenen bewegte.
»Nun ja«, antwortete Earing, »das Fahrzeug ist gut gebaut, obwohl wir gesehen haben, dass ein schwer beladenes Schiff nicht mit einem anderen um die Wette segeln kann, von dem man nicht weiß, wer das Steuer regiert.«
»Das sage ich auch«, setzte Nighthead hinzu, »für ein ehrliches Handelsschiff ist die ›Carolina‹ schnell genug. Aber bei einem solchen Wetter und zu einer solchen Stunde soll sich der Seemann in Acht nehmen. Ihr seht dort die Nebelbank, wie sie schnell auf uns zukommt. Wisst Ihr denn, ob sie nicht aus dem fremden Schiff dort kommt? Mehr mag ich nicht sagen.«
»Ich«, meinte der vorsichtige Earing, »würde jedenfalls eine ganze Monatsheuer drangeben, wenn ich nur wüsste, unter welcher Flagge der dort segelt.«

»Franzose, Spanier oder der Teufel!«, schrie da Wilder heftig, an die Mannschaft gewandt. »Herum mit der Fockrah! Sofort herum damit! Dort kommt er!«
Jeder verstand sofort, was damit gemeint war, und jeder handelte sofort, denn es war kein Augenblick zu verlieren.
Die fahle, drohende Nebelwand trieb nun aus Nordwest mit ungeheurer Geschwindigkeit auf sie zu. Erste Windstöße trafen die Masten. Das Meer überzog sich mit einer geschlossenen Decke von gekräuseltem Schaum. Und dann brach der Sturm mit vollster Wucht über das Schiff herein.
Wilder hatte noch versucht das Schiff rechtzeitig vor den Wind zu bringen, als er das Herannahen des Sturms bemerkte. Aber das Schiff bewegte sich so schwerfällig, dass das Manöver nicht mehr ganz gelang. Der Orkan fuhr in die Masten und drückte sie tief hinunter, bis die »Carolina« auf dem Wasser zu liegen schien. Sie richtete sich zwar mühsam wieder auf, aber nun begann ein furchtbarer Kampf um jeden Meter vorwärts.
»Haltet das Ruder nach Luv, wenn euch euer Leben lieb ist!«, schrie Wilder in das Heulen des Sturms.
Der Veteran am Steuer versuchte mit aller Festigkeit den Befehl auszuführen, allein das Schiff gehorchte ihm nicht mehr. Noch zweimal neigten sich die Masten dem Horizont zu und tauchten wieder auf, bis sich schließlich unter dem ungeheuren Druck der ganze Bau flach aufs Wasser legte.
»Ruhig! Nur ruhig!«, schrie Wilder und packte Earing, der wie wahnsinnig das steile Deck zu erklimmen versuchte, am Arm. »Eine Axt!«
Gedankenschnell gehorchte der Maat und sprang ans Besansegel, um den Befehl, der nun kommen musste, mit eigener Hand zu vollstrecken.
»Soll ich kappen?«, schrie er zurück.
»Kappen!«

Ein einziger Hieb reichte. Das Tau, ohnehin schon zum Reißen gespannt, war kaum abgehauen, als die übrigen alle, eins nach dem anderen, von selber rissen. Das ganze schwere und verwickelte Tauwerk hing noch am Mast und riss auch diesen ins Wasser.

»Fällt das Schiff jetzt ab?«, rief Wilder zum Steuermann hinüber.

»Es gibt ein wenig nach, Sir, aber jetzt legt sich's wieder!«

»Soll ich zuhauen?«, schrie Earing vom Großmast herüber, wohin er wie ein Tiger gesprungen war.

»Kapp die Großwanten!«

Ein lautes Krachen folgte und die See verschlang, wie vorher, das ganze Labyrinth von Rahen, Tauen und Segeln, das mit dem Mast über Bord ging. Das Schiff aber richtete sich langsam auf und rollte windwärts.

»Es richtet sich auf! Es richtet sich auf!«, schrien zwanzig Stimmen, die bisher bei dem Kampf um Leben und Tod verstummt waren.

Wilder erkannte, dass das Bramsegel am letzten noch stehenden Mast, das sich mit Wind füllte, das Schiff in höchste Gefahr brachte. Es musste gekappt werden. Aber wer dort hinaufstieg, spielte mit seinem Leben. Das konnte Wilder niemandem aus der Mannschaft zumuten.

»Mr Earing«, sagte er, »sollte mir etwas zustoßen, dann versuchen Sie das Schiff in einen Hafen zu bringen, vielleicht nach Virginia.«

»Was haben Sie vor?«, unterbrach ihn der Maat.

»Ich steige hinauf, sonst verlieren wir vielleicht das Schiff.«

»Das soll man dem Eduard Earing nicht nachsagen, er habe seine Pflicht nicht getan. Es ist Ihre Sache, das Schiff nach Virginia zu bringen, und meine, das Bramsegel zu kappen. Passiert mir etwas, dann tragen Sie's ins Logbuch ein. Das ist die beste und passendste Grabschrift für einen Matrosen.«

Wilder widersprach nicht. Er war zu lange im Sinne strenger Pflichterfüllung erzogen worden, um Earing jetzt nicht zuzustimmen. Der Maat nahm eine Axt und stieg in die Wanten. Die Matrosen, die ihn beobachteten, erkannten, was er vorhatte, und einige von ihnen entschlossen sich ihm zu folgen.

»Herunter mit euch! Herunter alle außer dem Maat!«, rief Wilder. Seine Worte blieben aber unbeachtet. Einige Augenblicke später waren die Leute oben auf den Rahen und warteten auf die Befehle des Maats. Der tat einen mächtigen Hieb auf die Besanschot, die das bis zum Platzen gefüllte Segel an einer Ecke festhielt. Mit einem explosionsartigen Knall riss sich die Leinwand von allen Befestigungen los und segelte am Schiff vorüber. Während die Matrosen noch dem Fetzen nachsahen, brach unten eine Want.

»Herunter!«, schrie Wilder noch einmal.

Nur ein Einziger ließ sich warnen und enterte an Deck. Für alle anderen kam die Warnung zu spät. Eine Want nach der anderen riss und dann brach der Mast. Eine Sekunde schwankte das turmhohe Labyrinth und schien sich nicht entschließen zu können, nach welcher Richtung es sich neigen solle. Dann aber folgte es einer Bewegung des Schiffes und stürzte krachend ins Meer. Der fallende Mast riss die Takelage wie Bindfaden los, und der nackte Rumpf des Schiffes trieb vor dem Sturm, als habe sich nichts weiter zugetragen.

Eine furchtbare Pause erfolgte. Selbst der Orkan schien nachzulassen nach dem, was er angerichtet hatte.

»Ein Boot!«, schrie Wilder, ohne zu überlegen, dass hier an Rettung nicht zu denken war. Keiner von den Matrosen rührte sich, keiner gehorchte.

»Es ist zu spät«, murmelte Wilder vor sich hin, »keiner kann sie retten.«

»Segel ahoi!«, brüllte da Nighthead mit einer Stimme voll abergläubischen Entsetzens.

»Soll's kommen, der Sturm hat ihnen die Mühe erspart. Hart backbord!«, kommandierte Wilder. »Vielleicht segelt es in der Dunkelheit an uns vorbei.«
Doch ein einziger Blick überzeugte ihn, dass alle Mühe vergebens war. Das fremde Schiff fuhr mit einer Geschwindigkeit heran, die der des Sturmes fast gleichkam. Nicht ein Faden Leinwand war drüben zu bemerken, aber auch kein Zeichen, dass der Sturm irgendeinen Schaden angerichtet hatte; die ganze Schönheit und das Ebenmaß des Baues waren erhalten. Zunächst glaubten die Matrosen auf der »Carolina«, man sehe sie nicht, und riefen nach Lichtern, um einen Zusammenstoß zu vermeiden.
»Nein!«, wehrte Wilder ab. »Es sehen uns nur zu viele!«
»Ja«, meinte auch Nighthead, »man sieht uns nur zu gut, mit Augen, die nicht aus einem sterblichen Kopf stieren.«
Da kam nun der Fremde, ruhig und erhaben, wie eine dunkle Wolke vor dem Wind heran. Nirgends ein Lebenszeichen. Wilder hielt den Atem an. Da aber kein Zeichen des Erkennens oder irgendeine Absicht zu bemerken war, wich die Spannung aus seinem Gesicht. Der Fremde jagte wie ein finsteres Gespenst vorüber und tauchte in die Nacht. Stundenlang wanderte Wilder noch an Deck auf und ab, prüfte den Himmel, spähte nach dem Horizont und schien in Gedanken versunken, während die »Carolina« vor dem Wind trieb, ein nacktes, kahl rasiertes Wrack.

17

Der Sturm ließ nach, und als der Morgen anbrach, glättete sich auch das Meer, sodass die Seefahrer hoffen konnten, es werde ihnen möglich sein, das Schiff wieder einigermaßen in Ordnung zu bringen. Als am Morgen die Mannschaft einer nach dem anderen wieder auftauchte, war Wilders erster Befehl: »Untersucht die Pumpen!«

Und da sich niemand anschickte seinem Befehl Folge zu leisten, wiederholte er streng: »An die Pumpen! Habt Ihr mich nicht gehört? Schafft das Wasser aus dem Schiff!«

Nighthead, an den Wilder seinen Befehl gerichtet hatte, warf seinen Kameraden einen Blick zu, ehe er sich rührte. Doch er wagte es nicht, den Gehorsam zu verweigern, und schließlich gingen die Matrosen zögernd und mit einer herausfordernden Lässigkeit an ihre Arbeit.

»Ein wahrer Zauberkünstler müsste es sein, kein Anfänger, wenn die Pumpen auch nur ansaugen sollen«, meldete Nighthead mit düsterem Blick auf Wilder.

»Was soll das heißen? An die Pumpen und das Wasser aus dem Schiff geschafft!«, befahl Wilder und forderte zwei Matrosen auf den anderen ein Beispiel zu geben. Sie zauderten einen Augenblick und gaben damit dem Maat Gelegenheit, die Mannschaft noch weiter aufzuhetzen.

»Wozu brauchen wir Hände, um an den Pumpen zu arbeiten, auf einem solchen Schiff?«, rief er und lachte rau.

»Was sollen diese Reden?«, erwiderte Wilder und trat auf

Nighthead zu. »Ihr wagt es, in einem solchen Augenblick ein Beispiel des Ungehorsams zu geben?«
Doch der Maat weigerte sich rundheraus, der Anordnung zu folgen. Im nächsten Augenblick traf ihn ein Faustschlag, der ihn zu Boden warf. Eine atemlose Stille folgte und dann erhob sich ein vielstimmiger wütender Schrei. Die Mannschaft meuterte offen und stürzte sich wütend auf Wilder, packte ihn und hielt ihn fest. Wer weiß, was geschehen wäre, wenn nicht ein entsetzter Aufschrei Gertrauds die Aufmerksamkeit aller abgelenkt hätte.
Während der vergangenen Nacht hatte sich Mrs Wyllys mit dem Mädchen die ganze Zeit unten gehalten, da sie wusste, dass sie auf Deck nur stören würden. Im Gebrüll des Sturmes hatten sie nichts bemerkt vom Stürzen der Masten und von dem Schreien oben auf Deck. Die Gouvernante ahnte wohl, dass es schlimm stehen müsse, aber sie hatte geschwiegen, um ihre Gefährtin nicht zu beunruhigen. Am Morgen hatten sie sich dann aus ihren Hängematten erhoben und waren nach oben gestiegen und nun betraten sie das Deck und sahen mit einem Blick die Verheerungen, die der Sturm angerichtet hatte, und die Erhebung der Matrosen gegen den Kommandanten.
»Hören Sie, Madame«, bemerkte der Maat zu Mrs Wyllys, »mit Ihnen will ich offen reden. Himmel und See waren heute Nacht, wie ich sie noch nie gesehen habe. Während unsere Masten abgeschoren wurden wie Barthaare, liefen Schiffe vor dem Wind, leicht und sicher wie Korkpfropfen, die Spieren fest und unbeweglich ausgestreckt, ohne dass eine Mannschaft darauf war, sie zu handhaben. Kein Mann hier an Bord hat je eine solche Mitternachtswache miterlebt.«
»Und was hat das mit der Szene zu tun, die wir eben erlebt haben? Ist denn nicht schon genug geschehen?«
»Sie können nicht sagen, Sie seien nicht gewarnt worden«, erwiderte Wilder mit bitterem Lächeln.

»Oh ja, wir waren gewarnt«, fuhr Nighthead dazwischen. »Als Nicolas Nichols den Unfall hatte – diese Warnung hätte man nicht übersehen dürfen. Dann hatten wir eine Warnung durch den Alten im Boot, ganz zu schweigen, dass es Unheil bringen muss, wenn man den Lotsen mit Gewalt aus dem Schiff wirft. Und dann sind wir trotz alledem auch noch an einem Freitag ausgelaufen und mit einem fremden Kommandanten. Hätte Eduard Earing auf all diese Warnungen gehört, dann hätte er jetzt noch ein Brett zwischen sich und dem Ozean.«
Dann erklärte Nighthead den beiden Damen unumwunden den Zustand, in dem sich das Schiff befand, und fügte hinzu, das Schiff werde sich wohl kaum noch lange über Wasser halten, denn der Schiffsraum sei schon halb voll Wasser gelaufen.
»Was wollen Sie denn tun?«, fragte Mrs Wyllys mit einem Blick auf Gertraud, die bleich und furchtsam daneben stand. »Ist kein Segel in der Nähe? Müssen wir denn hilflos untergehen?«
»Gott bewahre uns vor noch mehr fremden Segeln!«, brummte Nighthead wütend. »Dort hinten hängt unsere Pinasse und Land muss so ungefähr vierzig Meilen nordwest liegen. Wasser und Mundvorrat ist genügend da und zwölf starke Hände können schon ein Boot nach Amerika hinüberrudern, das heißt, wenn Amerika nach dieser Nacht noch dort ist, wo es gestern Abend war.«
»Sie wollen das Schiff im Stich lassen?«
»Ja. Zwar ist der Nutzen des Eigners allen braven Seeleuten teuer, aber das Leben ist besser als Gold.«
»Gottes Wille geschehe. Aber Sie haben doch nichts Schlimmes gegen diesen Mann hier vor. Er hat das Schiff unter schwierigen Umständen sicher geführt.«
Nighthead murrte einige unverständliche Worte vor sich hin und ging dann zur Seite, wohl um sich mit den anderen zu besprechen, die offenbar geneigt waren seine Pläne zu unterstüt-

zen, mochten sie auch gesetzwidrig sein. Wenig später versammelten sich die Matrosen um das Boot und schickten sich an, es herabzulassen und mit Lebensmitteln zu versorgen.

»Es ist Platz genug für alle Christen an Bord«, erklärte Nighthead. »Und was die anderen angeht, die einem gewissen Jemand vertrauen, nun, die sollen sich nach Hilfe umsehen, wo sie sie bisher gefunden haben.«.

»Das heißt also, Ihr wollt Eure Pflicht verletzen.«

Mit einer Stimme, aus der Hohn und Furcht sprachen, erwiderte der Maat: »Wir lassen sie nicht ohne Mittel. Dort ist die Barkasse.«

»Die Barkasse! Ihr wisst recht gut, dass Ihr alle miteinander sie in diesem Zustand nicht bewegen könnt. Sonst würdet Ihr sie wohl auch nicht stehen lassen.«

Der Maat grinste nur und Wilder verschmähte es, noch etwas zu sagen. Er schritt in tiefen Gedanken auf und ab. Die Mannschaft hatte unterdessen ihre Vorbereitungen rasch zu Ende gebracht, schon wurde der hilflose Nicolas Nichols vorübergetragen und ins Boot gebracht und nun wurden auch die beiden Frauen aufgefordert ihren Platz einzunehmen. Der Augenblick, eine Entscheidung zu treffen, war gekommen.

»Was sollen wir tun?«, wandte sich die Gouvernante an Wilder.

»Es ist nicht ausgeschlossen, dass sie die Küste erreichen«, erwiderte er und prüfte den Horizont. »Wenn die Windstille 24 Stunden dauert, dann erreichen sie das Land sogar bestimmt.«

»Und wenn nicht?«

»Bläst der Wind nordwest oder irgendwo von der Küste her, dann ist's um sie geschehen.«

»Und das Schiff?«

»Muss untergehen, wenn es verlassen wird, und ich, wie es mir meine Ehre gebietet, wenn nötig, mit ihm.«

Entsetzt blickten Mrs Wyllys und Gertraud auf den jungen

Mann. Sie erkannten, dass dieser Entschluss unwiderruflich war. Aber Mrs Wyllys hatte von Anfang an großen Widerwillen dagegen empfunden, sich und das Mädchen einer Bande von rauen Meuterern anzuvertrauen.

»Was sollen wir tun?«, fragte sie Wilder.

Der antwortete nicht sogleich. Minutenlang prüfte er den Horizont, besonders dort, wo das Festland liegen musste.

»So wahr ich ein Mann bin, der es für seine Pflicht hält, den Frauen mit Rat und Tat zur Seite zu stehen, ich traue dem Wetter nicht. Ich glaube vielmehr, die Chance, dass uns ein Schiff erspäht und aufnimmt, ist ebenso groß wie die Chance, in dieser Pinasse das Land zu erreichen.«

»Dann bleiben wir«, sagte Gertraud und errötete, »ich könnte mit diesen Meuterern nicht in einem Boot sitzen.«

»Schnell! Schnell!«, rief Nighthead ungeduldig. »Jede Minute Tageslicht ist für uns alle eine Minute Leben und jede Sekunde Windstille ein Jahr. Schnell, sonst lassen wir Euch zurück.«

Mrs Wyllys stand zweifelnd und abwartend da. Sie hörte das Plätschern des Wassers, und dann sah sie die Pinasse, getrieben von 12 Rudern, über das Wasser gleiten. Die Gesichter im Boot verschwammen, das Fahrzeug wurde immer kleiner und war schließlich nur noch ein dunkler Punkt, der mit den Wogen stieg und fiel. Erst als auch dieser Punkt nicht mehr zu erkennen war, raffte sich Wilder wieder auf. Er richtete den Blick auf die Gefährtinnen, als ob ihm die Verantwortung, die er übernommen hatte, erst jetzt voll zu Bewusstsein komme. Festigkeit und Entschlossenheit prägten jetzt seine Züge.

»Unsere Lage ist nicht verzweifelt«, sagte er, »wir können hoffen.«

Die Meuterer hatten das größere Boot auf dem Schiff zurückgelassen, weil es eine stundenlange, schwere Arbeit gekostet hätte, es aus seiner Lagerung zu heben und zu Wasser zu lassen. Wilders Vorschlag war nun, so viel Lebensmittel und andere Ausrüstungsstücke in das Fahrzeug zu schaffen, wie sie in der Eile zusammenraffen konnten, dann hineinzusteigen und den kritischen Augenblick abzuwarten, wo das Wrack unter ihnen wegsinken würde.

»Und das nennen Sie Hoffnung?«, rief Mrs Wyllys enttäuscht. »Ich habe mir sagen lassen, dass der Strudel, den ein sinkendes Schiff verursacht, auch ein Boot mit in die Tiefe reißt.«

»Das kommt wohl vor. Ich will Ihnen die Wahrheit sagen. Es ist ebenso wahrscheinlich, dass wir entkommen, wie dass wir mit dem Schiff versinken.«

»Das ist entsetzlich, aber der Wille des Himmels geschehe.«

»Ich steige hinunter, um zu sehen, wie lange das Schiff noch schwimmen wird, und Sie können bei unseren Vorbereitungen helfen.«

Die Frauen machten sich, unterstützt von der dunkelhäutigen Dienerin, an die Arbeit, während Wilder hinunter in den Schiffsraum stieg. Es ergab sich, dass ihre Lage weit bedenklicher war, als er gedacht hatte. Allerdings war das Leck nicht so groß, dass es von einer beherzten Mannschaft nicht hätte bewältigt werden können. Für Wilder allein war jedoch jeder Versuch, das Schiff noch zu retten, völlig vergebens.

Viel wichtiger war es nun, das Boot bereitzumachen. Wilder setzte die Masten ein, brachte die Segel in Ordnung und legte alles zurecht, was ihrer Rettung dienlich sein konnte. Jeden Augenblick konnte das Schiff endgültig versinken. Wilder beeilte sich die Taue zu kappen, mit denen das Boot festgemacht war, sodass es jetzt nur noch in seiner hölzernen Bettung lag. Dann galt es, einen Teil des Gepäcks, das die Frauen angehäuft hatten, wieder hinauszuwerfen, um Platz für die Personen zu schaffen. Trotz des heftigen Protestes der Dienerin flogen Schachteln, Koffer und Pakete auf Deck. Und trotzdem blieb genug zurück.

Als endlich Platz geschaffen war, forderte Wilder die Frauen auf ins Boot zu steigen. Er selbst vergewisserte sich noch einmal, dass wirklich alle Vorbereitungen getroffen waren: Lebensmittel, Wasser, Kompass und die anderen Instrumente, die man brauchte, um die Position eines Schiffes zu berechnen. Dann setzte er sich ins Heck des Bootes und bemühte sich seine Gefährtinnen durch seine eigene Gelassenheit zu beruhigen.
Die See war ruhig, sodass auch das Wrack kaum bewegt wurde und nur in langen Abständen heftig schlingerte und dann tiefer versank. So dauerte es noch bis zum Einbruch der Dunkelheit, bis Wilder die sicheren Vorboten des nahen Untergangs erkannte. Ein dumpfes Dröhnen und dann sprengte die eingeschlossene Luft den Vorderteil des Decks mit einem Donnerschlag in die Höhe.
»Festhalten!«, schrie Wilder.
Seine Worte gingen unter im Rauschen und Gurgeln des Strudels, das Schiff glitt Bug voran in die Tiefe. Die Barkasse hob sich mit dem Deck, bis sie fast einen rechten Winkel mit der Wasserfläche bildete, dann tauchte sie mit ein, dass die Wellen fast darüber zusammenschlugen. Doch dann schoss sie vorwärts, als wäre sie von einer mächtigen Hand angestoßen, und fiel wieder zurück in den Strudel, als wollte sie dem Mutterschiff in die Tiefe folgen. Das Meer ächzte tief auf und alles war wieder ruhig.

18

»Wir sind gerettet!«, sagte Wilder, der während des letzten Kampfes der »Carolina«, fest gegen den Mast gepresst, dagestanden hatte. »Wenigstens vorläufig.«
Die Frauen hatten das Gesicht mit ihren Gewändern verhüllt, um von alldem, was um sie herum vorging, nichts sehen zu müssen. Jetzt erst wagten sie die Köpfe wieder zu heben und Gott für ihre Rettung zu danken.
Ein Blick über die Bordwand des Bootes hinaus zeigte ihnen, dass rings um sie sich die scheinbar grenzenlose Wasserwüste dehnte. Das kleine, gebrechliche Fahrzeug war für sie nun die Welt.
»Mit einem günstigen Wind im Rücken könnten wir in einer Nacht und einem Tag das Festland erreichen«, ermutigte Wilder die drei Frauen, »wir dürfen nur nicht müßig sein.«
Er hisste die beiden Gaffelsegel und nahm seinen Platz am Steuer ein, da er wohl wusste, dass die Brise bald in die Segel fallen werde. Bald frischte der Wind auf, sodass Wilder einen willkommenen Anlass hatte, die Frauen zu ermahnen, unter dem kleinen Dach aus Teertüchern Schutz zu suchen.
Mitternacht ging vorüber, ohne dass sich die Lage der Schiffbrüchigen wesentlich verändert hätte. Nach Wilders Berechnung hatte das Boot schon viele Seemeilen in Richtung auf das östliche Ende von Long Island zurückgelegt. Das Wetter schien günstig, aber der Wind war nicht mehr wie anfangs feucht, sondern roch nach Land, ein Anzeichen, dass es bald vom Festland her wehen

werde, und zwar mit einer der Jahreszeit entsprechenden stürmischen Gewalt, wie auch die schmalen, lang gestreckten Wolken ankündigten, die sich über dem westlichen Horizont zusammenzogen.

Und richtig, in den frühen Morgenstunden starb der allmählich erschlaffende Wind gänzlich ab, und noch ehe die Leinwand den letzten Stoß fühlte, kamen schon die Gegenwinde von Westen her. Der junge Kapitän reffte die Segel, bis sie dem Wind nur noch ein Drittel der vorigen Fläche darboten, und warf eine Reihe von Gegenständen, deren Nutzen unter diesen Umständen mehr als fraglich war, kurzerhand über Bord. Die Maßnahmen kamen durchaus nicht zu früh, denn bald heulte aus Nordwest ein Wind, der die eisige Kälte des kanadischen Winters mit sich brachte.

»Das ist er; den kenne ich mit seinem Landgeruch. Der treibt manchen Seemann zurück in sein Kielwasser«, murmelte Wilder vor sich hin.

»Sagten Sie etwas?«, fragte Gertraud, die eben aus dem kleinen Zelt hervorblickte.

»Schlafen Sie, Fräulein, schlafen Sie«, suchte Wilder sie zu beruhigen, als wollte er nicht gestört werden.

»Sagen Sie mir ruhig die Wahrheit, ich bin ein Soldatenkind.«

»Wissen Sie, welchen Weg das Boot jetzt nimmt?«

»Nach dem Land zu, denke ich. Sie haben uns ja die Versicherung gegeben.«

»Das gilt nicht mehr. Wenn es in dieser Richtung weitergeht, dann müssen wir erst den ganzen Atlantik überqueren, ehe wir wieder Land sehen.«

Niedergeschlagen zog sich Gertraud wieder ins Zelt zurück, während Wilder versuchte durch neue Segelmanöver das Schiff möglichst nahe an Südwest heranzubringen. Doch diese geringe Kurskorrektur gab nicht viel Hoffnung. Mit jeder Minute wuchs die Gewalt des Windes, sodass Wilder am Ende das Besansegel ganz einholen musste. Und nun erwachte auch der Ozean wieder. Die dunklen Wogen wurden höher und höher und schlugen so mächtig gegen das Boot, dass die Frauen sich bald an die Seite ihres Beschützers flüchteten.

Endlich kam der Tag, doch was sich ihren Augen bot, war nicht weniger entmutigend, als was sie vorher gesehen hatten. Die Wogen sahen jetzt grün und mürrisch aus und hier und da leuchteten die weißen Schaumkronen. Dann erschien die Sonne über dem östlichen Horizont am blauen Himmelsgewölbe, das kalt und wolkenlos herabstarrte.

»Was halten Sie von unserer Lage?«, fragte schließlich Mrs Wyllys und schaute Wilder fest ins Gesicht, als wollte sie die Wahrheit aus seinen Zügen lesen.

»Solange der Wind diese Richtung hält, haben wir immer noch Hoffnung, eines der Schiffe zu treffen, das auf dem Weg nach den nördlichen Häfen ist. Frischt er aber weiter auf, dann zweifle ich, ob das Boot den Kurs halten kann.«

»Dann müssen wir wohl vor dem Wind laufen.«

»Ja, und in diesem Fall entfernen wir uns von dem Land, das wir zu erreichen hoffen«, erwiderte Wilder mit einem Blick auf Gertraud.

»Dort! Was dort?«, unterbrach sie Cassandra, die dunkelhäutige Dienerin. »Groß Fisch auf dem Wasser!«

»Ein Boot«, rief Wilder, »Boot ahoi! Hallo! Boot ahoi!«

Keine Stimme antwortete als das Heulen des Windes und jetzt erkannten sie klar eine umgestürzte Pinasse, die eben auf einer hohen See an ihnen vorübergetrieben wurde. Und dann erkannten sie eine Menschengestalt, die, bis zur Hälfte aus dem Wasser ragend, von einer Woge herangetrieben und im nächsten Augenblick wieder vom Wasser verschlungen wurde. Alle sahen sie es: Nightheads wüstes und vom Salzwasser nur noch mehr entstelltes Gesicht, das wie ein Spuk an ihnen vorüberglitt.

»Glauben Sie, dass alle umgekommen sind?«, fragte Mrs Wyllys leise, nachdem sie alle einige Momente lang geschwiegen hatten.
»Es gibt keine Hoffnung.«
»So sind wir die Einzigen von allen, die den Hafen von Newport gestern so glücklich verlassen haben, die noch leben.«
»Die Einzigen. Dieses Boot und seine Insassen ist alles, was noch an die ›Royal Carolina‹ erinnert.«
»Sieh!«, unterbrach Gertraud.
»Ein Schiff!«, rief Mrs Wyllys. Aber in diesem Augenblick sank das Boot in ein Wellental und das Bild war verschwunden. Doch als sie wieder auftauchten, überzeugte sich auch Wilder von der Richtigkeit der Beobachtung. In einer Entfernung von einer Viertelmeile war tatsächlich ein Schiff zu erkennen, das sich trotz der Wogen, die der Barkasse so zu schaffen machten, scheinbar mühelos vorwärts bewegte. Nur ein einsames Segel war gesetzt, um das Ruder des Schiffes zu stützen. Aber auch das war so gerefft, dass es sich zwischen den Tauen und Spieren wie ein weißes Wölkchen ausnahm.
Mrs Wyllys und Gertraud dankten Gott im Stillen für die Rettung, Cassandra lachte und weinte und jauchzte. Einzig Wilder hatte keinen Anteil an der allgemeinen Erleichterung über diese glückliche Wendung. Im Gegenteil, sein ganzes Verhalten ließ eher Sorge und Missvergnügen erkennen.
»Es tut Ihnen doch nicht etwa Leid, dass wir gerettet werden, Mr Wilder?«, fragte Gertraud verwundert.
»Vielleicht erreichen wir das Schiff gar nicht. Der Wind kann es verhindern. Das Auge erreicht leicht ein Schiff zur See, wohin die Stimme nicht dringt.«
»Nun, man wird uns sehen und warten, bis wir heran sind.«
»Nein, nein, gottlob, man sieht uns nicht. Unser Segellappen zerfließt in der Gischt oder man hält uns für eine Seemöwe.«
»Und dafür danken Sie dem Himmel?«

»Es ist ein bewaffnetes Schiff.«
»Vielleicht ein königlicher Kreuzer, auf dem uns eine freundliche Aufnahme gewiss ist.«
»Und wenn es der Feind ist, der vor unseren Küsten kreuzt?«
»Ich fürchte einen großmütigen Feind nicht. Selbst ein Korsar würde uns Frauen in dieser Not zu Hilfe kommen.«
Die beiden Damen wussten nicht recht, was sie von der kühlen Zurückhaltung, mit der ihr Gefährte die mögliche Rettung infrage stellte, halten sollten. Aber sie schwiegen, da sie einsahen, dass ihre Fragen doch zu nichts führen würden. Allein Cassandra gab sich nicht mit Wilders Untätigkeit zufrieden. Geschickt griff sie nach einem Bootshaken und befestigte, ohne dass er etwas davon merkte, eines der großen Leinentücher, die man mitgenommen hatte, und hob es lange über das gereffte Segel. Als Wilder dieses Signal bemerkte, war es schon zu spät. Eine Rauchwolke aus der Seite des Schiffs und ein dumpfer Knall machten allen klar, dass man gesichtet worden war.
»Jetzt ist es zu spät«, sagte Mrs Wyllys, »wir werden gesehen, mag es Freund oder Feind sein.«
»Es ist zu spät«, gab Wilder zu.
Im Tauwerk drüben stand eine leichte, behände Gestalt und erteilte die nötigen Befehle. Die vier Insassen des Bootes wurden ohne Umstände wohlbehalten aufs Verdeck des Fremden gebracht. Sobald sie und ihre Sachen in Sicherheit waren, überließ man die Barkasse wie ein unnützes Gerät dem Spiel der Wogen. Dann enterten 20 Matrosen auf; Segel nach Segel öffnete sich, bis das Schiff dahinjagte wie eine Wolke im Sturm.

19

Genau sieben Tage, nachdem die drei Schiffbrüchigen vom Roten Korsaren, denn um niemanden anderen handelte es sich, gerettet worden waren, kreuzte der Seeräuber bei günstigerem Wetter zwischen einigen felsigen Inselchen in seichteren Gewässern. Es regte sich kaum ein Lüftchen an diesem Morgen, der sanft und mild heraufzog.

An Bord herrschte eine gelöste, fast heitere Stimmung. Zwar trugen die Offiziere Waffen, Dolche und Pistolen, aber keiner von den Matrosen schien davon Notiz zu nehmen, als handle es sich um etwas ganz Gewöhnliches.

Eine Gestalt zeichnete sich vor allen anderen durch Würde und gebieterische Haltung aus, der Korsar selber. Er stand allein, da offenbar niemand es wagte, ihm unnötigerweise zu nahe zu kommen. Sein Blick verlor nie den Ausdruck strengen Prüfens, und wenn er hinausblickte über die leicht bewegte See, dann zogen sich seine Brauen zusammen wie in angestrengtem Nachdenken und verliehen seinem Gesicht einen düsteren, fast bedrohlichen Ausdruck. Ganz offen trug er seine Pistolen im Gürtel, dazu einen krummen türkischen Säbel und ein Stilett, das, nach den Verzierungen des Griffs zu urteilen, aus der Werkstatt eines italienischen Künstlers stammen musste.

Oben auf dem Kabinendeck standen Mrs Wyllys und das ihr anvertraute Mädchen. Sie schienen durchaus nicht ängstlich zu sein; ganz im Gegenteil, denn eben deutete Mrs Wyllys hinüber, wo in der Ferne wie eine dunkle Wolke ein Höhenzug über dem

Horizont auftauchte. Vergnügt riefen sie Wilder herbei, der auf der Treppe gestanden hatte und nun im Nu zur Stelle war.
»Ich sagte Gertraud eben, dass dort ihre Heimat liege und dass wir hoffen dürfen, bald dort zu sein, wenn ein günstiger Wind aufkommt. Aber das gute Kind will nach allem, was geschehen ist, seinem Glück erst dann trauen, wenn es bei seinem Vater ist. Wissen Sie, was für ein Land es ist, was wir dort sehen?«
»Land?«, fragte Wilder zurück und stellte sich verwundert. »Ist denn irgendwo Land zu sehen?«
»Irgendwo? Vor Stunden hat es der Ausguck schon gemeldet.«
»Mag sein. Ich habe es nach der durchwachten Nacht nicht gehört.«
Mrs Wyllys warf einen misstrauischen Blick auf Wilder, ehe sie fortfuhr: »Sie lieben die See offenbar mehr als die stille, friedliche Heimat.«
»Mir war das Schiff immer das, was anderen die Heimat ist«, erwiderte Wilder.
»Auch ich habe einen großen Teil meines Lebens auf dem Schiff zugebracht«, sagte Mrs Wyllys sinnend, »und dies hier ist auch nicht das erste königliche Schiff, auf dem ich fahre. Und doch scheinen sich die Gebräuche seither geändert zu haben. Oder ist es jetzt üblich, einem Wildfremden, wie Sie einer sind, auf einem königlichen Kriegsschiff ein Kommando anzuvertrauen?«
»Durchaus nicht.«
»Und doch führen Sie seit unserer Rettung hier das zweite Kommando, wenn ich mich nicht irre, Sie sind also königlicher Offizier?«
»Würde man einem anderen auf einem königlichen Schiff den Befehl überlassen?«
»Aber sagen Sie mir doch noch«, fragte dann Mrs Wyllys, »ist es denn üblich, dass die Offiziere eines Kriegsschiffs bewaffnet auf Deck erscheinen, wie es hier der Fall ist?«

»Der Kommandant will es so.«
»Ein geschickter Seemann übrigens«, bemerkte Mrs Wyllys weiter, »aber ein Mann von merkwürdigem Geschmack und im Übrigen eine außergewöhnliche Erscheinung. Ich muss ihn schon einmal gesehen haben, und zwar erst vor kurzem.«
Es folgten einige Minuten des Schweigens, während Mrs Wyllys den Mann, von dem die Rede war, unverwandt und prüfend beobachtete.
»Sind Sie denn schon lange mit diesem Kapitän Heidegger bekannt? Ein deutscher Name übrigens und mir völlig unbekannt. Lebt seine Familie schon lange in England?«
»Wir haben uns schon früher gesehen. Und auf alle anderen Fragen wird er Ihnen sicher selbst eine Antwort geben können«, erwiderte Wilder, erleichtert, dass er das Gespräch abbrechen konnte, denn eben näherte sich der Kapitän selbst. »Mich selbst ruft die Pflicht, Madame«, schloss er und zog sich mit einem misstrauischen Blick auf den Kapitän zurück.
Nichts im Benehmen des Letzteren rechtfertigte das Misstrauen und die Eifersucht, die Wilder hegte. Er war vielmehr kühl und zurückhaltend, wenn auch höflich und völlig korrekt.
»Ein Blick, der die Landratten mit Freude, die Seeleute aber mit Unbehagen erfüllt«, sagte er und deutete hinüber zu den bläulichen Hügeln, die in der Ferne nun deutlich zu sehen waren.
»Ich verstehe Ihre Abneigung nicht«, erwiderte Gertraud, an die er sich zunächst gewandt hatte.
»Aber ich verstehe die Ihre gegen das Leben auf dem Schiff nach all den Gefahren, die Sie erlebt haben. Aber es gibt auch bessere Zeiten, auch bei uns fehlt es nicht an Unterhaltung. Sehen Sie den Kerl dort. Der singt wie eine Lachtaube. Und der dort drüben ist ein Künstler, der auch einen seekranken Mönch zum Lachen bringen könnte.«
»Kommen Sie, Mr Wilder«, rief er, »wir wollen den Damen be-

weisen, dass wir an Bord auch unsere Feste haben können. Der Bootsmann soll seinen Zauberruf ertönen lassen; geben Sie die Parole aus: ›Zum Unheil!‹«

Wenige Augenblicke später erschien Mr Nightingale, der seinen ersten Auftritt bereits im »Unklaren Anker« gehabt hatte, mit der Pfeife an der silbernen Kette, ließ einen durchdringenden Pfiff ertönen und rief mit seiner tiefen Bassstimme: »Zum Unheil, ahoi!«

Ein allgemeines Hurra antwortete ihm. Im Nu schwang sich ein Teil der Matrosen ins Tauwerk und kletterte die Strickleitern empor wie die Eichhörnchen und alle anderen, selbst die schwerfälligsten, liefen zu ihren verschiedenen Posten, die Gewandteren, um allerlei Unfug gegen ihre Kameraden zu planen, die Ungeschickten, um sich zur Verteidigung bereitzumachen. Die einen saßen in den Rahen, um ihre Streiche zu beraten, die anderen drängten sich um den Großmast zusammen, um sich für den bevorstehenden Kampf zu rüsten.

Und schließlich war da noch eine dritte Gruppe, die sich in dem allgemeinen Durcheinander so diszipliniert versammelte, dass man auf eine lange Übung schließen konnte. Es handelte sich um die Truppe des Generals. Zwischen diesen Leuten und den Matrosen bestand nicht nur die fast instinktive Abneigung zwischen Soldaten und Seeleuten, sondern eine gerade auf einem Korsarenschiff begreifliche Eifersucht, die sich nicht selten in schweren Auseinandersetzungen Luft machte. Es waren im Ganzen zwanzig Soldaten, die sich versammelten, und obgleich bei solchen Anlässen Gewehre verpönt waren, konnte man leicht erkennen, dass die schnurrbärtigen Helden auch von dem Bajonett, das jeder über der Schulter trug, Gebrauch machen würden.

Der Kommandeur zog sich mit den Offizieren aufs Kabinendeck zurück, um durch seine Anwesenheit die Vergnügungen der Besatzung nicht zu stören.

Es dauerte nicht lange, bis jede Gruppe ihre Stellung bezogen hatte, dann wurden die »Feindseligkeiten« eröffnet.
Die Matrosen auf den äußersten Enden der Rahen ließen die Eimer, die dazu bestimmt waren, im Brandfall Dienst zu tun, hinab in die See, füllten sie trotz der Gegenmaßnahmen der Decksleute und zogen sie wieder empor. Gar mancher machte nun mit dem Element, auf dem er schwamm, nähere Bekanntschaft, als ihm lieb war. Das ging so lange gut, bis die Würde eines Kanoniers verletzt wurde und eine ganze Bande von seinen Anhängern aufstand, um die Schmach zu rächen. Eine kleine Kanone wurde herbeigeschafft und in Stellung gebracht. Unter lautem Gelächter kletterten die Matrosen oben wie die Affen die Taue hinauf, um sich in Sicherheit zu bringen.
Nun forderten die siegreichen Artilleristen die Marineinfanteristen auf den Vorteil auszunutzen und den Großmast zu stürmen. Ein halbes Dutzend Soldaten, schon durch und durch nass, rückte unter der Führung eines Korporals an, dessen schön gepudertes Haar durch einen Wasserguss schon ganz aufgeweicht war. Sie versuchten an der Takelage hinaufzuklettern, ein Heldenstück, das ihnen schwerer fiel als der Sturm auf eine Festung. Der Anblick der kühnen Fußsoldaten, die langsam und bedächtig die Strickleitern erklommen, hatte auf die Matrosen oben dieselbe Wirkung wie Fliegen, die sich einem Spinnennetz nähern. Zwei oder drei Soldaten erhielten eine tüchtige Tracht Prügel, als sie sich zu weit vorwagten, ohne sich auf diesem ungewohnten Schlachtfeld gehörig zur Wehr setzen zu können, da sie sich ja mit beiden Händen festklammern mussten. Anderen erging es nicht besser. Man sah sie plötzlich, in Taue verstrickt, in die Luft gehoben und nach oben entführt, wo sie dann an den Rahen schwebten, ohne sich rühren oder wehren zu können.
Unter den erfolgreichen Verteidigern des Großmastes befand sich auch Richard Fid, der jetzt große Löcher in der Jacke eines

seiner Opfer feststellte. »Scip«, rief er hinunter, »pack dir mal das Schneiderlein und schick's herauf, damit es die Löcher hier in der Jacke stopfen kann!«
Der bärenstarke Afrikaner sah kurz hinauf, dann setzte er sich in Trab und kriegte Homespun zu fassen, der neugierig und ängstlich aus einer Luke hervorgeguckt hatte. Noch ehe der arme Teufel wusste, in wessen Hände er gefallen war, schwebte er schon empor zu Fid. »Gott behüte mich und alle sterblichen Sünder!«, schrie Homespun, als er sich zwischen Himmel und Wasser schweben sah, aber da hatte ihn Fid schon am Mast festgebunden, damit er nicht hinunterfallen konnte. Die Hände ließ er allerdings frei, damit er seinem Geschäft nachgehen könne. Dazu kam es aber nicht, nicht nur weil unter diesen Umständen an eine vernünftige Näharbeit ohnehin nicht zu denken war, sondern weil von unten ein ungewöhnlicher Lärm zu vernehmen war.

20

Der halb scherzhafte, halb ernsthafte Kampf zwischen den Soldaten auf Deck und den Matrosen in den Rahen war weitergegangen. Der Kapitän, der anfangs noch mit einigem Vergnügen die Vorgänge beobachtet hatte, schien sich nicht mehr weiter darum zu kümmern. Er schaute mit tiefer Nachdenklichkeit auf seine weiblichen Gäste (oder soll man besser sagen, seine Gefangenen?), ohne dass sein Blick frech oder herausfordernd gewesen wäre. Er war so versunken in den Anblick, dass er den dumpfen Ruf nicht vernahm, der plötzlich den Lärm der Matrosen übertönte und aus dem Meer zu kommen schien. So fragte Wilder zurück: »Wer ruft den ›Delfin‹?«

»Vater Neptun wartet unter Eurem Vorderkiel!«

»Was will der Gott?«

»Er hat vernommen, dass gewisse Fremdlinge in sein Gebiet gekommen sind, und ersucht um Erlaubnis, an Bord zu kommen, um sich zu erkundigen, was sie wollen und um sie zu prüfen!«

»Er ist willkommen! Lasst den alten Herrn herauf!«

Eine athletische Männergestalt, scheinbar direkt aus dem Wasser aufgetaucht, erschien auf dem Deck. Teergetränkte Tauquasten, von Salzwasser triefend, hingen ihm als Haupt- und Barthaar herab. Aus Golfgräsern, die rings um das Schiff die Wasserfläche bedeckten, war sein Mantel nachlässig zusammengeflochten und in der Hand führte er einen Dreizack. So schritt der Meeresgott höchst würdevoll das Deck entlang, von einem Gefolge bärtiger Wassernymphen und Meeresgöttinnen beglei-

tet, deren Aufmachung nicht weniger grotesk war als die des Gottes. Grüßend verneigte sich Neptun vor Wilder, da der Kapitän noch nicht aus seinem Sinnen aufgewacht war.
»Fürwahr, ein wackeres Boot, mit dem Ihr diesmal in See gegangen seid, mein Sohn; und bemannt mit den edelsten meiner Kinder. Wie lange ist es her, dass Ihr das Land aus den Augen verloren habt?«
»Ungefähr acht Tage.«
»Ich brauche nicht lange zu fragen, welchen Hafen Ihr zuletzt angesteuert habt. Das Schilf von Newport hängt Euch noch am Anker. Ich hoffe, Ihr habt nicht zu viele neue Leute an Bord.«
»Ihr seht sie alle vor Euch und ein so erfahrener Seemann wie Neptun wird die rechten Leute schon finden.«
»Dann werde ich mit diesem Herrn den Anfang machen.« Mit diesen Worten trat der Meeresgott auf den General zu, der die ganze Szene in starrer Haltung beobachtet hatte. »Er sieht mir sehr nach Land aus. Ich möchte wissen, seit wie vielen Stunden er auf dem blauen Wasser schwimmt.«
»Ich glaube, der hat schon viele Seereisen hinter sich, und ich möchte schwören, er hat Eurer Majestät schon längst den schuldigen Tribut bezahlt.«
»Na, ich will's glauben. Doch wie steht's mit den Damen?«
»Beide waren schon vorher zur See und haben ein Recht, ohne Prüfung zu passieren.«
»Die jüngere ist hübsch genug, um in meinem Reich geboren zu sein«, erwiderte galant der Herr des Meeres, »und doch muss ich sie bitten für sich selbst zu sprechen.«
Ohne auf den zornigen Blick Wilders zu achten, wandte sich der Gott direkt an Gertraud: »Wenn das stimmt, mein hübsches Jüngferchen, dass Ihr schon früher das blaue Wasser gesehen habt, dann könnt Ihr mir wahrscheinlich sagen, auf welchem Schiff das geschehen ist.«

Gertraud ging auf den Scherz ein und erwiderte: »Wenn ich Euch alle Einzelheiten erzählen wollte, so hielte Euch das von wichtigeren Dingen ab. Nehmt diese Bescheinigung und überzeugt Euch, dass ich kein Neuling zur See bin.«
Mit diesen Worten ließ sie ein Goldstück in die Hand des Gottes fallen.
»Entschuldigt, dass ich nicht früher daran gedacht habe«, gab der Kerl mit einer etwas ungeschlachten Verbeugung zurück und wandte sich an Mrs Wyllys: »Und Sie, Madame, sind Sie zum ersten Mal auf See?«
»Oh nein, Majestät, ich genoss die Ehre, Euch zu sehen, schon vor mehr als dreißig Jahren.«
»Mag sein, aber ich kann nicht behaupten, dass ich mich an Sie erinnere.«
»Ich fürchte, dreißig Jahre haben viel verändert«, gab Mrs Wyllys mit einem traurigen Lächeln zurück. »Ich war auf einem königlichen Fahrzeug, einem Dreidecker.«
Damit überreichte auch sie dem Gott ein Goldstück. Allein das schien ihm nicht zu genügen. »Das mag alles so sein, wie Sie sagen, doch die Sorge um mein Reich und um meine zahlreiche Familie zwingen mich noch weitere Auskünfte einzuholen. Wehte eine Flagge auf dem Schiff?«
»Ja, die Admiralsflagge, ich sehe noch«, fuhr sie, ihren Blick ins Leere gerichtet, wie unbeabsichtigt fort, »wie schlau der Junge war, als er den alten Neptun hinterging und die Lacher an Bord auf seine Seite brachte. Er war damals erst acht Jahre alt.«
»Nicht älter als acht?«, fragte eine tiefe Stimme dicht bei ihr.
»Nicht älter an Jahren, aber an Schlauheit«, erwiderte sie und schien erst wieder zu sich zu kommen, als ihr Blick auf den Kapitän fiel.
»Schon gut«, schloss der Meeresgott, dem es jetzt nicht mehr so wohl war, da er sah, dass der gefürchtete Kommandeur seine

Anteilnahme an dem Gespräch zeigte. »Es wird wohl alles seine Richtigkeit haben, ich brauche nur in meinem Tagebuch nachzusehen.«
Mit diesen Worten wandte sich Neptun ab und schenkte seine Aufmerksamkeit den Marinesoldaten, die sich inzwischen zu einer dichten Gruppe zusammengedrängt hatten. Als er sich an einem der jüngsten und unerfahrensten Krieger vergreifen wollte, kam es zu einem Handgemenge. Der General hatte die ganze Szene mit wachsendem Ingrimm verfolgt. Jetzt mischte er sich mit Donnerstimme ein.
»Ich protestiere gegen dieses aufrührerische, unmilitärische Verfahren! Meine Leute wissen, wie sie sich zu wehren haben. Ich warne Euch. Wer sich an einem vergreift, bekommt Prügel!«
Das tat seine Wirkung. Ein kräftiger Faustschlag des Unteroffiziers ließ dem Meergott das Blut aus der Nase schießen. Der Seemann gab den Schlag zurück und damit das Zeichen zu einem allgemeinen Kampf, in dem bald auch Bajonette in der Sonne blitzten.
»Halt! Zurück! Zurück alle!«, schrie da Wilder und stürzte sich blindlings mitten ins Gedränge, wobei sein Eifer wohl durch den Gedanken an die beiden Frauen beflügelt wurde, die vielleicht in Gefahr schweben mochten, wenn einmal die Ordnung an Bord durchbrochen wurde. »Zurück, bei eurem Leben! Und Sie, Herr General, gebieten Sie Ihren Leuten Einhalt, wenn Sie schon ein so guter Soldat sein wollen.«
Die feindlichen Parteien bildeten zwei schwer bewaffnete Haufen, die sich feindselig gegenüberstanden. Zwei Matrosen hatten bereits eine Kanone aus der Verankerung genommen und so aufgestellt. Eine einzige Unbesonnenheit auf der einen oder der anderen Seite musste zu einem allgemeinen Kampf, zu Plünderung und Metzelei führen. Und dabei wurde die Stimmung noch

dadurch angeheizt, dass beide Parteien sich mit den übelsten Beschimpfungen überschütteten und zur äußersten Wut reizten. Minutenlang hatte dieser Zustand einer halben Meuterei schon gedauert, und dennoch verharrte der, der für die Disziplin an Bord als Erster zu sorgen hatte, in völliger Gleichgültigkeit, ja in einer Art von Bewusstlosigkeit, ohne wahrzunehmen, was um ihn herum vorging. Mit verschränkten Armen, den Blick fest auf die See geheftet, stand er da, regungslos wie der Mastbaum, an den er sich lehnte.

Seine Untergebenen waren weitaus tätiger. Wilder hatte die kühnsten der Matrosen schon zurückgeschlagen, sodass zwischen den Fronten ein freier Raum entstand, den einige Offiziere eiligst abzusperren trachteten.

Und als nun Wilder glaubte, die Meuterei sei unterdrückt, da versuchte er die günstige Situation zu nutzen und packte den Frechsten am Kragen, um ihn hinwegzuzerren. Doch in diesem Augenblick erwachte der aufrührerische Geist von neuem; mehr als zwanzig Mann packten zu und entrissen ihm den soeben Festgenommenen.

»Wer ist denn der Kerl, der sich hier auf der ›Delfin‹ wie der Kommodore benimmt?«, schrie eine Stimme aus dem Haufen hervor. »Wie ist er denn aufs Schiff gekommen? Und wo ist denn das Handelsschiff, das er uns ins Garn locken sollte?«

Es folgten noch mehr verächtliche Äußerungen über seine Herkunft und weitere bissige Bemerkungen. Wilder ließ sich nicht zurückschrecken; er setzte vielmehr ein herausforderndes Lächeln auf und forderte jeden einzelnen seiner Gegner heraus doch hervorzutreten und seine Worte durch die Tat zu beweisen.

»Hört, wie er spricht!«, riefen die einen.

»Ja, er hat Mut, wenn es windstill ist«, gaben die anderen zurück.

»In die See mit ihm! Über Bord mit ihm! Den Sprung haben

schon Bessere gemacht!«, forderten viele Stimmen und einige von den Kerlen schickten sich an ihre Drohung in die Tat umzusetzen.

Da sprangen mit Blitzesschnelle zwei Gestalten in den Haufen und warfen sich zwischen Wilder und seine Feinde. Die eine schlug den Gott Neptun zu Boden, als wäre er eine Wachspuppe, die andere folgte wacker diesem Beispiel und schwang eine Faust, die die Größe eines Kinderkopfes hatte.

»Fort mit euch! Fort! Gegen einen einzelnen Mann geht ihr? Noch dazu gegen einen Offizier?«, schrie Fid, denn kein anderer war es.

»Über Bord mit ihm! Über Bord mit ihm und seinen Freunden!«, brüllte die Menge.

»Können Sie es mit ansehen, wie ein Mord vor Ihren eigenen Augen begangen wird?«, rief da Mrs Wyllys und packte den Kapitän heftig am Arm.

Er schrak zusammen wie jemand, der plötzlich aus dem Schlaf geweckt wird, und sah sie scharf an. Es bedurfte nur eines Blickes, um über die Lage unterrichtet zu sein.

Er gewann wieder seine ganze Energie zurück. Ein Tau, das vor ihm von einer Rah herunterhing, erfassend, schwang er sich vom Kajütendeck herab mitten in den aufrührerischen Haufen hinein, als wäre er aus den Wolken gekommen. Die Fronten wichen zurück und eine Stille trat ein, in der man jedes Wort und sogar jeden Atemzug vernehmen konnte. Stolz und überlegen, hob der Rote Korsar den Arm und sprach mit einer Stimme, die keine besondere Erregung erkennen ließ, ja fast leiser und minder drohend als sonst. Und doch erreichte sein Wort jedes Ohr und niemand konnte im Zweifel sein, was er meinte.

»Meuterei!«, sagte er in einem Ton, in dem Ironie und Verachtung sich mischten, »offene und blutige Meuterei. Seid ihr eures Lebens müde, Leute?«

Er schwieg und so zwingend war seine Gegenwart, dass in dem ganzen Haufen von rohen Meuterern es nicht einer gewagt hätte, seinem Zorn zu trotzen. Eingeschüchtert, unterwürfig standen sie da, Matrosen wie Soldaten. Keiner antwortete, keiner regte sich, kein Auge wagte es, sich zu seinem zu erheben.

»Schon gut. Die Vernunft ist euch wieder gekommen, bevor es zu spät war. Die Waffen werden wieder dort aufgestellt, wo sie hingehören. Ihr werdet sie gebrauchen, wenn ich es befehle.«

Ohne Zaudern und Schwanken schlich jeder zu seinem Posten, wobei sich besonders jene Gruppe auszeichnete, die das Geschütz losgemacht hatte. Während des ganzen Vorgangs zeigte der Kapitän weder Ungeduld noch Zorn, eher Verachtung und Selbstbewusstsein. In Ruhe wartete er ab, bis die Befehle vollzogen waren und die Offiziere ihm melden konnten, dass jedermann seinen Platz eingenommen habe und alle Befehle pünktlich befolgt würden.

Der Kapitän ließ sich nun von Wilder den ganzen Hergang erzählen und dieser versuchte bei seinem Bericht jede persönliche Gehässigkeit zu vermeiden; andererseits beschönigte er auch nichts, denn bei einer Meuterei an Bord war jede Nachsicht fehl am Platz.

»Mit guten Worten kann man diese Leute nicht bändigen«, erwiderte der Korsar. »Schon einmal gab es eine ähnliche Geschichte, als ich an Bord kam und die Herren Matrosen bei den Getränken, die Offiziere aber als Gefangene im Vorderraum fand.«

»Und Sie brachten sie wieder unter Ihre Befehlsgewalt?«

»Ich brauche nicht mehr als festen Stand und Raum für meinen Arm, um mit tausend von ihnen fertig zu werden. Jetzt wissen sie, wen sie vor sich haben, und wir verstehen uns im Allgemeinen recht gut.«

»Sie müssen ein strenges Exempel statuiert haben.«

»Die Gerechtigkeit ist befriedigt worden. Ein Monat Erfahrung mehr, Mr Wilder, und Sie brauchen einen solchen Auftritt nicht mehr zu befürchten.«
Bei diesen Worten blickte der Korsar den Neuling mit einem Gesicht an, das Heiterkeit ausstrahlen sollte; und doch hatte trotz aller Bemühungen sein Lächeln etwas Furchtbares. »Kommen Sie«, setzte er rasch hinzu, »die haben eingesehen, dass wir wieder die Herren der Lage sind; so braucht es uns auf ein bisschen Gnade nicht anzukommen. Und außerdem haben wir auf unsere Gäste auch Rücksicht zu nehmen.«
Die Rädelsführer des Tumults erschienen vor ihm, um dort ihre kurze, aber strenge Lektion zu erhalten, die fast alle ruhig und schuldbewusst über sich ergehen ließen. Nur einer von ihnen fand den Mut, das Wort zu ergreifen und dem Kapitän zu erwidern: »Was die Soldaten angeht, so wissen Euer Gnaden, dass wir uns nie besonders grün waren. Was aber den Herrn dort angeht, der es für gut fand, das Kommando zu übernehmen und ...«
»Es ist mein Wille, dass er es behält«, unterbrach ihn der Kommandeur heftig. »Über ihn hat keiner zu urteilen außer mir.«
»Gut. Da es Ihr Wille ist, darf keiner etwas dagegen haben. Es ist aber keine Rechenschaft gegeben worden über das Handelsschiff, von dem wir uns so viel erwartet haben. Euer Gnaden werden es nicht überraschend finden, wenn wir uns nur ungern mit einer leeren Barkasse begnügen.«
»Wenn ich es will, dann müsst ihr mit einem Ruder oder einem Holzbolzen für eure Arbeit zufrieden sein! Genug, ich halte ihn für treu. Geht und schickt mir die beiden Männer, die sich so mutig zwischen die Offiziere und die Meuterer geworfen haben!«
»Ihr habt euch tapfer gehalten, du und dein Freund«, begrüßte der Kapitän die beiden Matrosen. »Ihr seid sicher lange zusammen auf See.«

»Voll und dicht beim Wind, in mancher schweren Bö und in mancher Windstille. Vierundzwanzig Jahre waren es letzthin, seit wir mit dem jungen Mr Harry zusammen sind. Und damals waren wir schon drei Jahre zusammen.«
»So? Ihr seid schon 24 Jahre mit Mr Wilder? Dann ist es freilich kein Wunder, dass ihr euch so für ihn einsetztet.«
»Sehen Sie, Sir, ich hörte, wie die Jungen da ein Komplott machten, uns alle drei über Bord zu werfen. Und da habe ich eben geglaubt, da müsste ich auch ein Wort mitsprechen. Und da Worte nicht immer zur Hand sind, hielt es mein Freund hier für richtig, die Lücke mit etwas anderem auszufüllen. Er ist eben kein großer Redner.«
Der Kapitän lächelte. »Euer Dienst soll nicht vergessen werden. Hier ist Gold«, sagte er und bot dem Neger, der ihm nahe stand, eine Hand voll davon an. »Teilt es unter euch wie redliche Kameraden. Im Übrigen steht ihr unter meinem Schutz.«
Scipio trat einen Schritt zurück, machte eine abwehrende Bewegung und erwiderte: »Ihre Gnaden geben das Master Harry.«
»Dein Master Harry hat selber genug. Der braucht kein Gold.«
»Dann Scip auch keines braucht.«
»Sie werden gütigst Nachsicht haben mit den schlechten Manieren dieses Kerls, Sir«, bemerkte Fid und schob dreist seine eigene Pranke dazwischen, um das Gold in Empfang zu nehmen. »Er weiß es eben nicht besser, aber er dankt Ihnen so herzlich, als habe er die doppelte Summe empfangen. Und nun, da diese Schwierigkeit glücklich gelöst ist, werden mir Euer Gnaden erlauben den Schneider von der Fockrah herunterzuholen.«
Nun übernahmen wieder die Offiziere das Kommando an Deck, während der Kommandant selbst verschwand.

21

Er kam erst wieder an Deck, als die Wache für die Nacht abgelöst wurde und eine gewöhnliche Stille eintrat. Das Schiff war inzwischen mit der Strömung so weit nördlich gelaufen, dass die kleine Erhöhung in der Ferne längst wieder unter dem Horizont verschwunden war und nur noch die grenzenlose Wasserwüste ringsum lag. Nicht der leiseste Windhauch rührte sich und selbst die Leute, die Wache hatten, ließen sich auf ihren Posten durch die tiefe Stille zur Nachlässigkeit verleiten. Sie lagen teils zwischen den Kanonen, teils an anderen Stellen des Decks und genossen den Schlaf, den sie nicht in ihren Hängematten suchen durften. Nur eine Gestalt stand aufrecht, munter und wachsam das Ganze überblickend. Es war Wilder, an den wieder die Reihe als Wachoffizier gekommen war.

Zwei Stunden gingen vorüber, ohne dass zwischen dem Kapitän und seinem Leutnant irgendein Wort gewechselt worden wäre. Beide schienen eine Unterredung zu vermeiden, denn jeder war im Augenblick mit seinen eigenen Gedanken zu sehr beschäftigt. Endlich brach der Erstere das Schweigen und begann: »Mr Wilder, kommen Sie doch herauf. Hier ist die Luft frischer als unten auf dem Deck.«

Der Angeredete gehorchte. Einige Minuten wanderten sie, immer noch schweigend, nebeneinander auf und ab.

»Wir hatten einen unruhigen Tag, Mr Wilder«, fing der Kapitän endlich an, »waren Sie schon einmal in Ihrem Leben so nahe an einer Meuterei? Einige von den Kerlen ließen es sich einfallen, persönlichen Hass gegen Sie zu äußern. Aber beunruhigen Sie sich deshalb nicht. Ich kenne ihre geheimsten Gedanken und Sie werden es bald sehen.«

»Ich leugne nicht, dass ich an Ihrer Stelle bei dieser Stimmung an Bord wie auf Dornen schlafen würde. Wer bürgt Ihnen dafür, dass nicht heute oder morgen ein Aufruhr innerhalb von wenigen Stunden das Fahrzeug der Regierung ausliefern und Ihr Leben dem ...«

»Henker! Und warum nicht auch Ihres?«, fügte der Kapitän rasch hinzu und ließ einen Anflug von Misstrauen durchblicken. »Ich habe der Gefahr zu oft ins Auge gesehen, als dass mich eine königliche Flagge erschrecken könnte. Überdies sind wir nur selten an dieser Küste. Wir kreuzen meistens bei den Inseln und in der spanischen See, wo es weniger gefährlich ist.«

»Wie kommt es dann, dass Sie jetzt, wo der Admiral nach Beendigung des Krieges wieder mehr Zeit hat, Sie mit einer größeren Flotte zu verfolgen, ausgerechnet in diesen Gewässern kreuzen?«

»Ich habe meine Gründe. Kann ja sein, dass ich mich langweile, wenn ich nur auf Spanier Jagd mache. Ich liebe das unruhige Leben und selbst die Meuterei hat mich gereizt.«

»Mir ist Verrat unheimlich. Solange der Feind zu sehen ist, werden Sie mich unverzagt finden. Aber es ist nicht nach meinem Geschmack, auf einem Pulverfass zu schlafen.«

»Es fehlt Ihnen an Übung. Das wird sich geben. Ja, Wilder, ich liebe die Ungewissheit, denn so können wir uns bewähren. Selbst der Gegenwind bedeutet Freude für mich. Und ich bin sicher, das ist auch Ihre Einstellung. Wissen Sie, ich habe nach Ihnen geangelt wie der Fischer nach dem Karpfen. Aber glauben Sie nicht, dass ich dabei die Gefahr eines Verrats ganz aus den Augen verloren hätte. Im Ganzen waren Sie treu, obwohl ich für die Zukunft dagegen protestieren muss, dass Sie mir das Wild aus dem Netz halten.«

»Wann und wie hätte ich das getan? Sie selbst haben zugegeben ...«

»Dass die ›Royal Carolina‹ nicht ungeschickt geführt wurde und ihr Untergang dem Himmel zur Last fällt. Aber ich spreche von edlerem Wild. Haben Sie nicht die edle Gouvernante und das hübsche Mädchen von dieser Fahrt abzuhalten versucht?«

»War es Verrat, den Frauen das Schicksal zu ersparen, das sie heute erst bedrohte?«

»Beim Himmel, Wilder. Ehe das schöne, unschuldige Mädchen ein Leid treffen sollte, würde ich mit dieser Hand das Pulvermagazin anzünden und sie rein und unschuldig, wie sie ist, gen Himmel senden, von wo sie gekommen zu sein scheint.«

Mit Missvergnügen vernahm Wilder die Begeisterung, die in den Worten des Korsaren mitschwang. Nach einer längeren Pause fragte er: »Woher wissen Sie, dass ich den Damen dienen möchte?«

»Sie haben sich doch deutlich genug ausgesprochen.« Sein Gesprächspartner lächelte nur viel sagend. Und nun erkannte Wilder endlich, dass er durch eine List getäuscht worden und dass der alte Matrose Bob Bunt niemand anders als sein jetziger Kommandeur gewesen war. Jetzt verstand er auch das merkwürdige Benehmen des Kneipenwirts zum »Unklaren Anker« und das rätselhafte Verschwinden des Bootes. Erregt ging er mit großen Schritten auf und ab, ehe er antworten konnte.

»Ich habe mich hintergehen lassen, ich gebe es zu und beuge mich dem Meister, von dem man vieles lernen, den man aber nicht übertreffen kann. Und der Wirt, hat der auch nur in Ihrem Auftrag gehandelt?«

»Der? Nun, kein Matrose in Not kann sich einen nützlicheren

Mann denken als ihn. Und wie hat Ihnen der Lotse in Newport gefallen?«

»Auch der in Ihrem Auftrag?«

»Bloß zum Scherz. Solchen Schurken vertraut man nicht mehr an, als sie selbst erraten können. Doch sachte! Hören Sie nichts?«

»Ein Tau plätschert im Wasser.«

»Ganz recht. Nun können Sie sich überzeugen, wie ich mich ganz und gar auf diese unruhigen Herren verstehe.«

Der Kapitän lehnte sich über die Galerie, als wolle er die dunkle Oberfläche des Meeres betrachten. Wilder bemerkte ein leises Geräusch von hin und her bewegten Tauen. Ein Mann versuchte dort unten mit aller Vorsicht an eine Strickleiter zu gelangen, die über das Heck hinaushing, und als er eine der Sprossen endlich erreicht hatte und an der Leiter schwebte, blickte er nach oben.

»Bist du es, Davies? Was hast du mir von den Leuten zu melden?«

»Euer Gnaden dürfen ihnen befehlen in die Kirche zu gehen und der derbste Seehund unter ihnen hätte nicht den Mut, zu sagen, er könne sein Gebet nicht mehr auswendig.«

»Meinst du, sie sind jetzt in besserer Stimmung als vorher?«

»Ich weiß es, Sir. Nicht dass einem oder zweien der gute Wille zur Meuterei fehlte. Aber sie wagen es nicht, miteinander darüber zu sprechen. Keiner wagt es, sich hier aufzuspielen.«

»Und wie haben die Kerle meine Gnade aufgenommen? War's richtig so oder braucht es morgen noch mehr Strafe?«

»Lassen Sie es, wie es ist, Sir. Die Leute kennen Ihr gutes Gedächtnis und keiner will der Rechnung noch etwas hinzufügen. Da ist der Kerl, der sich als Meeresgott aufspielte; der ist immer ein Störenfried.«

»Schon gut«, unterbrach ihn der Korsar, »nichts weiter von ihm. Ich werde schon für ihn sorgen. Aber du selbst hast deine Rolle heute ein wenig zu gut gespielt und warst zu bereit die Matrosen anzuführen.«

»Es konnte nicht viel schaden, den Soldaten mal ihren Puder von den Köpfen zu waschen.«

»Schon gut. Aber nimm dich in Zukunft in Acht.«

Der Kerl versprach Vorsicht und Verschwiegenheit. Dann empfing er von seinem Kapitän seine Belohnung in Gold und verschwand, wie er gekommen war. Der Korsar versicherte sich erst, ob kein Unberufener der Unterredung gelauscht habe, und ging dann mit Wilder wieder auf und ab.

»Auf einem solchen Schiff sind feine Ohren mindestens genauso wichtig wie ein tapferes Herz. Die Burschen vorne im Mannschaftsraum dürfen manche Dinge nicht wissen, sonst kann es uns Kopf und Kragen kosten.«

»Ein gefahrvoller Dienst, den wir da übernommen haben«, bemerkte Wilder.

Der andere schwieg. Als er endlich wieder anfing zu sprechen, da tat er es im Ton eines besonnenen Freundes und nicht im Ton des Befehlshabers eines Korsarenschiffs.

»Sie sind noch jung, Mr Wilder, und Sie können wählen, welchen Pfad Sie einschlagen möchten. Noch haben Sie hier nichts erlebt, was mit den Gesetzen der Welt nicht in Einklang wäre. Wenn Sie wünschen frei zu sein, so sind Sie es. Sehen Sie den blassen Lichtstreifen dort? Dort ist das Land. Noch ehe morgen die Sonne untergeht, können Sie dort sein.«

»Und warum nicht auch Sie? Ist dieses Leben nicht auch für Sie ein Übel? Darf ich nicht hoffen ...«

Er stockte. Der Kapitän schwieg lange. Dann forderte er ihn auf weiterzusprechen.

»Sprechen Sie. Sie sprechen mit einem Freund.«

»Dann will ich zu Ihnen wie zu einem Freund sprechen. Sie sagen, dass dort Land sei. Uns beiden würde es nicht schwer fallen, ein Boot zu Wasser zu lassen und in der Dunkelheit zu verschwinden. Wir wären außer Sichtweite, lange ehe man unser Verschwinden bemerkt.«

»Und wohin wollen Sie?«

»Nach Amerika, wo wir Obdach und Frieden finden würden.«

»Meinen Sie, ein Mann, der so lange Fürst unter seinen Leuten war, möchte Bettler in einem fremden Land werden?«

»Sie haben doch Gold. Hier an Bord wird keiner es wagen, Rechenschaft von uns zu fordern. Und noch ehe die Mitternachtswache abgelöst ist, könnte alles geschehen sein.«

»Und wollen Sie, dass wir allein das Schiff verlassen?«

»Nein – nicht ganz ... Das heißt – die Frauen können wir wohl kaum der rohen Gewalt derer überlassen, die hier auf dem Schiff zurückbleiben.«

»Und können wir die ihrem Schicksal preisgeben, die auch auf unsere Treue vertrauen? Mr Wilder, Ihr Plan würde mich zum Verräter machen. Eines Tages werden die Menschen, die jetzt hier auf diesem Schiff leben, auseinander gehen. Doch die Trennung muss offen und freiwillig sein. – Wissen Sie nicht, was mich damals nach Boston zog, als ich Sie dort zum ersten Mal traf?«

»Nein«, erwiderte Wilder mit dem Ton enttäuschter Hoffnungen.

»Dann hören Sie. Einer meiner Männer, ein Kerl, den ich nicht einmal besonders leiden konnte, war den Hütern des Gesetzes in die Hände gefallen. Er musste gerettet werden. Ich durfte ihn nicht im Stich lassen und Bestechung und List überwanden alle Hindernisse. Und nun erfüllt der Bursche hier an Bord die Ohren seiner Kameraden mit Lobeshymnen auf seinen Kommandeur. Soll ich den Verlust meines guten Namens riskieren? Und im Übrigen passe ich nicht in die Welt der Kolonisten, solange sie von England unterdrückt werden, solange sie keine eigene Flagge haben.«

»Ich glaube Sie zu verstehen. Aber ist es nicht ein Hirngespinst, an eine Trennung der amerikanischen Kolonien vom Mutterland zu denken?«

»Ein Hirngespinst? Die Trennung ist notwendig, so gewiss der Tag auf die Nacht folgt. Und hätte es diese Flagge Amerikas gegeben, kein Mensch hätte je vom Roten Korsaren gehört!«

»Der König hat auch eine Flotte und jedem Untertan steht der Dienst auf den königlichen Schiffen offen.«

»Ja, ich konnte der Untertan des Königs sein. Aber ich konnte nicht der Untertan eines Untertans sein. Ein britischer Kommandeur wagte es, meine amerikanische Heimat zu beleidigen.« Und mit einem furchtbaren Lächeln fügte er hinzu: »Nie wiederholte er diese Beleidigung. Er bezahlte seine Gemeinheit mit seinem Blut. Aber ich hatte meine Hand gegen einen Mann der geheiligten Britischen Inseln erhoben. Genug, Mr Wilder. Ein andermal vielleicht mehr. Gute Nacht.«

22

Die Frauen hatten sich indessen längst in die Kajüte des Kapitäns zurückgezogen, die ihnen von Anfang an zur Verfügung gestellt worden war. Cassandra schlief schon, aber die beiden anderen gaben sich noch ihren Gedanken hin. Mit einem Blick auf die massive silberne Lampe an der Decke bemerkte Gertraud schließlich: »Wahrhaftig, die Lampe und die ganze Ausstattung sind etwas Ungewöhnliches auf einem Kriegsschiff. – Ich wünschte, wir wären zu Hause bei meinem Vater.«

»Gott gebe es«, erwiderte Mrs Wyllys, »aber, Gertraud, alles, was wir heute erlebt haben, hat mich mit einem furchtbaren Verdacht erfüllt. Ich war lange genug auf einem Kriegsschiff, um mit den Gebräuchen vertraut zu sein. Aber niemals habe ich Sitten erlebt wie auf diesem Schiff.«

»Aber was für einen Verdacht haben Sie denn?«, fragte Gertraud mit wachsender Angst.

Mrs Wyllys legte ihren Arm um das junge Mädchen.

»Ja, es ist besser, wenn Sie alles erfahren und sich nicht länger täuschen. Ich traue dem Gewerbe dieses Schiffes nicht und ebenso wenig dem Charakter aller, die dazugehören.«

»Gewiss, es kann auch böse Menschen in der königlichen Marine geben, aber sie dürfen uns doch nichts zu Leide tun. Uns schützen die Gesetze.«

»Ich fürchte, dass die Leute hier an Bord nur den Gesetzen gehorchen, die sie sich selber geben, und keine fremde Autorität anerkennen.«

»Dann wären sie ja Seeräuber! Alle?«
»Ja, alle.«
»Aber wir wissen doch, dass wenigstens einer unschuldig ist.«
»Ich bezweifle es, ich fürchte, dass alle ehrlichen Leute auf diesem Schiff in dieser Kabine versammelt sind.«
Gertraud zitterte. Mit unterdrückter Stimme gab sie zurück: »Und wenn auch Ihr Verdacht auf alle Übrigen zutrifft, so glaube ich doch, dass Sie unserem Begleiter unrecht tun.«
»Vielleicht irre ich mich bei ihm. Aber wir müssen auf das Schlimmste gefasst sein. Unser Diener kommt; vielleicht erfahren wir von ihm mehr.«
Mrs Wyllys gab dem Mädchen ein Zeichen, eine ruhige Miene anzunehmen, sodass der Knabe, der eben die Kabine betrat, keinen Verdacht schöpfen konnte.
»Roderich, mein guter Junge, deine Augenlider werden schon schwer«, begann sie, »du bist gewiss noch nicht an den Schiffsdienst gewöhnt.«
»Gewöhnt genug, um nicht einzuschlafen, solange ich auf meinem Posten bin.«
»Wie alt bist du eigentlich?«
»Fünfzehn, Madame.«
»Und wie lange bist du auf dem Wasser?«
»Nur zwei Jahre, wenn es mir auch manchmal vorkommt, als wären es zehn.«
Mrs Wyllys' Fragen wurden immer eindringlicher; sie versuchte Näheres über das Schiff und seine Besatzung und vor allem über den Kapitän zu erfahren. Aber die Antworten waren einsilbig und gaben keinen Aufschluss: Ja, es schien, als sei Roderich mit seinen Gedanken völlig abwesend.
Mrs Wyllys bemerkte seinen Zustand und fuhr daher behutsam fort: »Sag mir doch, wie findest du diese Lebensweise hier an Bord? Es muss doch lustig für dich sein.«

»Ich finde es traurig.«
»Seltsam. Die Schiffsjungen gehören doch sonst immer zu den lustigsten Leuten. Wirst du streng behandelt? Dein Kapitän ist wohl ein Tyrann?«
»Sie irren. Er hat nie ein hartes Wort zu mir gesprochen.«
»So bist du also glücklich?«
»Wir alle sind glücklich hier.«
»Das ist schön. Und dann genießt ihr in den Häfen sicher die Annehmlichkeiten eines Landaufenthaltes.«
»Ich würde mich wenig darum kümmern, wenn ich nur hier an Bord Freunde hätte.«
»Und hast du denn keine? Ist nicht Mr Wilder dein Freund?«
»Ich kenne ihn nur wenig. Ich sah ihn – in Newport.«
»In Newport, wo euer Schiff im Außenhafen lag.«
»Gewiss. Ich brachte ihm ja den Befehl, dass er das Kommando über das Handelsschiff übernehmen sollte. Und am Abend vorher war er zum ersten Mal bei uns an Bord.«
»Dann ist es freilich eine sehr junge Bekanntschaft. Aber dein Kommandeur kennt wohl seine Verdienste.«
»Die Mannschaft hofft es. Aber ... keiner an Bord darf es wagen, den Kapitän nach seinen Gründen zu fragen, nicht einmal ich.«
»Nicht einmal du?«, rief Mrs Wyllys erstaunt aus. »Was meinst du, Roderich, würde er auch uns eine Antwort verweigern?«
»Hören Sie mich an, Madame«, begann er eifrig und dringend, »ich habe in den letzten zwei Jahren hier so viel gesehen und erfahren wie mancher nicht in Jahrzehnten. Er wird auf Sie nicht hören. Verlassen Sie das Schiff, es ist kein Ort für Frauen. Verlassen Sie es, selbst wenn Sie es mit dem Boot vertauschen müssten, in dem Sie hier ankamen.«
»Dein Rat kommt wohl zu spät. Aber sage mir, wie kommt es, dass das Schiff jeden Tag eine andere Flagge trägt?«

»Wenn sich nichts anderes änderte als die Flagge, dann ließe es sich glücklich darauf leben.«

»So bist du nicht glücklich? Soll ich den Kapitän um deine Entlassung bitten?«

»Ich möchte keinem anderen dienen.«

Nach einer Pause drang Mrs Wyllys weiter in ihn.

»Kommen solch wüste Szenen wie heute öfter vor?«

»Oh nein, Sie brauchen vor den Leuten keine Angst zu haben. Der, welcher sie wieder zur Ordnung brachte, versteht sich darauf, sie zu bändigen.«

»Sind sie denn auf königlichen Befehl angeworben?«

»Auf königlichen? Ja, der ist ein König, der keinen mehr über sich hat.«

»Und glaubst du, Roderich«, fragte Mrs Wyllys jetzt ganz offen ohne Verstellung, »glaubst du, dass uns der – Kapitän Heidegger erlauben würde im nächstbesten Hafen an Land zu gehen?«

»Wir sind schon an vielen vorübergefahren, seit Sie im Schiff sind.«

»Vielleicht waren es Häfen, die er nicht gerne ansteuern möchte. Aber wenn wir einen erreichen, den er ohne Gefahr anlaufen kann?«

»Da gibt es nur wenige.«

»Aber wenn ein solcher Hafen kommt, wird er uns dann nicht erlauben zu landen? Wir haben Gold.«

»Er macht sich nichts aus Gold. Er gibt mir immer eine Hand voll, wenn ich ihn darum bitte.«

»Da bist du ja glücklich.«

»Nein. Ich würde alles für einen freundlichen Blick von ihm hingeben.«

Dann traten ihm Tränen in die Augen.

»Hast du denn keine Mutter?«

»Ich weiß es nicht«, war die halb erstickte Antwort.

23

Mrs Wyllys und Gertraud hatten nicht viel Zeit, über das Gespräch nachzudenken, denn kaum hatte Roderich die Kajüte verlassen, klopfte es und der Rote Korsar selbst trat ein.
Gertraud erschrak, doch ihre ältere Freundin bewahrte die Fassung und nahm die Entschuldigung für den unzeitigen Besuch gelassen entgegen. »Ich freue mich Ihnen sagen zu können, dass an Bord vollkommene Ruhe herrscht. Gegen die Gefahr einer Meuterei sind Sie gesichert.«
»Wie gegen jede andere auch, hoffe ich«, entgegnete Mrs Wyllys.
»Wir leben auf einem wilden, unbeständigen Element«, gab der Kapitän zur Antwort, während er sich am Tisch niederließ, »aber Sie kennen das ja selbst. Und wenn es heute wilder zuging als sonst, dann war es auch meine Schuld. Doch jetzt sind die Leute so ruhig wie draußen der Ozean.«
»Eine willkommene Nachricht. Und ist Mr Wilder ebenfalls geneigt Nachsicht zu üben? Auf ihn hatten es die Meuterer besonders abgesehen.«
»Aber er war nicht ohne Freunde. Haben Sie bemerkt, wie sehr die beiden Männer, die ihm zu Hilfe kamen, an ihm hängen. Es muss eine ganz besondere Bindung zwischen ihnen bestehen und sicher war dies nicht der erste Dienst, den sie ihm geleistet haben.«
Für Mrs Wyllys bestand mittlerweile kein Zweifel mehr, dass Wilder auch zu den Piraten zählte, und dennoch traute sie ihm

nicht zu, dass er sie und das Mädchen dem rohen Haufen ausliefern wolle. Jetzt konnte sie sich auch seine Warnungen erklären, jetzt begriff sie auch, wie schwierig die Lage Wilders war, als er ihnen trotz ihrer Bitten das Geheimnis nicht lüftete, nicht lüften durfte, obwohl er damit riskierte, ihre Achtung zu verlieren. Kurzum, es löste sich manches Rätsel, wenn auch anderes noch im Dunklen blieb. Mrs Wyllys hatte Zeit, diesen Gedanken nachzuhängen, denn ihr Gast schien sie nicht unterbrechen zu wollen.

»Merkwürdig«, begann er schließlich, wie aus einem Traum erwachend, »merkwürdig. Tausend blanke Taler würde ich dafür geben, wenn ich die Geschichte des jungen Mannes erfahren könnte.«

»Sie kennen ihn also nicht?«, unterbrach ihn Gertraud eifrig.

»Wer kann schon von sich behaupten die Menschen zu kennen?«

24

Mit Tagesanbruch kam ein frischer Wind auf und setzte das Schiff in Bewegung. Tage vergingen, Nächte vergingen und immer weiter ging es in südlicher Richtung. Während all der Zeit ließen sich die Frauen nichts von ihrem Kummer anmerken. Andererseits suchten auch weder der Kommandant noch sein Stellvertreter ihre Gesellschaft. Sie beschränkten sich auf die unerlässlichen Höflichkeiten.

Tagelang hatte das Schiff zwischen den Inseln der Antillen gekreuzt und hundert Segel waren aufgetaucht und wieder am Horizont verschwunden, denn der Pirat vermied jede Begegnung in einem Meer, in dem es von Kriegsschiffen wimmelte. Erst als sie die Inselkette hinter sich und wieder offenes Meer vor sich hatten, atmeten Kapitän und Besatzung freier.

Anders war es mit den Frauen.

»Ich hatte gehofft«, begann Mrs Wyllys eines Tages, »Sie würden uns sobald wie möglich auf einer Insel absetzen, die dem König von England gehört, Mr Heidegger. Ich fürchte, es ist für Sie beschwerlich, Ihre eigene Kajüte so lange von Fremden besetzt zu sehen.«

»Sie kann nicht besser besetzt sein«, antwortete er ausweichend. »Ich segle unter der Flagge der Schönheit«, fügte er mit ironischem Unterton hinzu. »Und jetzt ziehe ich die Zeichen des Dienstes auf, in dem ich mich befinde.«

»Während der 15 Tage, die ich auf Ihrem Schiff zubringe, hatte ich noch nie das Glück, die Flagge zu sehen, unter der Sie dienen.«

»Nicht?«, rief der Korsar und blickte sie durchdringend an. »Nun, dann sollen Sie am 16. Tag von Ihrer Ungewissheit befreit werden. – Komm her, ich hab ein Wort mit dir zu reden«, rief er nun Richard Fid herbei, der gerade in der Nähe stand.
»Tausendmal zu Euren Diensten, Sir.«
»Wie gefällt es dir an Bord?«
»Ein schöneres und leichter zu handhabendes Fahrzeug findet sich selten.«
»Und Ihr seid gerne hier?«, forschte Mrs Wyllys.
»Ist man nicht immer gerne da, wo man seine Familie hat?«, erwiderte Fid und machte einen artigen Kratzfuß zu den Damen.
»Familie?«
»Ja. Vierundzwanzig Jahre werden es im nächsten Mai, dass mich Mr Harry ins Schlepptau genommen hat. Und seitdem besitze ich auch so eine Art von eigener Familie.«
»Vor 24 Jahren habt Ihr die Bekanntschaft mit Mr Wilder gemacht?«
»Bekanntschaft! Du lieber Gott, gnädige Frau, der wusste damals noch nichts von Bekanntschaft. Aber wenn Sie hinter die Wahrheit der Sache kommen wollen, ja, dann brauchen Sie's bloß zu sagen und ich lege Ihnen alles vor in glaubwürdiger Sprache.«
Der Vorschlag wurde gerne angenommen und man begab sich an einen Platz, wo man den neugierigen Blicken der Mannschaft weniger ausgesetzt war. Fid hatte durchaus nichts dagegen, die Geschichte ausführlich zu erzählen; er räusperte sich umständlich, stopfte frische Tabakblätter in den Mund, und nachdem alles seine Richtigkeit hatte, begann er folgendermaßen:
»Ich bin früh von meinem Vater zur See geschickt worden; er war ein Mann, der wie ich mehr Zeit auf dem Wasser zubrachte als auf dem Land, wenn er auch nur ein Fischer war. Ich aber machte ohne weiteres eine Reise in die offene, weite See und um-

fuhr schon bei meinem ersten Ausflug das Hoorn gleich zweimal, was für einen Anfänger keine kleine Reise ist. Aber sehen Sie, da ich nun erst acht Jahre war . . .«

»Acht! Sprecht Ihr von Euch selber?«, unterbrach ihn Mrs Wyllys.

»Versteht sich, Madame. Ich habe mit meinem achten Jahr begonnen, ohne mich mit meiner Geburt, mit meinem Namen und dergleichen mehr aufzuhalten.«

»Fahrt ruhig fort«, erwiderte sie, als sie sah, dass nichts übrig blieb als geduldige Ergebung.

»Ich fuhr also zweimal ums Hoorn«, nahm Fid den Faden wieder auf, »und kreuzte vier Jahre in jenen Gegenden, die damals keine von den besten waren und es auch heute noch nicht sind. Dann machte ich in der königlichen Flotte den ganzen Krieg mit, wurde dreimal blessiert und erfocht viel Ehre; und damals traf ich mit Scip zusammen, das ist der Schwarze dort, gnädige Frau.«

»Schon gut.«

»Und es lebt außer Mr Harry keine ehrlichere Haut auf der See und keiner, in dessen Gesellschaft ich mich wohler fühle. Er wurde also mein Schiffsgenosse und Freund für die nächsten fünf Jahre, und dann kam der Schiffbruch in Westindien.«

»Was für ein Schiffbruch?«, fragte der Kapitän dazwischen.

»Verzeihung, Euer Gnaden, ehe ich mich auf den Schiffbruch einlasse, muss ich erst meine Gedanken überblicken, ob nichts vergessen ist, was von Rechts wegen hierher gehört.«

Und dann erzählte Fid alles noch einmal, fand dabei zum Glück heraus, dass er nichts vergessen habe, und ging nun zum wesentlicheren Teil seiner Geschichte über.

»Gut, Scip war damals ebenso wie ich an Bord der ›Proserpina‹, eines schnell segelnden Zweiunddreißigers. Da stießen wir zwischen den Inseln und der spanischen See auf einen winzigen

Schmuggler, aus dem der Kapitän ohne weiteres Prise machte. Und wir beide sollten ihn in den Hafen schleppen. Aber das Fahrzeug strandete ein paar Tage später in einem Orkan, der uns eingeholt hatte. Nun, es war nur ein kleines Ding, und da es sich freundlicherweise erst auf die Seite legte, ehe es sank, rutschte ich ins Wasser. Hier war's, wo Scip mir den ersten guten Dienst tat, denn er sprang mir nach.«

»Das heißt, wenn er nicht gewesen wäre, dann wärst du ertrunken.«

»Das will ich nun nicht gerade sagen, Euer Gnaden, denn man kann nicht wissen, welcher glücklicher Zufall mir denselben guten Dienst hätte leisten können. Aber da ich nicht besser und nicht schlechter als eine Kanonenkugel schwimmen kann, so war ich immer geneigt dem Schwarzen meine Rettung zuzuschreiben, obgleich wir niemals viel über diese Sache gesprochen haben. Nun, wir machten das Boot des Schmuggelschiffes flott und steuerten landwärts und ohne dieses Boot wäre es der Dame neulich nicht so gut ergangen.«

»Was soll das heißen?«

»Ich meine, dann hätte Harry Euch neulich nicht so wacker über Wasser halten können.«

»Aber was hat denn Euer Schiffbruch mit Mr Wilder zu tun?«, fragte Mrs Wyllys, die ihre Neugier nicht länger bezähmen wollte.

»Sehr viel, gnädige Frau. Warten Sie nur den tragischen Teil der Erzählung ab. Also, Scip und ich, wir ruderten im Meer herum und steuerten nach den Inseln zu, bis wir bei Tagesanbruch ein Schiff gewahrten, auf dem nichts mehr als die Stümpfe der drei Masten aufrecht stand, ohne Tau oder einen Fetzen Segel und ohne ein Zeichen, woran man seine Nationalität hätte erkennen können. Als wir es näher betrachteten, meinte ich, es müsse in England gezimmert worden sein. Es zu entern war keine schwere Arbeit, zumal ein halb verhungerter Hund die ganze Bemannung war. Ob die Mannschaft das Schiff verlassen hatte oder ob sie von den Wellen weggespült wurde, das hab ich niemals herausbringen können. Da war also der Hund. Sonst bekamen wir nicht viel zu sehen.«

»Und dann habt ihr das Wrack verlassen.«

»Noch nicht, gnädiger Herr, denn wie wir so herumsuchten, sagte der Schwarze auf einmal: ›Mr Dick, ich höre von dort unten ein jämmerliches Geschrei.‹ Nun, ich hatte das Geschrei auch gehört, aber ich dachte, es seien die Geister der Mannschaft, und hatte geschwiegen, um den Schwarzen nicht zu ängstigen. Aber nun lauschten wir angestrengt und das Schreien hatte tatsächlich etwas Menschenähnliches. Unser guter Wille und eine Axt halfen uns bald hinter das Geheimnis zu kommen.«

»War es ein Kind?«

»Ein Kind mit seiner Mutter. Das Wasser war noch nicht zu ihnen vorgedrungen, aber der Hunger hatte sein Werk getan. Die Frau war in den letzten Zügen, als wir sie heraufbrachten; und der Knabe, den Sie jetzt stattlich und kräftig dort auf der Kanone sehen, war so übel dran, dass er nur mit Mühe etwas Wasser und Wein zu sich nehmen konnte, was wir eben noch übrig hatten.«

»Und die Mutter?«

»Die hatte den einzigen Zwieback, der ihr geblieben war, dem Kind gegeben und starb, damit er am Leben bleibe. Als wir nun sahen, dass die Luft durch das Loch, das wir geschlagen hatten, rasch entwich und das Wrack schnell zu sinken begann, hielten wir's für geraten, uns davonzumachen, und es war nicht zu früh. Das Kind nahmen wir mit, wie auch den Hund. Unsere Lage war ernst. Und da beschlossen wir den Hund zu essen – nicht dass uns das satt gemacht hätte – und das, was was wir sonst noch hatten, dem Kind zu geben. Wir mussten doch das Leben in dem Burschen festhalten, sonst wäre es uns unter den Fingern zerronnen.«

»Ihr habt dem Kind gegeben und selbst gefastet.«

»Nicht ganz, gnädige Frau, wir haben unsere Zähne an der Haut des Hundes geübt, schmackhaft war sie freilich nicht. Und da uns das Essen nicht zu viel Zeit wegnahm, konnten wir wacker rudern und erreichten auch nach einiger Zeit eine der Inseln.«

»Und das Kind?«

»Der Junge fühlte sich ganz wohl. Die kleinen Portionen haben ihm nicht geschadet, wie uns hinterher die Doktors sagten.«

»Habt ihr nicht nach seinen Freunden gesucht?«

»Er war eigentlich schon bei seinen besten Freunden, gnädige Frau. Wir hatten keine Möglichkeit, seine Familie ausfindig zu machen. Er nannte sich Master Harry, ein Beweis, dass er von vornehmer Geburt sein musste. Aber sonst konnte ich nichts erfahren. Doch da er englisch sprach und auf einem englischen Schiff gefunden wurde, ist zu vermuten, dass er in England gezimmert wurde.«

»Habt Ihr den Namen des Schiffes nicht erfahren können?«, fragte der Kapitän, der mit größter Aufmerksamkeit zugehört hatte.

»Sehen Sie, Sir, ich hatte wenig mit Schulen zu tun und Scip hat zu Hause in Afrika auch nicht viel Gelehrsamkeit angesammelt. Selbst wenn der Name des Schiffs noch über Wasser gewesen wäre, hätten wir ihn nicht lesen können. Aber auf einem Eimer, der auf dem Deck herumrollte, stand etwas, was mir Scip mit Schießpulver in den Arm tätowierte. Sehen Sie selbst.«

Fid zog seine Jacke aus und krempelte den Ärmel bis zum Ellbogen zurück, wo die bläuliche Schrift noch deutlich zu erkennen war: »Arche von Lynnhaven.«

»Wir nahmen das Kind mit an Bord der ›Proserpina‹ und unser ehrlicher Kapitän spannte die Segel auf. Aber niemand konnte uns eine Nachricht geben von einem Schiff ›Arche von Lynnhaven‹. Und nach einem Jahr oder so mussten wir die Suche aufgeben. Also machten wir uns selbst, das heißt der Kapitän, ich, der Schwarze und alle Übrigen, daran, dem Burschen eine Erziehung zu geben. Sein Seemannshandwerk hat er von Scip und mir gelernt, vielleicht auch seine guten Sitten. Die Kunst, ein Schiff zu führen, und sein Latein hat er vom Kapitän, der sein Freund geworden ist.«

»Und wie lange blieb Mr Wilder auf einem königlichen Schiff?«, fragte scheinbar ohne besonderes Interesse der Kapitän.

»Lange genug, um alles zu lernen, was es dort zu lernen gibt«, war die ausweichende Antwort. »Segel ahoi!«, schrie in diesem Moment der Ausguck im Mastkorb.

Fid benutzte die Ablenkung, um sich aus dem Staub zu machen. Die Unterbrechung schien ihm nicht unangenehm zu sein.

25

Der Ruf »Segel ahoi« versetzte die ganze Mannschaft in gespannte Erregung. Der Untergang der »Carolina« hatte ihnen eine fette Beute geraubt; und jetzt zeigte sich nach Wochen endlich eine Gelegenheit, Versäumtes nachzuholen.
Auch der Kapitän teilte die allgemeine Stimmung. Lange Erfahrung hatte ihn gelehrt, dass er sich auf jeden Einzelnen verlassen durfte, wenn er selbst entschlossen seine Kraft und seine Fähigkeiten einsetzte. Er ging zu den Leuten in das Mannschaftlogis, sprach mit ihnen und hielt es nicht für unter seiner Würde, auch nach ihrer Meinung über das fremde Schiff zu fragen. Auf diese Weise ließ er sie stillschweigend fühlen, dass er ihnen die Meuterei nicht weiter nachtragen wolle. Dann ließ er Wilder, den General und ein paar andere Offiziere zu sich auf die Brücke kommen, um mit ihnen genauere Beobachtungen anzustellen.
Eine Zeit lang blieb es still. Der Himmel war wolkenlos, der Wind frisch, ohne dass es stürmte, die See ging in langen, gleichmäßigen, keineswegs hohen Wellen. Kurz, alle Voraussetzungen schienen günstig.
»Ein voll aufgetakeltes Schiff«, bemerkte schließlich einer und lächelte zufrieden.
»Unter so viel stolzen Masten fährt gewiss keine Kleinigkeit«, sagte der Kommandant. »Was meinen Sie, Mr Wilder?«
»Ein Schiff von ungewöhnlicher Größe«, erwiderte Wilder, der bisher geschwiegen hatte. »Und sein Kurs ist gerade auf uns zu. Trügt mich mein Glas oder . . .«

»Oder was?«
»Hängt der Fremde nicht Signale aus?«
»Hat er uns schon gesehen? Eine aufmerksame Wache. Wer so auf der Hut ist, führt sicher eine kostbare Ladung.«
Es entstand wieder eine Pause, während der alle von neuem ihre Gläser ansetzten und hinüberspähten. Die Meinungen waren verschieden. Einige bestätigten, die anderen bezweifelten die Signale. Der Kapitän beobachtete scharf, äußerte sich aber nicht.
»Wir haben unsere Augen überanstrengt«, sagte er endlich. »Es empfiehlt sich, ausgeruhte Augen zu Hilfe zu nehmen, wenn die eigenen nachlassen. Komm her!«, rief er einem Matrosen zu, der in der Nähe beschäftigt war. »Komm her und sag mir, was du dort drüben entdeckst!«
Der Mann, den er ausgewählt hatte, war Scip. Ehrfurchtsvoll legte dieser seine Mütze ab, dann nahm er das Glas vors rechte Auge, ließ es aber, kaum hatte er sein Ziel im Auge, wieder sinken und blickte verblüfft hinüber zu Wilder.
»Was entdeckst du mit dem Fernglas?«, fragte der Kapitän.
»Ist ein Schiff.«
»Ja. Hat es aber Signale gesetzt?«
»Hat drei neue Stück Tuch im großen Bramsegel, Sir.«
»Hast du Flaggen gesehen?«
»Zeigt keine Flaggen, Sir.«
»Und wie groß mag das Schiff sein?«
»Ist just 750 Tonnen, Sir.«
»Was soll das heißen, Mr Wilder? Ihr Neger ist so genau wie das Winkelmaß eines Zimmermanns. Der Kerl gibt die Größe eines Schiffs an, dessen Rumpf noch gar nicht zu sehen ist. Genauer könnte es kein königlicher Zolleinnehmer.«
»Scipio ist ein ungebildeter Mann, wenig geschickt so viele Fragen zu beantworten«, versuchte Wilder abzulenken.
»Ungeschickt?«, erwiderte der Kapitän und blickte rasch von

Wilder auf den Neger und dann hinüber zu den fremden Segeln.
»Ich weiß nicht. Der Mann sieht nicht aus, als ob er zweifle. Kann das Schiff nicht größer oder kleiner sein?«
Scipio rollte seine dunklen Augen und schien verwirrt, als er auf Wilders Stirn aufsteigenden Zorn las.
»Ist vielleicht doch kein Segel«, meinte er unsicher.
Der Kapitän, mittlerweile aufs Äußerste gereizt, ließ Fid kommen.
»Euer Freund, Mr Fid, meint, das Ding dort sei gar kein Segel.«
Fid blickte kurz hinüber und wandte sich dann an Scipio: »Und was, zum Teufel, soll es denn sonst sein? Eine Kirche?«
»Vielleicht eine Kirche«, wiederholte der Schwarze beifällig.
»Gott steht dir bei, du Narr! Der Kerl ist ein richtiger Seemann, Euer Gnaden, und sein eigener Stolz sollte ...«
»Schon gut, Mr Fid«, unterbrach der Kapitän. »Nehmt ein Fernglas und sagt uns Eure Meinung.«
Fid machte einen tiefen Bückling, legte bedächtig seinen Hut auf die Planken und setzte mit Kennermiene das Glas ans Auge. Lange und sehr genau schaute er hinüber. Dann nahm er es wieder herunter, äußerte aber nicht seine Meinung, sondern blickte angestrengt zu Boden, als ob er etwas zu überlegen habe.
»Ich warte auf Eure Meinung«, sagte der Kapitän schließlich, als er glaubte, die Pause sei lang genug gewesen, um selbst die Meinung eines Richard Fid heranreifen zu lassen.
»Eine Kirche ist es jedenfalls nicht«, erwiderte Fid mit großer Bestimmtheit.
»Lässt er Signale sehen?«
»Er spricht vielleicht durch seine Flaggen. Aber um zu sagen, was er damit meint, dazu gehört ein größerer Gelehrter als Richard Fid. Soviel ich sehe, hat er drei neue Stücke Leinwand in seinem großen Oberbramsegel, aber kein Flaggentuch.«
»Dann sieht man uns noch nicht. Meine Herren«, wandte sich

der Kapitän jetzt an die Offiziere, nachdem die beiden Matrosen wieder weggeschickt worden waren. »Ob das Schiff vor uns 750 Tonnen groß ist, das kann ich Ihnen nicht sagen. Aber nach der Art, wie die oberen Rahen gebrasst sind, und an der Größe der Segel erkenne ich, dass es ein Kriegsschiff ist. Ist jemand anderer Meinung? Mr Wilder, sprechen Sie.«

»Ich stimme Ihnen bei.«

Das Misstrauen, das der Kapitän während der vorangegangenen Szene gelegentlich hatte spüren lassen, schien nachzulassen, als ihm Wilder so unumwunden zustimmte.

»Sie glauben also, dass es die königliche Flagge führt. Ihre klare Aussage gefällt mir. Der nächste Punkt, den wir zu überlegen haben: Sollen wir uns auf ein Gefecht einlassen?«

Auf diese Frage eine Antwort zu geben, fiel nicht so leicht. Jeder Offizier wollte erst in den Augen seiner Kameraden lesen, ehe er sich selbst festlegte. Daher kam die nächste Frage direkt.

»General, das ist ein Punkt, der Sie besonders angeht. Sollen wir der königlichen Flagge den Kampf anbieten oder sollen wir die Flügel ausbreiten und davonfliegen?«

»Auf Rückzug sind meine Burschen nicht einexerziert. Geben Sie ihnen ein Stück Arbeit zu tun.«

»Und sollen wir uns auf das Wagnis einlassen ohne besonderen Grund?«

»Wollen wir dem Fremden erst den Puls fühlen?«, erwiderte einer der Offiziere. »Hat er mehr an Bord als seine Kanonen, dann wird er uns auszuweichen suchen. Ist er aber arm, dann wird er kampflustig wie ein hungriger Tiger sein.«

»Der Rat ist vernünftig«, stimmte der Kapitän zu. »Meine Herren, gehen Sie an Ihre Posten. Wir haben noch eine halbe Stunde, ehe der Rumpf aus dem Wasser steigt. Visitieren Sie die Kanonen. Ein Beschluss zum Kampf ist noch nicht gefasst. Lassen Sie sich also nichts anmerken.«

Er winkte und die Gruppe zerstreute sich. Wilder war im Begriff, sich mit den Übrigen zu entfernen, als sein Vorgesetzter ihm ein Zeichen gab, zu bleiben.
»Wir sind gerüstet, zum Kampf wie zum Gefecht«, begann der Kapitän, indem er die Vorbereitungen überblickte, die die Offiziere in die Wege leiteten. »Ich will es Ihnen gestehen, Mr Wilder, es würde mir Freude machen, wenn der Narr dort das Patent des Königs von England führte. Wie schön wäre es, seine Flagge im Meer versinken zu sehen.«
»Ist es Ihnen um die Ehre zu tun? Sollten wir uns nicht um edleres Metall schlagen als um Eisen und Stahl?«
»So urteilt die Welt über den Piraten. Aber ich möchte lieber die Kreaturen des Königs demütigen als den Schlüssel zu seinem Schatz erbeuten – Was soll das? Wer hat sich unterstanden das Bramsegel dort oben zu heißen?«
Der plötzliche Wandel in der Stimme des Kapitäns machte alle, die ihn hörten, zittern. Jeder blickte hinauf, um zu sehen, auf wessen Haupt sich der furchtbare Zorn des Kapitäns entladen würde. Und da gab es nichts zu verbergen: Fid stand auf der Spiere, der er zugeteilt war, und das Segel flatterte hoch und weit in den Wind hinein. Das Rauschen der Leinwand musste Fids Ohr betäubt haben, denn anstatt auf den wütenden Anruf von unten zu hören, stand er da und betrachtete sein Werk. Erst ein zweiter, noch lauterer Ruf erreichte ihn.
»Auf wessen Befehl wagst du es, das Segel zu heißen?«
»Auf Befehl Seiner Majestät des Windes, Euer Gnaden. Der beste Seemann muss nachgeben, wenn eine Bö die Oberhand behält.«
»Holt es auf!«, schrie der Kapitän. »Und schickt mir den Kerl herunter, der es wagt, eine andere Autorität als die meine anzuerkennen!«
Ein Dutzend Matrosen kletterte hinauf, um Fid zu helfen, und

nach wenigen Augenblicken war das Segel festgemacht und Fid kam herunter. Wilder hatte seinen Kommandanten noch nie so erregt gesehen und bangte nun um das Schicksal seines alten Gefährten. Darum trat auch er näher heran, um für ihn zu sprechen, wenn es nötig wäre.

»Wie kannst du es wagen, ein Segel loszulassen?«

»Euer Gnaden werden zugeben, dass auch dem gescheitesten Mann einmal der Verstand durch die Finger schlüpft. Warum nicht auch ein Stück Leinwand? Ich bin bereit dafür zu büßen.«

»Das sollst du. Du sollst mit der Peitsche Bekanntschaft machen!«

»Ist keine neue Bekanntschaft, Euer Gnaden.«

»Darf ich Fürbitte tun?«, mischte sich Wilder eifrig ein. »Er macht oft dumme Streiche, aber es fehlt ihm nie am guten Willen.«

»Verlieren Sie kein Wort darüber, Master Harry«, warf Richard Fid mit einem sonderbaren Seitenblick ein. »Das Segel flatterte allerliebst im Wind, da gibt es nichts zu leugnen. Da wird Richard Fid eben seinen Buckel hinhalten müssen.«

»Ich bitte um Pardon. Ich verspreche in seinem Namen, das war seine letzte Disziplinlosigkeit.«

»Mag's vergessen sein«, erwiderte der Kapitän und kämpfte mühsam seinen Zorn nieder. »Der Vorfall kann aber üble Folgen haben, das brauche ich Ihnen nicht zu sagen. Geben Sie mir das Glas. Ich will sehen, ob das Segel drüben bemerkt wurde.«

Fid warf Wilder einen verstohlenen, aber triumphierenden Blick zu und verschwand dann, während Wilder an die Seite seines Kommandanten trat.

26

Das fremde Schiff kam so rasch näher, dass man es nun auch mit dem bloßen Auge ganz deutlich erkennen konnte. Der kleine weiße Punkt, der anfangs kaum wahrnehmbar über dem Horizont geschwebt hatte, war in der letzten halben Stunde allmählich emporgestiegen, bis sich eine wahre Pyramide von Segeln über dem Wasser erhob. Mit einem Blick gab der Kapitän seinem Leutnant zu verstehen: Sie sehen, die Nachlässigkeit Ihres Mannes hat uns bereits verraten. Es lag aber kein Vorwurf in dem Blick, eher Bedauern, und kein Wort fiel.

»Unser Nachbar hat einen guten Ausguck. Er hat gewendet und legt sich vor unseren Vorsteven. Bald werden wir seine Batterien zu Gesicht bekommen. Und dann werden wir sehen, was zu tun ist.«

»Wenn Sie den Fremden zu nahe herankommen lassen, dann wird es schwer sein, ihn abzuschütteln, wenn es sich herausstellt, dass er uns überlegen ist.«

»Das Fahrzeug müsste sehr schnell segeln, dem die ›Delfin‹ nicht davonfährt.«

»Ich weiß nicht, Sir. Mir ist selten ein Schiff vorgekommen, das so rasch emporstieg wie dieses.«

Der junge Mann sprach mit so viel Eifer, dass der Kommandant aufmerksam wurde.

»Mr Wilder«, sagte er entschieden, »Sie kennen das Schiff!«

»Ich will es nicht länger leugnen. Es ist, wie ich sicher glaube, ein

Schiff, das zu schwierig für die ›Delfin‹ ist und von dem wir besser die Finger lassen.«

»Seine Größe?«

»Die wissen Sie bereits von Scipio, ein Matrose irrt sich nicht so leicht, wenn er Monate und Jahre auf einem Schiff zugebracht hat.«

»Jetzt verstehe ich auch die drei neuen Tücher im Bramsegel. Mr Wilder, es ist noch nicht lange her, dass Sie dieses Schiff verlassen haben.«

»Kurz bevor ich auf dieses hier kam.«

»Wie viele Kanonen hat er?«, fragte der Kapitän nach kurzem Schweigen.

»Vier mehr und größere als die ›Delfin‹. Das Schiff ist in jeder Hinsicht dem Ihrigen überlegen.«

»Und es gehört dem König?«

»Ja, sicher.«

»Dann soll es seinen Herrn wechseln. Es muss mein werden.«

Wilder schüttelte den Kopf und antwortete nur mit einem ungläubigen Lächeln.

»Sie zweifeln. Kommen Sie her und sehen Sie auf Deck hinunter. Hat der königliche Kreuzer Kerle wie diese hier, die seinem Wink gehorchen?«

In ganz Europa gab es keine seefahrende Nation, die in dieser Bande nicht vertreten gewesen wäre. Ein wildes Abenteurerleben hatte sie alle auf ihr gesetzloses Treiben vorbereitet. Und nimmt man hinzu, dass sie von einem Willen beherrscht wurden, der sich ihr Tun und Lassen despotisch unterworfen hatte, dann konnte man nicht bestreiten, dass sie einen rauen, unwiderstehlichen Haufen bildeten. Ihr Kommandant lächelte triumphierend.

»Ist das nichts?«, fragte er. »Sehen Sie sich doch die Burschen einzeln an!« Dann nannte er diesen und jenen, zählte ihre Vorzüge auf, erzählte, was er von ihrer Vergangenheit und Herkunft wusste, und rühmte ihren Mut. Dann änderte sich wieder sein Ton. Er nahm wieder die Miene des Befehlshabers an und gab seine Anweisungen. Nightingale blies das Signal und rief dann mit rauer Stimme: »Setzt Segel!«

Die Matrosen hatten, die meisten mit Vorfreude, wenige mit gewissem Bangen, geduldig auf die Entscheidung ihres Kommandanten gewartet. Als nun die Befehle ergingen, bewies der allgemeine Eifer, dass der Mannschaft in diesem Augenblick nichts willkommener sein konnte.

Ein Segel nach dem anderen fiel, bis sich das Fahrzeug vor dem Wind beugte und bereit war jeden erwünschten Kurs zu nehmen. Wilder, der all diese Vorkehrungen überwacht hatte, stieg wieder auf die Brücke zu seinem Kapitän, um Meldung zu erstatten. Soeben tauchte der Rumpf des Fremden über der Wasserfläche auf und gab den Blick auf eine lang gezogene gelbe Linie frei, die durch schwarze Punkte regelmäßig unterbrochen war. Jeder wusste, dass die Punkte die Geschützpforten waren. Mrs Wyllys und Gertraud hatten sich ebenfalls auf der Brücke eingefunden und beobachteten die Vorgänge mit großer Aufmerksamkeit.

»Wir sind fertig und warten auf Ihre Befehle«, meldete Wilder.

Der Kapitän schrak bei diesen Worten zusammen; dann trat er nahe an seinen Leutnant heran und fragte ihn eindringlich: »Sind Sie auch ganz gewiss, dass Sie dieses Schiff dort kennen?«

»Ganz gewiss.«

»Ist es nicht ein königlicher Kreuzer?«, fiel ihm Mrs Wyllys ins Wort.

»Allerdings. Das habe ich schon gesagt.«

»Mr Wilder, wir wollen seine Geschwindigkeit auf die Probe stellen. Lassen Sie die Untersegel setzen und die Focksegel anbrassen!«

Der junge Mann machte eine knappe Verbeugung und führte dann die Anweisungen seines Kommandanten aus. Doch war in seiner Stimme ein Beben zu bemerken, das sogar dem einem und dem anderen unter den Matrosen nicht entgehen konnte. Die Segel füllten sich und das Schiff kam langsam in Bewegung. Nach und nach gewann es an Fahrt. Ein spannender Wettlauf konnte beginnen.

Der Fremde war in diesem Augenblick etwa eine halbe Stunde leewärts von der »Delfin« entfernt. Jede Einzelheit der Takelung und der Bestückung war in dem klaren Sonnenlicht zu erkennen.

»Mr Wilder«, wendete sich der Kapitän an seinen Stellvertreter, »den Kreuzer muss ich schon einmal gesehen haben. Ein bisschen Farbe hat ihn zwar äußerlich verändert, aber die Masten kommen mir bekannt vor.«

»Schon möglich. Er kreuzt meistens im Atlantik.«

»Haben Sie lange auf ihm gedient?«

»Jahrelang.«

»Und Sie verließen das Schiff . . .«

». . . um zu Ihnen zu gehen.«

»Sagen Sie, Wilder, hat man Sie wie einen Menschen niedrigeren Ranges behandelt, wie einen, der nur aus den Kolonien stammt? Wurden Sie nur als Amerikaner behandelt?«

»Genug, ich habe das Schiff verlassen, Kapitän Heidegger.«

»Sie werden Ihre Gründe gehabt haben. Aber sagen Sie, waren Sie noch während der Frühjahrs-Tagundnachtgleiche an Bord? Und kämpften Sie da mit einem Fremden im Sturm?«

»Ja. Wir hatten Sie erkannt und glaubten schon, Ihre Stunde habe geschlagen.«

»Ihre Offenheit gefällt mir. Aber ich will keine Fragen mehr an Sie stellen. Hauptsache, Sie fahren jetzt unter meiner Flagge.«

»Und welche ist das?«, fragte ihn plötzlich eine Stimme.

Der Kapitän wandte sich um und begegnete dem ruhigen, prüfenden Blick von Mrs Wyllys.

»Eine Dame muss zwei Seeleute an ihre Pflicht erinnern!«, rief er. »Wir haben alle Höflichkeit vergessen. Lassen Sie aufziehen, Mr Wilder, wir wollen die Bräuche nicht verletzen.«

Wilder öffnete das Kistchen, in dem wohl ein Dutzend der gebräuchlichsten Flaggen zusammengerollt lag.

»Und welche soll ich aufziehen?«, fragte er zweifelnd.

»Die Flaggen der Verbündeten werden ihn nicht zum Zorn reizen«, überlegte der Kapitän, »soll er sich die weiße Flagge ansehen!«

Wilder gehorchte schweigend und die weiße Fahne Frankreichs stieg in die Höhe, was den Fremden sogleich dazu veranlasste einen Kanonenschuss abzugeben.

»Das weiße Tischtuch scheint ihm nicht zu behagen«, bemerkte trocken der Kommandant der »Delfin«. »Soll er sich die Farbe noch eine Weile ansehen, bis wir was anderes finden.«

Und wirklich schien das weiße Tuch auf den Fremden zu wirken wie das rote Tuch auf den Stier. Rasch setzte er noch mehrere kleine Segel bei, die zwar keinen besonderen Nutzen hatten, aber bewiesen, dass er den Augenblick nicht erwarten konnte, mit dem Feind in Gefechtsberührung zu kommen. Der Wettlauf war in vollem Gang. Wie berühmt die »Delfin« auch als Schnellsegler war, so konnte auch das schärfste Auge nicht erkennen, dass sie dem anderen überlegen gewesen wäre. Keines der Schiffe konnte dem anderen einen sichtbaren Vorsprung abgewinnen, denn jeder Windstoß füllte die Segel des einen wie des anderen.

»Der ist schnell wie ein Vogel«, bemerkte der Korsar. »Aber woher kommt Ihr Widerwille, sich mit ihm zu messen?«

»Weil ich seine Stärke kenne und die Hoffnungslosigkeit eines Kampfes mit einem so überlegenen Feind«, erwiderte Wilder mit Festigkeit.

»Das ist die Meinung eines Mannes, der den Gegner überschätzt. Ich verlasse mich auf meine Kraft. Ich war der königlichen Flagge schon näher und dennoch führte ich diesen Kampf auf Leben und Tod weiter.«
»Hören Sie die Trommel? Er besetzt die Kanonen.«
»Wir wollen ihrem Beispiel folgen, Mr Wilder.«
Und dann begab sich auf der »Delfin« jedermann auf seinen Platz. Eine tiefe Stille folgte. Die Offiziere vergewisserten sich, dass alles in Ordnung war. Munition wurde verteilt, und zwar in einem Maß, dass jeder verstand, es müsse Großes bevorstehen.

27

Mit einigem Befremden hatte der Kapitän bemerkt, dass Wilders Benehmen nicht ganz dem eines verantwortungsvollen Offiziers in einer entscheidenden Lage entsprach. Seine Haltung war zwar nicht zu tadeln, aber in seiner Miene war Unsicherheit zu lesen, und seine Stimme hatte geschwankt.

»Mr Wilder«, sagte er ohne Schärfe, »ich glaube zu begreifen, was in Ihnen vorgeht. Da nicht alle auf dem Schiff dort Sie beleidigt haben, wäre es Ihnen lieber, Sie könnten Ihren Dienst bei uns mit einem anderen Gegner beginnen. Überdies ist kaum mehr als Ehre in diesem Kampf zu gewinnen. Er soll um Ihretwillen vermieden werden.«

»Es ist zu spät.« Wilder schüttelte traurig den Kopf.

»Sie werden sehen, dass Sie sich irren. Führen Sie unsere Gäste hinab, wo es sicherer ist als in der Kajüte. Und wenn Sie zurückkehren, dann wird sich die Szene geändert haben.«

Mit Vergnügen eilte Wilder in die Kajüte und meldete dort die Absicht des Kommandanten, ein Gefecht zu vermeiden. Dann geleitete er die Damen ins Schiff hinunter, damit sie nicht durch einen Zufall Schaden nähmen. Nachdem dies erledigt war, eilte er rasch wieder an Deck.

Obwohl er glaubte, er sei nur ein paar Augenblicke weg gewesen, hatte sich die Szene tatsächlich gründlich verändert. Statt der Fahne Frankreichs sah er Englands Fahne in der Gaffel, während zwischen beiden Fahrzeugen ein reger Austausch von Signalen stattfand. Der Wind füllte nur noch die Bramsegel, während die übrigen lose herabhingen. Das Schiff selbst lief schnurgerade auf den Fremden zu, der seinerseits, offenbar ungern, da ihm jetzt eine sichere Prise entging, die leichteren Obersegel einholte.

»Dem Kerl tut's Leid, dass er uns jetzt als Freunde anerkennen muss«, sagte der Kapitän und machte Wilder auf die Signale aufmerksam, mit denen er den anderen täuschte. »Es wäre verlockend, aber ich verzichte Ihretwegen.«

Der Leutnant antwortete nicht und es war auch wenig Zeit zum Reden. Die »Delfin« schoss schnell dahin und jeden Augenblick zeichneten sich die Einzelheiten drüben deutlicher ab: Kanonen, Blöcke, Taue, Bolzen, Menschen und sogar Gesichtszüge. Noch wenige Minuten, so fuhr der Fremde, nachdem er den größten Teil seiner kleinen Segel geborgen hatte, mit dem Wind heran und bald darauf kam er zum Stehen.

Auf der »Delfin« gab es keinen, der nicht auch in der gefährlichsten Lage der Klugheit und der Entschlossenheit seines Kommandeurs rückhaltlos vertraut hätte. So steuerte der Pirat zuversichtlich seinem arglosen Nachbarn entgegen, bis er einige hundert Fuß von dessen Luvseite einen Halbkreis beschrieb und zum Stehen kam. Indessen konnte Wilder, der alle Vorgänge mit stummem Staunen beobachtet hatte, bemerken, dass die »Delfin« eine Position einnahm, die es im Ernstfall erlaubte, das Schiff leichter zu handhaben.

Noch war das Schiff nicht ganz zur Ruhe gekommen, als von drüben auch schon die raue Aufforderung kam, Name und Absichten mitzuteilen. Mit einem viel sagenden Blick auf Wilder setzte der Kapitän das Sprachrohr an den Mund und nannte den Namen eines wohl bekannten königlichen Schiffs, dessen Größe und Stärke genau dem seinen entsprach.

»Richtig«, kam die Antwort, »ich hab mir's schon bei Euren Signalen gedacht, dass Ihr kein anderer sein könnt.«

Nun erfolgte ein Gegengruß mit Nennung des Namens und eine Einladung von Seiten des Befehlshabers an seinen Herrn Kollegen, seinem Vorgesetzten einen Besuch abzustatten.
Bis jetzt war nichts vorgefallen, was nicht den herkömmlichen Gebräuchen auf See entsprochen hätte. Doch jetzt kam der Augenblick, wo es den meisten schwer gefallen wäre, die Täuschung länger aufrechtzuerhalten. Aber kein Zaudern, keine Unsicherheit war in der Haltung des Kapitäns zu bemerken. Man hörte drüben die Trommel, die die Mannschaft von ihren Kanonen abrief; der Pirat folgte dem Beispiel, sodass zwischen den Schiffen, die eigentlich Todfeinde hätten sein müssen, Freundschaft und Vertrauen hergestellt zu sein schienen.
»Sie hören, dass ich dem Herrn im königlichen Dienst einen Besuch abstatten soll«, sagte der Kapitän mit einem ironischen Lächeln. »Möchten Sie nicht mit von der Partie sein?«
Wilder gab sich keine Mühe, seine Überraschung zu verbergen.
»Sie werden doch nicht so tollkühn sein, in die Höhle des Löwen zu gehen.«
»Wenn Sie für Ihre Person etwas befürchten, so kann ich auch allein gehen.«
»Befürchten! Ich habe keine Furcht, Kapitän Heidegger. Aber meine Gegenwart müsste uns verraten. Auf diesem Kreuzer ist niemand, der mich nicht kennt.«
»Ja, daran habe ich nicht gedacht. Gut, so bleiben Sie hier und lassen Sie mich allein mit dem Kapitän Seiner Majestät Komödie spielen.«
Zusammen stiegen sie hinunter in die Kajüte, wo sich nun der Kapitän seinem Äußeren widmete. Er brachte seine Haare in Ordnung, kleidete sich sorgfältig und veränderte sein Gesicht.
»Es sind schon schärfere Augen getäuscht worden«, bemerkte er zu seinem Leutnant, »als die des Kapitäns Bignall.«
»Sie kennen ihn?«

»Mr Wilder, die Umstände bringen es mit sich, dass ich manches wissen muss, was andere nicht wissen. Das Abenteuer ist leicht zu bestehen. Das Schiff, das ich vorhin genannt habe, ist erst kürzlich aus der Werft ausgelaufen und niemand an Bord der ›Pfeil‹ kann es kennen. Und was mich betrifft, so weisen diese Papiere hier mich als Sohn eines Lords aus, der noch lange nicht reif für ein Kommando war, als die ›Pfeil‹ das letzte Mal in Europa war.«
»Aber wozu wollen Sie das Wagnis überhaupt unternehmen?«
»Wozu? Vielleicht möchte ich sehen, ob es sich lohnt, die Prise zu nehmen; vielleicht ist's eine Laune von mir. Das Abenteuer reizt mich.«
»Und die Gefahr?«
»Die achte ich nicht. Wilder«, fuhr er mit einem Blick offenen Vertrauens fort, »ich vertraue Ihnen mein Leben und meine Ehre an. Denn es wäre eine Entehrung für mich, meine Leute im Stich zu lassen.«
»Verlassen Sie sich auf mich«, erwiderte Wilder. Der Korsar tat noch einen festen Blick auf das ehrliche Gesicht seines Gefährten, lächelte dann, als wollte er seine Dankbarkeit für diese Versicherung ausdrücken, machte mit der Hand eine Bewegung des Abschieds und wandte sich, um die Kajüte zu verlassen. Da traf sein Blick noch eine Gestalt.
»Was willst du in dieser Aufmachung, Roderich?«, fragte er streng.
»Meinem Herrn ins Boot folgen.«
»Junge, man braucht deinen Dienst nicht.«
»Selten braucht man mich in letzter Zeit.«
Nachdenklich betrachtete der Korsar das Gesicht des Jungen, als wollte er dessen tiefste Geheimnisse lesen.
»Gut, Roderich, wir gehen zusammen«, entschied er endlich. Dann stiegen sie nach oben. Noch einmal überprüfte er die Masten und die Rahen und die Segel, nichts entging seinem Blick.

»Wilder, leben Sie wohl! Ich lasse Sie zurück als Anführer meiner Leute und als Herrn meines Schicksals. Ich weiß, dass ich beides einem Würdigen anvertraue.«

Ohne eine Antwort abzuwarten, stieg er ins Boot und ließ sich zum Kreuzer hinüberrudern. Unter den üblichen Ehrenbezeigungen empfing ihn drüben an Bord der ehrliche Veteran, dessen gegenwärtiges Kommando nur eine magere Belohnung für eine lange und schwere Dienstzeit war.

Der führte nun nach der ersten Begrüßung seinen Gast in seine eigenen Räume und forderte ihn auf Platz zu nehmen. Im Gespräch gelang es dem Piraten, die Rolle eines jungen, verwöhnten englischen Aristokraten zu spielen, der dank seiner Beziehungen schon in jungen Jahren zu einem Kommando gekommen war, sich aber in seiner Stellung langweilte und eigentlich wieder zurückstrebte nach England.

»Geduld indessen!«, meinte er. »Nach dieser Reise werde ich mir schon Gönner sichern, damit man mir ein Wachschiff in der Themse anvertraut. Sie wissen, Bignall, heutzutage braucht man weiter nichts als Gönner.«

Der Alte verschluckte mühsam seinen Ärger und versuchte das Gespräch auf einen anderen Gegenstand zu bringen.

»Ich hoffe, Kapitän Howard« – so nannte sich der Korsar jetzt – »ich hoffe, es ist noch nicht aus der Mode gekommen, die Flagge von England über dem Palast der Admiralität wehen zu lassen. Sie trugen heute Morgen so lange die Lilien Frankreichs, dass die nächste halbe Stunde uns wohl schon im Gefecht gesehen hätte.«

»Ha, das war meine exzellente Kriegslist, für die man mich gewiss loben wird.«

»Eine großartige List. Aber besser war's doch, dass Sie Ihren französischen Humor aufgaben. Beim Himmel, Sir, noch fünf Minuten und meine Kanonen wären von selbst losgegangen.«

»Besser so, besser so. Aber wie amüsieren Sie sich denn in dieser gottverlassenen Gegend?«

»Ei nun, Kapitän Howard, die Zeit, die ich nicht brauche, um den Feinden Seiner Majestät im Nacken zu sitzen, die vertreibe ich mir in Gesellschaft meiner Offiziere, besonders meines ersten Leutnants.«

»Ah, wer ist denn dieser erste Leutnant? Etwas altmodisch wohl, wenn Sie sich in seiner Gesellschaft die Zeit vertreiben können.«

Kapitän Bignall überhörte die Unhöflichkeit und antwortete: »Ein junger Mann, Harry Arche ist sein Name. Ihm fehlen nur ein paar Tropfen Ihres adeligen Blutes, sonst könnte er einst an der Spitze der königlichen Flotte stehen.«

»Nun, wenn er ein außerordentlicher Mann ist, dann möchte ich doch bitten, dass er uns mit seiner Gesellschaft beehre. Ich pflege mich meinem Leutnant täglich eine halbe Stunde zu widmen – wenn er von Adel ist, versteht sich.«

»Der arme Junge! Gott weiß, wo er in diesem Augenblick steckt. Er hat aus freiem Willen einen höchst gefährlichen Auftrag übernommen und ich weiß von seinem Erfolg nicht mehr als Sie. Das Wohl der Nation forderte diesen Dienst und ein Mann von niederer Herkunft muss sich eine Beförderung anders erwerben als die Herren von St. James. Der gute Kerl verdankt sogar seinen Namen nur einem Schiffswrack, auf dem er als Kind gefunden wurde.«

»Und doch ist er Ihr erster Leutnant?«

»Und wird es hoffentlich bleiben, bis er ein eigenes Kommando bekommt. Aber gütiger Himmel, Kapitän Howard, was ist Ihnen? He, ein Glas Grog!«

»Ich danke Ihnen, Sir«, erwiderte ruhig lächelnd der Korsar, indem er das Getränk ablehnte. Das Blut, das ihm aus dem Gesicht gewichen war, kam zurück. »Es ist weiter nichts. Ein Übel, das ich von meiner Mutter ererbt habe.«

»Gott sei's gedankt.«

»Wissen Sie, heutzutage behält niemand lange sein Gesicht. Und dieser Mr Arche ist am Ende wohl auch niemand.«

»Er ist jedenfalls ein Mann von Verdiensten, und wenn die Treue zum König in England noch etwas gilt, dann wird Harry Arche bald eine Fregatte befehligen.«

»Wenn ich nur wüsste, welche Verdienste es sind, dann könnte ich vielleicht in einem Briefchen ein Wörtchen fallen lassen, das ihm nützen könnte.«

»Wenn ich von seinem Auftrag nur etwas sagen dürfte«, erwiderte der redliche Bignall voll Eifer. »Aber melden Sie immerhin, dass er ein Mann von Ehre ist, der stets das Wohl der Untertanen Seiner Majestät im Auge hat. Ich leugne nicht, dass ich noch vor einer Stunde glaubte, sein Unternehmen sei ihm vollständig geglückt. – Übrigens, pflegen Sie oft Ihre oberen Segel beizusetzen, während die Untersegel fest bleiben?«

»Weil mein großes Bramsegel flatterte, als Sie mich zuerst sahen?«

»Ja. Wir hatten wohl Ihre Spieren durch die Gläser gesehen, dann aber verloren wir Sie wieder ganz aus den Augen, bis auf einmal der Ausguck die wehende Leinwand entdeckte. Es war auffallend, um mich vorsichtig auszudrücken.«

»Ich liebe solche Späße. Aber lassen wir das. Ich habe auch einen besonderen Auftrag in diesen Gewässern hier.«

»Und der wäre?«

»Mich nach einem gewissen Schiff umzusehen. Eine Zeit lang glaubte ich, Sie wären der, dem ich nachzuspüren habe.«

»Und für wen hielten Sie mich denn, wenn man fragen darf?«

»Für den berüchtigten Roten Korsaren!«

»Wie, zum Teufel, kommen Sie darauf? Glauben Sie denn, dass irgendwo ein Freibeuter auf See schwimmt, der ein solches Segelwerk führt wie die ›Pfeil‹?«

»Na, Bignall, Ihr seid so lange von zu Hause weg, dass Eure ›Pfeil‹ ein recht seeräuberisches Aussehen angenommen hat. Nehmen Sie mir die Bemerkung nicht übel.«
Das Eintreten eines Dritten half dem alten Seebären seine Wut zu verbergen. Der angebliche königliche Offizier richtete einen scharfen Blick auf den Neuankömmling und verlor für einen kurzen Augenblick die Fassung. Er erhob sich unwillkürlich und musterte den anderen. Dann erwiderte er die Begrüßung eines alten Mannes, dessen Blick Milde und Demut ausdrückte, mit der gewinnenden Art, die ihm zu Gebote stand.
»Der Herr ist Ihr Kaplan, Sir?«
»Mein Kaplan und mein Freund, der bisher auf dem Admiralsschiff war. Dieser Herr, lieber Doktor, ist der ehrenwerte Mr Howard, Kapitän des königlichen Kreuzers ›Gazelle‹.«
Auch im Gesicht des Geistlichen zeichnete sich Überraschung ab, als er den würdigen Spross der Familie Howard erblickte, doch trat sie weniger in Erscheinung als vorher beim Korsaren. Er verbeugte sich, sprach aber nicht mehr als die üblichen Worte der Begrüßung.
»Kapitän Bignall«, setzte Howard das Gespräch fort, »es ist meine Pflicht, Ihnen hier zu gehorchen. Denn da wir, wie ich annehmen darf, den gleichen Auftrag haben, so können wir, gestützt auf Ihre reichere Erfahrung, einen Plan entwerfen, der uns gemeinsam zum Ziel führen soll.«
Die Anerkennung, die aus diesen Worten sprach, besänftigte Bignall. Mit herzlichen Worten lud er den Jüngeren zu einem Gastmahl, das am Nachmittag stattfinden sollte. Howard nahm an und benutzte die Einladung gleichzeitig als Vorwand, sich zu verabschieden, um die Offiziere auszuwählen, die ihn begleiten sollten. Der alte, hochverdiente Bignall verabschiedete den vermeintlichen Sohn einer einflussreichen Adelsfamilie am Fallreep mit ausgesuchter Höflichkeit und unter beständigen Ver-

beugungen. Der Gast hingegen prüfte argwöhnisch die Gesichter der Umstehenden, ohne dabei seine lässige, überlegene Haltung preiszugeben. Als er schon im Begriff war, hinabzusteigen, flüsterte der Kaplan seinem Kapitän etwas ins Ohr, was diesen veranlasste, den scheidenden Gast zurückzurufen, um mit ihm und dem Geistlichen noch ein Wort zu wechseln.

»Kapitän Howard«, brachte Bignall sein Anliegen vor, »haben Sie einen Geistlichen an Bord?«

»Zwei, Sir«, war die rasche Antwort.

»Zwei! Eine Seltenheit an Bord eines Kriegsschiffes! Aber bei Ihrem Einfluss am Hof könnten Sie wohl auch einen Bischof haben. Mein Freund hier hat mich ausdrücklich gebeten die geistlichen Herren auf Ihrem Schiff in meine Einladung einzuschließen.«

»Sie sollen sie haben, die ganze Theologie, ich schwöre es!«

»Und ich nenne Ihnen noch einmal ausdrücklich auch Ihren ersten Leutnant.«

»Oh, der soll mit von der Partie sein, tot oder lebendig, verlassen Sie sich darauf!«, erwiderte der Korsar in einem Ton, dass die beiden Zuhörer fast erschraken.

Dann stieg er das Fallreep hinab. Bignall winkte ihm gutmütig nach, nicht ahnend, wen er da von Bord gehen ließ.

28

An der stolzen Haltung und dem kühnen Blick, mit dem der Korsar wieder seine eigenen Planken betrat, schlossen seine Leute, dass wichtige Dinge bevorstünden. Einen Augenblick weilte er auf der Brücke und blickte über sein Schiff, dann ging er mit raschen Schritten hinunter in seine Kabine, ohne darauf Rücksicht zu nehmen, dass er sie anderen zur Verfügung gestellt hatte. Den erschrockenen Frauen verkündete ein plötzlicher, furchtbarer Schlag auf den chinesischen Gong, in welcher Laune der Herr des Schiffes zurückgekehrt sei.

»Man sage dem ersten Leutnant, dass ich ihn erwarte«, war sein Befehl.

Als der Genannte eintrat, hätte auch der schärfste Beobachter nichts von dem wilden Zorn bemerken können, den der Korsar in der kurzen Zwischenzeit in sich niedergekämpft hatte. Jetzt erst nahm er Notiz von den eingeschüchterten Damen und beeilte sich ihnen eine entschuldigende Erklärung zu geben. Er führte sie mit einer artigen Geste zu ihren Sitzen und gab dann auch Wilder ein Zeichen, sich niederzulassen.

»Seiner Majestät Schiffszimmerleute haben schon schlechtere Fahrzeuge gebaut als die ›Pfeil‹«, begann er. »aber seine Minister hätten einen gewandteren Mann zum Kommandeur ernennen sollen.«

»Kapitän Bignall besitzt den Ruf eines tapferen und redlichen Mannes.«

»Der Ruf ist ihm zu gönnen, denn streift man diese Eigenschaften ab, dann bleibt wenig übrig. Er gab mir zu verstehen, dass er in diese Breiten mit einem ganz besonderen Auftrag geschickt worden sei: nämlich ein Schiff aufzubringen, von dem man überall spricht, Gutes oder Schlechtes. Ich meine den Roten Korsaren.«

Mrs Wyllys schreckte unwillkürlich zusammen und legte ihren Arm um das Mädchen, wie um es zu beschützen. Doch schien der Korsar diese Bewegung nicht zu bemerken, wie auch Wilder seine Unbefangenheit zu wahren wusste.

»Seine Reise wird erfolglos sein, wenn nicht sogar gefährlich«, erwiderte er ruhig. »Es geht ihm vielleicht wie allen anderen. Er macht sich einen falschen Begriff von dem, den er sucht.«

»Wieso falsch?«, forschte der Korsar.

»Weil er meint, es handle sich um einen gemeinen Seeräuber, um einen rohen, erbarmungslosen, wie andere seiner Art.«

»Aber er müsste doch wenigstens eine Beschreibung von dem Schiff haben, auf das er Jagd macht.«

Wilder musste trotz aller Mühe, die er sich gab, vor dem durchdringenden Blick seines Kapitäns die Augen senken, ehe er antwortete: »Vielleicht hat er die Kenntnis.«

»Vielleicht. Er hat mir angedeutet, dass sein Spion das Geheimnis besitzt.«

»Nannte er die Person?«

»Ja, es ist Harry . . . Arche, sonst auch Wilder genannt.«

»Ich will es nicht leugnen«, sagte der junge Mann, äußerlich ganz ruhig, und erhob sich von seinem Platz. »Ich sehe, Sie kennen mich.«

»Als einen treulosen Verräter.«

»Kapitän Heidegger, Sie wagen nichts, wenn Sie sich hier an diesem Ort eine solche Beschimpfung erlauben.«

»Gut, dann melden Sie Ihrem Vorgesetzten nur«, höhnte der Kapitän, »dass das Ungeheuer des Meeres, der Unhold, der arme

Fischer ausplündert und ungeschützte Küsten verheert und der Flagge des Königs ausweicht, unter dem Schutz von 150 Freibeutern seine Meinung frei heraussagen darf.«
Wilders erste Bestürzung war indessen vorüber. Nun konnten ihn weder Schmähungen herausfordern noch Drohungen einschüchtern. Gelassen und mit verschränkten Armen sagte er: »Ich habe das Wagnis auf mich genommen, um eine Pest des Ozeans zu vertilgen, der anders nicht beizukommen war. Ich wusste, was ich wagte, und ich werde vor der Strafe nicht fliehen.«
»Nein, das sollen Sie nicht!«, erwiderte der Korsar und schlug nochmals auf den Gong. »Lasst den Neger und seinen Gesellen in Fesseln legen und erlaubt ihnen unter keinen Umständen irgendeinen Kontakt mit dem Kreuzer!« Nach diesem Befehl wandte er sich wieder Wilder zu. »Unsere Gemeinschaft, in die Sie sich verräterisch eingeschlichen haben, hat ein Gesetz, das sie zusammenhält. Und dieses Gesetz überliefert Sie und Ihre Mitverschworenen dem Strick in dem Augenblick, wo ich die Tür öffne und Ihren Verrat verkündige. Dann sind Sie den barmherzigen Händen der Mannschaft überantwortet.«
»Das werden Sie nicht tun! Nein, das werden Sie nicht tun!«, jammerte eine Stimme neben ihm.
»Und welches Los hätte er mir und meinen Leuten bereitet?«
»Er hatte wenigstens die Gesetze auf seiner Seite. Hören Sie auf die Stimme der Vernunft und der Gnade!« Mrs Wyllys hielt dem furchtbaren Blick des Piraten stand.
»Hören Sie auf, Madame. Mein Entschluss war bereits von Anfang an gefasst. Und nichts vermag ihn zu ändern. Mr Wilder, Sie sind frei. Wenn Sie mir nicht so treu gedient haben, wie ich erwartete, dann habe ich wenigstens etwas aus unserer Begegnung gelernt. Ich verstehe mich nun noch besser auf Menschen und ihre Gesichter.«

Beschämt und gedemütigt stand Wilder da. Auf seinen Zügen spiegelte sich der Kampf, den er in seinem Inneren ausfocht.

»Ich kann Sie nicht verlassen, Kapitän Heidegger, ohne ein Wort der Rechtfertigung.«

»Sprechen Sie frei, Sie sind mein Gast.«

Der beißendste Spott hätte Wilder in diesem Augenblick nicht tiefer verwunden können als die Großmut des Korsaren.

»Wenn ich spreche, dann erwarten Sie die Wahrheit, Kapitän Heidegger, und urteilen Sie selbst. Ist es erstaunlich, dass ich für den Dienst an einer Sache, die Sie selbst einst für ehrenvoll hielten, das Leben wagte? Doch Ihr Vertrauen hatte mich schon halb entwaffnet, als ich noch kaum Ihre Schwelle überschritten hatte.«

»Und dennoch kehrten Sie nicht um.«

»Vielleicht waren noch stärkere Gründe vorhanden«, sprach Wilder weiter und warf unwillkürlich einen Blick auf die Frauen. »Ich blieb meinem Wort in Newport treu. Und wären meine beiden Leute damals nicht auf Ihrem Schiff gewesen, so hätte ich es nicht mehr betreten.«

»Ich möchte Ihnen gerne glauben. Sie haben ein gewagtes Spiel gespielt. Sie werden sich eines Tages freuen, es verloren zu haben. Nun gehen Sie. Ein Boot wird Sie zur ›Pfeil‹ hinüberbringen.«

»Täuschen Sie sich nicht, Kapitän Heidegger. In dem Augenblick, wo ich vor Kapitän Bignall stehe, wird Ihr Gewerbe verraten. Wenn ich frei bin, bin ich Ihr Feind, auch in dem Kampf, der unausweichlich ist.«

»Wilder«, der Korsar reichte ihm die Hand, »vielleicht hätten wir uns früher begegnen sollen. – Gehen Sie jetzt. Wenn meine Leute die Wahrheit erfahren sollten, dann kann ich Ihnen nicht mehr helfen.«

»Als ich auf die ›Delfin‹ kam, war's in Begleitung.«

»Ist's nicht genug«, erwiderte Heidegger kühl, »dass ich Ihnen Freiheit und Leben schenke?«
»Was sollen weibliche Wesen auf einem Schiff wie dem Ihren?«
»Sie sind auf meinem Schiff so sicher wie auf jedem anderen. Und wer sagt Ihnen denn, dass die Damen Sie als Beschützer vorziehen. Ihre Bekanntschaft mit Ihnen ist nicht älter als die meine und Sie haben sicher keinen Grund gefunden, sich über die Behandlung hier zu beklagen. Sprechen Sie selbst, meine Damen, wer soll Ihr Beschützer sein?«
»Ach, wenn Sie Mitleid haben, dann erlauben Sie uns, Ihr Schiff zu verlassen«, flehte Gertraud.
Und als Mrs Wyllys noch etwas hinzufügen wollte, unterbrach er sie: »Genug! Sie sollen Ihren Freund begleiten. Es wird dann leer sein auf diesem Schiff, so leer wie in meinem Herzen.« Er gab sich keine Mühe, die tiefe Bewegung, die ihn erschütterte, zu unterdrücken.
»Riefen Sie?«, fragte eine Stimme neben ihm, leise, aber doch unüberhörbar.
»Roderich«, antwortete er verwirrt, »geh nach unten. Verlass mich auf einen Augenblick.«
Dann gab er, um dem Auftritt so rasch wie möglich ein Ende zu machen, erneut ein Signal mit dem Gong. Er befahl, Richard Fid und den Schwarzen in das Boot zu bringen, wo auch die wenigen Habseligkeiten der anderen verstaut wurden. Dann führte er die Damen durch die Reihen seiner erstaunten Leute zum Fallreep, wartete, bis alle in der Pinasse Platz gefunden hatten, winkte ihnen ein stummes Lebewohl zu und verschwand.
Da Wilder sich sehr wohl an die Drohung erinnerte, die Mannschaft der »Delfin« könnte sich selber Recht verschaffen, lenkte er das Boot so, dass es schnell aus dem Bereich der Kanonen kam. Als sie unter dem Heck des Korsaren vorüberruderten,

kam ein rauer Anruf über die Wasserfläche. Es war der Kapitän selbst, der den Kommandeur der »Pfeil« unterrichtete: »Ich schicke Ihnen einige Ihrer Gäste. Die ganze Theologie meines Schiffes ist darunter!«

»Hilf Himmel!«, rief Bignall, als er die weiblichen Gestalten bemerkte, »der junge Schlingel schickt uns da ein paar Schürzen an Bord. Das nennt der gottlose Bursche seine Theologen. Nicht schwer zu erraten, wo er die aufgelesen hat. Na, es ist sicher keine Sünde, wenn man sich mal ohne Geistlichkeit behilft.«

Als aber Gertraud erschien, rieb sich der alte Haudegen die Augen, als wäre sie eine Erscheinung von oben.

»Der herzlose Schurke!«, rief er jetzt. »Ein so junges, unschuldiges Geschöpf zu verführen! Und was ist das? Mein eigener Leutnant! Was soll das, Mr Arche? Gibt es denn noch Zeichen und Wunder?«

Da unterbrach ihn der Geistliche.

»Kapitän«, bemerkte er, »ich kenne diese Dame«, wobei er auf Mrs Wyllys deutete. »Ich habe sie vor zwanzig Jahren gesehen und ich kann mich für sie verbürgen.«

»Führt mich in die Kajüte«, sagte Mrs Wyllys leise. »Ich kann die Menschen jetzt nicht ertragen.«

Man gehorchte ihr und entzog sie den neugierigen Blicken der Zuschauer. In der Kajüte fand sie ihre Fassung wieder im Gespräch mit dem Pfarrer.

»Ein spätes Wiedersehen«, sagte sie endlich. »Gertraud, das ist der geistliche Herr, der mich einst traute.«

»Trauern Sie nicht über den Verlust. Ihr Mann starb einen Tod, wie er ihn sich wünschte.«

»Sie sprechen die Wahrheit. Ich will versuchen zu vergessen. Doch wie sind Ihre Tage verflossen seit der Zeit, von der wir reden?«

»Ich bin der Hirte einer wandernden Herde. Nun bin ich auf

diesem Schiff, um einen Monat mit einem Freund zu verbringen, dessen Bekanntschaft noch älter ist als die unsrige.«

»Gewiss, Madame«, mischte sich hier Bignall ein, der die Szene bisher mit Anteilnahme verfolgt hatte. »Wir haben auf dieser Reise alte Erinnerungen wieder aufgewärmt. Und jetzt schätze ich mich glücklich, dass eine Dame von Ihrem Rang gekommen ist, um hier mit von der Partie zu sein.«

Da unterbrach ihn der Geistliche rasch: »Sie sehen in dieser Dame die Witwe des Sohnes unseres ehemaligen Konteradmirals de Lacey.«

»Merton«, gab der Kapitän zurück, »mein Freund, die Dame war mir als Ihre Freundin willkommen und ist es mir doppelt als die Witwe und Tochter der beiden tapferen Männer, die Sie nannten.«

»De Lacey«, flüsterte Gertraud.

»Ja, den Namen darf ich führen. Das Geheimnis ist gelüftet. Mein Vater war Kapitän auf dem Admiralsschiff, wo auch Ihr junger Verwandter diente und mir Gesellschaft leistete. Ich kannte den Stolz und auch die Armut meines Vaters zu gut, um ihn über mein Schicksal entscheiden zu lassen. Wir wurden heimlich getraut und weder sein Vater noch der meine ahnten etwas davon.«

»Aber Harry!«, schrie nun Bignall, indem er sich so gewaltig räusperte, dass man ihn auch auf Deck hören musste, und packte seinen Leutnant am Arm. »Harry, was zum Teufel geht denn hier vor? Wie kommt's, dass Sie in dem Augenblick, wo Sie den Piraten spielen sollen, hier auf einem königlichen Schiff auftauchen? Und wie kommt der adelige Grünschnabel dort drüben zu einem so wackeren Schiff?«

Wilder schien aus einem Traum zu erwachen und war nur mit Mühe von einem Ort wegzuziehen, wo er noch lange hätte verweilen können.

29

Oben auf der Brücke konnten Bignall und sein Leutnant ihren Blick hinüberschweifen lassen zur »Delfin«, die sich eben, wenn auch nicht schnell, zu bewegen begann..

»Aha«, brummte Bignall missmutig, »unser Seeheld scheint vergessen zu haben, dass er bei mir zum Essen geladen ist. Na, wenn er Hunger hat, wird er schon kommen. Übrigens versteht er es, mit seinem Schiff umzugehen. Wahrscheinlich hat er einen tüchtigen Leutnant an Bord, der ihm die Arbeit macht.«

»Es gibt nur wenige Menschen, die von der Seefahrt so viel verstehen wie der Kapitän dort drüben«, bemerkte Wilder.

»Den Teufel versteht er.«

»Lassen Sie sich nicht täuschen. Das könnte gefährlich sein.«

»Mich täuscht so schnell keiner, Harry. Aber wo zum Teufel steuert denn der Kerl hin?«

»Er steuert wirklich seewärts!«, rief Wilder sichtlich erleichtert.

»Dann wollen wir ihm noch etwas Raum geben, damit er nachher umso kräftiger rudern kann. Jawohl, das machen wir.«

Minuten später bewegte sich auch die »Pfeil«, jedoch in entgegengesetzter Richtung, sodass bald ein breiter Wasserstreifen die beiden Schiffe trennte.

»So, jetzt soll er sehen, wie er zu uns herüberkommt«, knurrte Bignall. »Aber nun sagen Sie mir endlich, wie sind denn Sie auf dieses Schiff geraten? Sie haben uns ja noch kein Sterbenswörtchen erzählt.«

»Ich habe Schiffbruch erlitten, Sir, seit Sie meinen letzten Brief erhalten haben.«
»Was? Dann hat also den Roten Korsaren doch endlich der Teufel geholt?«
»Nein, ich war auf einem Schiff aus Bristol, wo ich als eine Art Prisenmeister angestellt war. – Tatsächlich, er hält sich langsam, aber stetig nordwärts.«
»Lassen Sie den Stutzer laufen! – Und dort hat man Sie also aufgenommen. Aber wie kam's, dass dieser Mr Howard sich stellte, als hätte er Ihren Namen noch nie gehört? Der adelige Windbeutel wollte Sie wahrscheinlich nicht kennen.«
»Ich war auf dem Schiff mit meinem angenommenen Namen bekannt. Auch die Damen kennen mich nur als Mr Wilder.«
»Ja, das war vernünftig. Dann haben wir dem Mr Howard eben unrecht getan. Na, Mr Fid, wie geht's? Du bist willkommen hier auf der ›Pfeil‹.«
»Ich habe mir die Freiheit genommen, mich selbst schon willkommen zu heißen, gnädiger Herr«, erwiderte Fid, der sich in der Nähe zu schaffen machte, vermutlich, um seine Aufmerksamkeit auf sich zu lenken. »Ein hübsches Fahrzeug, ein kühner Kapitän und eine wackere Mannschaft dort drüben. Aber es ist mir und Scip doch lieber, auf einem ehrlichen Schiff zu segeln als an Deck eines Piraten.«
»Eines Piraten?«, schrie der Kapitän und brachte vor Staunen den Mund nicht mehr zu.
»Kapitän Bignall«, nahm nun Wilder das Wort, »ich habe vielleicht Ihre Nachsicht missbraucht, dass ich so lange geschwiegen habe. Aber hören Sie meinen Bericht, und ich hoffe, dass manches zu meinen Gunsten spricht. Das Fahrzeug, das Sie dort sehen, ist der berüchtigte Rote Korsar – unterbrechen Sie mich nicht, ich beschwöre Sie, sondern hören Sie zuerst.«
Als der Alte sich etwas beruhigt hatte, war er in der Lage, der ru-

higen, klaren Erzählung seines Leutnants zu lauschen; und noch ehe dieser fertig war, verstand er die Gründe sehr wohl, die den jungen Mann bewogen hatten seinen Retter nicht zu verraten.

»Wunderbar!«, rief er, als der Erzähler geendet hatte. »Ein Jammer, dass ein so grundehrlicher Kerl ein solcher Spitzbube ist. Aber, Harry, trotz allem können wir ihn nicht einfach laufen lassen. Wir müssen wenden und auf ihn losfahren. Und wenn er mit guten Worten nicht zu gewinnen ist, dann müssen wir uns schlagen.«

»Ich fürchte, unsere Pflicht lässt uns keine Wahl«, seufzte Wilder.

»So war also der Schwätzer, der mich besuchte, nicht einmal der Kapitän selbst.«

»Der Mann, der an Bord der ›Pfeil‹ kam, war der Korsar.«

»Ha! Der Rote auf meinem Schiff, in meiner persönlichen Gegenwart!«, schrie der alte Haudegen mit einem Ton, aus dem Abscheu sprach. »Aber wo war sein borstiger Backenbart? Wo seine Grauen erregende Stimme? Die ganze barbarische Erscheinung?«

»Damit hat ihn das Gerücht ausgestattet.«

»Und war es dieses Schiff, mit dem wir im vergangenen März handgemein wurden?«

»Ja.«

»Hören Sie, Harry, Ihretwegen will ich großmütig mit dem Schelm verfahren. Er hat keine Aussicht auf Sieg. Drum wollen wir versuchen, was wir mit Verhandlungen erreichen. Wollen Sie ihm meine Bedingungen überbringen? Aber vielleicht reut es ihn jetzt, dass er Sie hat ziehen lassen.«

»Er wird Wort halten«, antwortete Wilder voll Eifer, »lassen Sie eine Kanone leewärts lösen, lassen Sie eine Parlamentärsflagge aufziehen. Dann will ich es auf mich nehmen.«

Kaum war der Plan beschlossen, da wurde er schon in die Tat

umgesetzt. Das Ruder wurde leewärts gelenkt, und als sich das Vorkastell dem Wind zuwandte, schlug eine Feuersäule aus einer der Geschützpforten auf Lee, das Zeichen, dass man eine Mitteilung zu machen habe. Gleichzeitig stieg am Hauptmast eine schneeweiße Flagge hoch, während die Fahne Englands herabgelassen wurde. Eine halbe Minute gespannter Erwartung, dann stieg von der »Delfin« eine Rauchwolke hoch, und gleich darauf antwortete das dumpfe Grollen des Schusses. Eine Flagge ging hoch, hell wie eine Taube, doch kein Signal deutete auf die Nationalität des Schiffes hin.

»Der Kerl ist bescheiden, dass er in unserer Gegenwart mit nackter Gaffel fährt«, bemerkte Bignall. »Wir wollen noch ein Stück heranfahren und dann gehen Sie ins Boot.«

Als sie auf einen halben Kanonenschuss herangekommen waren, stoppten sie, um den anderen nicht misstrauisch zu machen. Das Boot wurde zu Wasser gelassen und bemannt; eine weiße Flagge wehte am Bug.

Kapitän Bignall wiederholte alle Instruktionen und übergab Wilder ein Papier, auf dem die Bewaffnung und Bemannung der »Pfeil« verzeichnet war und das dem Piraten zeigen sollte, wie sehr er im Nachteil war. »Ich denke«, schloss der Kapitän seine weitschweifigen Ausführungen, »Sie können ihm Verzeihung für das Geschehene zusichern, wenn er sich in unsere übrigen Bedingungen fügt. Jedenfalls werden wir alles tun, um für ihn Begnadigung zu erreichen. Und nun, Gott bewahre dich, mein Junge.«

Ein paar Mal kam Wilder der Gedanke, ob es wohl klug war, sich auf dieses Wagnis einzulassen, insbesondere als er an Bord der »Delfin« den wilden, drohenden Blicken, die ihn von allen Seiten trafen, begegnete. Doch die Gegenwart des Kapitäns ermutigte ihn. Auf einen Wink hin zogen sich beide in die Kajüte zurück.

»Meine Leute misstrauen Euch, Mr Arche«, begann der Kapitän, »obwohl sie im Augenblick noch nicht recht wissen, was sie eigentlich glauben sollen. Es fehlt nicht an Stimmen, die Ihnen nicht wohlgesinnt sind. Es war nicht klug, noch einmal zurückzukehren.«

»Ich bin auf Befehl meines Vorgesetzten hier und unter dem Schutz der weißen Flagge.«

»Darum kümmern wir uns wenig. Aber wenn Sie eine Botschaft bringen, dann darf ich annehmen, dass sie für mich bestimmt ist.«

»Wir sind nicht allein, Kapitän Heidegger.«

»Der Mast hört nicht mehr als Roderich. Reden Sie.«

»Nun gut. Der Kapitän der ›Pfeil‹ hat mir befohlen Ihnen Folgendes zur Überlegung vorzulegen: Unter der Bedingung, dass Sie dieses Fahrzeug mit seinen sämtlichen Magazinen, Waffen und Munition unbeschädigt übergeben, will er sich mit zehn Mann aus Ihrer Besatzung, die das Los bestimmen soll, mit Ihrer Person und mit einem Offizier als Geiseln begnügen. Den Rest will er in königliche Dienste übernehmen oder auseinander gehen lassen.«

»Das ist die Großmut eines Fürsten! Ich wollte hinknien und Planken küssen vor einem, dessen Mund solche Gnadenworte entströmen.«

»Ich wiederhole die Worte meines Vorgesetzten«, fuhr Wilder fort und das Blut schoss ihm in die Wangen. »Was Sie selbst betrifft, so macht er sich anheischig sich für Sie zu verwenden, um Pardon für Sie zu erreichen, vorausgesetzt, dass Sie nie wieder zur See fahren und den Namen eines Engländers auf ewig ablegen.«

»Letzteres ist bereits geschehen. Aber sagen Sie mir, warum macht man einem wie mir solche Bedingungen?«

»Kapitän Bignall hat erfahren, wie großmütig Sie seinen Offizier und wie korrekt Sie die Tochter und die Witwe seiner ehemaligen Kameraden behandelt haben.«

Diese Anerkennung verfehlte ihre Wirkung auf den Piraten nicht, doch er vermied es, seine Gefühle zu äußern.
»Und warum das alles?«, fragte er kühl und zurückhaltend. »Gibt es keinen anderen Grund als sein hohes Belieben?«
»Doch! Diese Beschreibung seiner Streitkräfte.«
Rasch überflog der Korsar das Verzeichnis, ohne sich mehr als ein flüchtiges Interesse anmerken zu lassen. Nur bei einigen wenigen Punkten verweilte er länger.
»Kapitän Heidegger«, erwiderte Wilder, »ich hätte manches sicher anders formuliert. Aber Sie müssen zugeben, dass Sie uns unterlegen sind. Aus dankbarer Erinnerung heraus rate ich Ihnen dringend zur Annahme. Überdies glaube ich zu wissen, dass Sie bei Ihrem jetzigen Leben nicht die Befriedigung finden, nach der Sie sich sehnen.«
»Sie glauben also, mich durchschaut zu haben. Und was haben Sie außerdem noch vorzubringen?«
»Nichts«, antwortete Wilder.
»Doch, doch, er hat noch etwas zu sagen«, meldete sich da eine eifrige Stimme, »verlassen Sie ihn noch nicht, Mr Wilder. Sprechen Sie ihm von seiner Jugend, von dem Wesen, das er liebte. Sein Ohr kann nicht taub sein.«
»Roderich hat oft seine Träume«, unterbrach der Kapitän den Jungen.
»Oh nein, es sind keine Träume, Mr Wilder, verlassen Sie ihn nicht! Reden Sie mit ihm, aber nicht von Ihren Kanonen, denn Drohungen verhärten ihn nur. Mahnen Sie ihn als Freund! Ein einziges Wort könnte ihn retten!«
»Wilder, schenken Sie dem Kind einen Platz auf Ihrem Boot und empfehlen Sie ihn der Gnade Ihres Vorgesetzten.«
»Nie! Nie! Ich kann dich nicht verlassen! Was bleibt mir dann noch?«, schrie Roderich dazwischen.
»Doch. So ist es am besten. Hier ist viel Gold und Sie, Mr Wil-

der, werden ihn der Obhut der trefflichen Mrs Wyllys anvertrauen, die schon das Mädchen bemuttert, das nicht weniger einsam ist, wenn auch weniger ...«

»Schuldig! Sprich es aus, das Wort, Walter! Verdient habe ich es!«

Roderich griff nach der Börse, die mit Gold gefüllt war. »Dies kann ich wegwerfen. Aber das Band, das uns verbindet, kann nie zerrissen werden.« Und kaum hatte er dies gesagt, da schleuderte er den Schatz durch das offene Kajütenfenster ins Meer.

»Nein, niemals. Ich bleibe in deiner Nähe«, flüsterte der Junge kaum hörbar. »Gehen Sie, Mr Wilder. Ihr Bleiben ist zwecklos. Ihr Boot wartet.« Wilder erhob sich.

»Mr Heidegger, da ich als Abgesandter meines Vorgesetzten hier bin, so darf ich nun eine Antwort auf unseren Vorschlag erwarten.«

Der Kapitän nahm ihn am Arm und führte ihn an eine Stelle, von der aus man sehen konnte, was draußen vor sich ging. Er zeigte hinauf zu den Spieren. Das Schiff hatte nur wenig Segel gesetzt.

»Sir, Sie sind Seemann, und was Sie sehen, wird Ihnen meine Absichten verraten. Ich werde den stolzen Kreuzer Ihres Königs weder suchen noch vermeiden.«

30

Sie bringen mir die dankbare Unterwerfung des Piraten!«, begrüßte Bignall seinen Unterhändler.
»Nein«, war die Antwort.
»Dann meint er, er kann uns entwischen?«
»Sieht er so aus?« Wilder deutete hinüber zum Piratenschiff, das mit entblößten Spieren regungslos dalag. »Er gibt uns lediglich die Versicherung, dass er nicht angreifen werde.«
»Beim heiligen Georg! Er meint es gut mit uns. Er will mit seiner buntscheckigen Seeräuberhorde nicht unter die Kanonen eines britischen Kriegsschiffes rennen. Zum Teufel! Die Leute an die Kanonen beordert, Sir!«
»Kapitän Bignall, lassen Sie uns noch abwarten.«
»Abwarten? Abwarten, wenn uns der Hohn des Feindes an unsere Pflicht erinnert?«
»Sir, missverstehen Sie mich nicht. Ich zögere nicht, um das Gefecht zu vermeiden. Ich bitte um Zeit, damit ich die ›Pfeil‹ auf den Kampf vorbereiten kann, der sicher nicht leicht werden wird. Eine kleine halbe Stunde und dann sind wir bereit.«
Unwillig gab der Kapitän nach und brummte über die Schande, dass ein britisches Kriegsschiff den Piraten nicht mit einer einzigen Salve in die Luft jagte. Aber Wilder kümmerte sich nicht weiter darum, sondern ging an seine Aufgabe.
Das Schiff wurde kampffähig gemacht, die Trommeln rasselten, die Vorkehrungen für die Schlacht wurden getroffen. Dann setzte sich das Schiff in Bewegung.

Indessen lag der Pirat etwa eine Viertelstunde völlig ruhig auf dem Wasser, ohne, dem Anschein nach, von den Vorkehrungen auf dem Kreuzer Notiz zu nehmen. Als aber die »Pfeil« dem Druck des Windes nachgab und ihre Geschwindigkeit allmählich vermehrte, da füllte sich auch drüben das Bramsegel und die »Delfin« geriet in Bewegung. Der Kreuzer ließ die britische Flagge von der Gaffel wehen, während der Korsar kein Zeichen von den Masten wehen ließ.

Während die beiden Schiffe einander Raum abzugewinnen versuchten, bezog sich der Horizont, sodass Himmel und Meer ineinander zu fließen schienen.

»Im Westen braut sich was zusammen«, meinte Bignall. »Aber wir können mit dem Kerl dort schon fertig sein, ehe es gefährlich wird.«

Wilder stimmte ihm zu, der Pirat hingegen verringerte seine Segel, als ob er dem Wetter gar nicht traue.

Die »Pfeil« verdoppelte indessen ihre Geschwindigkeit unter dem Druck der Segel und war bereits auf der Luvseite des Gegners, ohne dass dort irgendwelche Gegenmaßnahmen zu bemerken gewesen wären.

»Versuchen wir's mit einem Schuss«, meinte Bignall schließlich.

Eine Kanone wurde gelöst. Die Kugel sprang in kleinen Bogen von Woge zu Woge, spritzte eine Wasserwolke aufs Deck des Feindes und flog harmlos am Rumpf vorüber. Ein zweiter, ein dritter Schuss folgte, aber die Wirkung war nicht größer.

»Was ist denn das?«, schrie unwillig der Kapitän. »Hat er einen Zauber für sein Schiff, dass alle Kugeln vorbeifliegen? Master Fid, könnt Ihr denn gar nichts tun zur Ehre der königlichen Flagge?«

»Kann ich! Achtung, beiseite getreten!«

Richard hatte mit großer Ruhe sein Ziel anvisiert, legte nun mit eigener Hand die Lunte an und schickte seinen Schuss übers Wasser. Ein paar Augenblicke der Erwartung folgten und dann verkündeten die Fetzen, die drüben herumflogen, dass die Kugel durch das Segelwerk der »Delfin« gegangen war. Augenblicklich und wie durch Zauber änderte sich das Bild.

Mit einem Schlag fiel die weiße Leinwandblende, die vom Bug bis zum Heck die Kanonenpforten verdeckt hatte, und enthüllte einen breiten, blutroten Gürtel, aus dem die Kanonenschlünde hervorgähnten. Zugleich stieg die rote Fahne des Korsaren hoch und wehte herausfordernd von der Gaffel.

»Jetzt zeigt er sein wahres Gesicht!«, schrie Bignall aufgeregt. »Jetzt fletscht er seinen blutigen Rachen. Achtung, Leute, jetzt wird's ernst!«

Bignall hatte noch nicht ausgesprochen, als längs des roten Streifens, der seine Wirkung auf die abergläubischen Matrosen nicht verfehlte, eine leuchtende Flammenwand hervorbrach und gleich darauf das Donnern von rund einem Dutzend Kanonen folgte. Die Kugeln rauschten durch die Luft heran und taten ihre verheerende Wirkung. In das Krachen der Einschläge mischte sich das Schreien der Getroffenen, die zwischen zerschmetterten Planken, losgerissenen Tauen und Hölzern lagen. Die Kanoniere des Piraten hatten gut gezielt. – Doch nur einen Augenblick dauerte der Schreck und die Verwirrung. Die Briten erholten sich von diesem ersten Schlag und erwiderten ihn mit einer Lage aus ihren Kanonen.

Und dann begann mit regelmäßigen Salven die Schlacht. Beseelt von dem Wunsch, das Ende möglichst schnell herbeizuführen, drängten sich die beiden Schiffe immer näher aneinander heran, bis schließlich der Rauch der Geschütze zu einer großen Wolke zusammenfloss.

»Der Kerl versteht sein Handwerk!«, schrie Bignall in das Getöse und er hatte auch allen Grund, denn zerfetzte Segeltücher,

zersplitterte Spieren und wankende Masten zeigten nur zu deutlich die Wirkung der feindlichen Geschütze.
Doch war es jetzt nicht der Augenblick, um viele Worte zu machen. Die beiden Schiffe lagen nun so, dass sie nebeneinander vor dem Wind liefen, wobei sie nicht aufhörten, Flammen zu speien und Vernichtung zu verbreiten. Da bemerkte man auf der »Pfeil«, dass sich das Schiff nicht mehr mit der Leichtigkeit regieren ließ, die gerade jetzt so nötig gewesen wäre. Man meldete es Wilder, der es wiederum dem Kapitän meldete. Eine eilige Beratung fand statt.
»Sehen Sie«, rief Wilder, »die Segel flappen wie Lumpen gegen die Masten!«
»Und jetzt dröhnt uns auch noch die Artillerie des Himmels dazwischen. Die Bö ist uns schon über den Köpfen. – Ruder backbord, raus aus dem Rauch! Hart backbord, sag ich!«
Die träge Bewegung des Schiffes entsprach durchaus nicht der Ungeduld des Kapitäns und nicht der Notwendigkeit des Augenblicks. Es schien unmöglich, aus der dichten Wolke herauszukommen, die alles einhüllte, Himmel, Schiff und Wasser; selbst die Gestalten der Kanoniere, die weiter an ihren Geschützen arbeiteten, waren nur für Augenblicke und dann schemenhaft zu erkennen.
»Wir fechten ganz allein!«, schrie da der zweite Offizier von den Kanonen her. »Schon seit einer Minute hat er mit keinem einzigen Schuss geantwortet!«
»Beim heiligen Georg, die Schurken haben genug!«, rief Bignall begeistert.
»Vorsicht«, unterbrach ihn Wilder, »so weit sind wir noch nicht. Die Kanonen schweigen, aber warten Sie, bis sich der Rauch verzieht. Wenn wir aufhören zu feuern, dann sehen wir bald mehr.«
Die Leute an den Batterien jauchzten und deuteten hinaus, wo der Pirat davonzusegeln schien. Aber in diesem Augenblick

zuckte ein Blitz durch das dunstige Gewölk und ihm folgte ein Krach, gegen den das Donnern einer Batterie nur ein Murren gewesen wäre.

»Rufen Sie die Leute von den Kanonen weg!«, ordnete Bignall an. »Alle! Und bergen Sie die Segel!«

Die Männer verließen ihre Plätze an den Geschützen und stiegen hinauf in die Masten, soweit sie noch in der Lage waren.

»Lass sie noch einen Augenblick warten!«, rief der Kapitän Wilder zu. »Gleich sehen wir mehr.«

Und wirklich wurde jetzt der Rauch des Kampfes vom Wind erfasst und trieb davon. Der Himmel war von einem ungeheuren schwarzen Schleier bedeckt und die Oberfläche der See spiegelte unheilvoll die düstere Farbe wider. Die Wogen stiegen und sanken nicht mehr regelmäßig wie zuvor, sondern taumelten hin und her; die Blitze kamen nicht rasch aufeinander, doch die wenigen, die die Wolken durchbrachen, waren von gleißender Helligkeit und der Donnerschlag, der sie jedes Mal begleitete, versetzte die Mannschaft in lähmenden Schrecken. Leicht und behände lief dagegen das Schiff des Korsaren mit eingezogenen Segeln dahin. Kein Augenblick war zu verlieren, dem Beispiel zu folgen. Die Mannschaft bemühte sich die zerfetzte Leinwand einzuholen, aber kostbare, vielleicht unwiederbringliche Augenblicke waren durch das vorangegangene Zögern verloren.

»Kappt alles!«, schrie Wilder hinauf. »Kappt mit Messern und Zähnen! Nicht einen Fetzen oben lassen! Und dann alle herunter!«

Einige Dutzend Gestalten glitten herab, keine Sekunde zu früh, wie sich sofort zeigen sollte. Denn das hohe Spierenwerk, das von keinem Tau mehr gehalten wurde und schon längst geschwankt hatte, wurde nun eine Beute des Sturms. Schließlich stand nichts mehr als die drei kahlen Masten. Die meisten Matrosen konnten sich noch retten, aber einige hatten Wilders Be-

fehl überhört und wurden nun mit den Trümmern hinausgeschleudert und hoffnungslos abgetrieben.
Zum Glück war die Wut der Elemente nur von kurzer Dauer; die Bö war bald vorüber und der ruhigere, gleichmäßige Passatwind gewann wieder die Oberhand. Doch da gewahrte die Mannschaft der »Pfeil« eine neue, nicht weniger furchtbare Gefahr. Das Korsarenschiff, dessen schönes Ebenmaß vom Sturm und von der Schlacht unberührt schien, hisste schon wieder zahlreiche Segel und nahm, vom Wind begünstigt, Kurs auf den nahezu manövrierunfähigen englischen Kreuzer.
»Bei Gott, Mr Arche, das Glück ist heute nicht auf der Seite des Rechts«, sagte Bignall, als er bemerkte, dass der Seeräuber den Kampf wohl wieder aufnehmen werde. »Schicken Sie die Leute wieder auf ihre Posten und lassen Sie feuern. Gebt's ihm, Leute! Blast die Kerle von den Kanonen!«
»Warten wir«, riet Wilder dringend, »warten wir, denn wir kennen seine Absicht noch nicht.«
Aber alle Warnungen Wilders kamen zu spät, denn die »Pfeil« hatte dem Korsaren erneut eine volle Ladung entgegengeschleudert, was jede friedliche Absicht, die er vielleicht haben mochte, vernichten musste. Die Salve saß, aber eine leichte Wendung brachte das Schiff in eine Position, dass eine zweite nicht treffen konnte. Dann jagte der Korsar auf den hilflosen Kreuzer zu und rief durch das Sprachrohr den Befehl herüber, die Flagge zu streichen.
»Kommt her, ihr Schurken!«, schrie Bignall wütend. »Kommt und holt sie euch selber!«
Eine volle Ladung aus den Rohren des Piraten traf todbringend die »Pfeil« – und dann krachten die beiden Schiffe aufeinander. Fünfzig wüste Kerle sprangen, zum Nahkampf gerüstet, an Deck des Kreuzers und feuerten mit ihren Handwaffen aus nächster Nähe in die völlig überraschte und wie gelähmt daste-

hende Mannschaft. Auch Bignall und sein Leutnant warfen sich ihnen mit ein paar Leuten entgegen.

»Heran, ihr Raubmörder!«, schrie der alte Haudegen und die Seeräuber wichen tatsächlich zurück. Aber in diesem Augenblick lichteten hundert tödliche Geschosse die Reihen der letzten Getreuen. Bignalls Schwert flog durch die Luft, er selbst brach röchelnd zusammen.

Damit begann der letzte Kampf. Wilder konnte nicht verhindern, dass die wenigen Leute, die ihm verblieben waren, niedergemacht oder nach allen Seiten zerstreut wurden.

»Ha!«, kreischte eine Stimme, die er wohl kannte, »Tod den Verrätern! Spießt den Spion auf wie einen Hund! Auf ihn!«

»Weg, du Hund!«, schrie Fid dagegen.

Noch ehe der General den Seemann mit einem Streich niederstrecken konnte, warf sich eine dunkle, halb nackte Gestalt dazwischen und fing die herabfahrende Klinge mit einer Pike auf, die wie ein Schilfrohr entzweigehauen wurde. Und obwohl er nun waffenlos war, brach sich Scipio Bahn bis dorthin, wo Wilder kämpfte.

»Gib's ihnen!«, feuerte Fid ihn an. »Ich komm, wenn ich den General erledigt habe.«

Nichts half in diesem Augenblick dem unglücklichen General seine Fechtkunst. Er verhinderte nicht den gewaltigen Hieb, den Fid gegen ihn führte und der ihm durch die Entermütze und die Hirnschale bis zum Genick den Schädel zerschmetterte.

»Halt, ihr Mörder!«, rief Wilder, als er sah, wie zahllose Hiebe den ungeschützten Leib des Negers trafen. »Schlagt euch mit mir und nicht mit einem Wehrlosen.«

Da sah er, wie Scipio, zwei von den Angreifern mit sich reißend, niedersank. Im gleichen Augenblick gebot eine wohl bekannte Stimme dem Blutvergießen Einhalt: »Unser Werk ist getan. Wer noch einen Schlag tut, macht mich zu seinem Feind!«

31

Der Rote Korsar stand mit blutigem Säbel nur wenige Schritte von Wilder entfernt. Sein Fuß trat die britische Flagge, die herunterzureißen sein Stolz war, in den Staub. Ruhig und ohne eine Regung zu zeigen, überblickte der Sieger das Schlachtfeld, das mit den Leichen der Erschlagenen beider Seiten bedeckt war.

Kein Schuss fiel mehr, keine Waffe wurde gezückt, ein Beweis, wie sehr die Autorität des Piratenkapitäns die Mannschaft im Zaume hielt. So manchen seiner Kameraden bemerkte Wilder unter den Toten, aber besonders ergriff ihn der Anblick des tapferen Bignall, dessen Züge noch im Tod vom Zorn gezeichnet waren.

»Kapitän Heidegger«, begann er schließlich, »das Glück hat sich heute auf Ihre Seite geschlagen; ich bitte um Gnade und Schonung für die Übriggebliebenen.«

»Beides soll denen, die Anspruch darauf haben, gewährt werden. Ich wünschte, dieses Versprechen könnte für alle gelten«, erwiderte der Kapitän feierlich und bedeutungsvoll.

Wilder hätte den Sinn vielleicht nicht ganz verstanden, wenn nicht in diesem Augenblick eine Rotte von Seeräubern herangetreten wäre, darunter vor allem jene, die sich bereits bei der Meuterei auf der »Delfin« hervorgetan hatten.

»Wir fordern die Vollstreckung unseres Gesetzes! Den Tod der Verräter!«, begann kurz und dreist der Anführer des Haufens.

»Ihr kennt unsere Bedingungen. Wenn sich Verräter in unserer Gewalt befinden, dann führt sie ihrer Strafe zu.«

Wilder und seine beiden Gefährten wurden ohne Umstände ergriffen. Einen Moment lang war in den Zügen des Mannes, der allein sie vielleicht noch hätte retten können, Mitleid zu lesen, dann aber gewann die kühle Überlegung des Kommandanten einer Seeräuberbande die Oberhand und Wilder wusste, dass nun alle Hoffnung geschwunden war.
»Ihr wollt das Leben der Verräter?«, fragte der Kommandant nach einer Pause. »Ich verstehe euch. Geht! Sie sind euch überlassen.«
Obwohl Wilder bisher versucht hatte Haltung und Ruhe zu bewahren, schien jetzt der Gedanke auf einen schnellen, schmählichen Tod seine Vernunft für einen Augenblick zum Wanken zu bringen. Dann fasste er sich wieder und sprach mit fester Stimme: »Für mich verlange ich nichts. Ich weiß, die Gesetze, die Sie sich selbst gegeben haben, verurteilen mich zu einem elenden Tod. Doch für die Getreuen, die mir in blindem Vertrauen folgten, bitte ich um Gnade. Sie wussten nicht, was sie taten, und ...«
»Wenden Sie sich an diese hier«, unterbrach ihn der Kapitän und zeigte auf den Haufen. »Die sind Ihre Richter und sie können Gnade gewähren.«
Wilder überwand sich. »So will ich mich vor ihnen demütigen. Ihr seid Menschen, Seefahrer ...«
»Fort mit ihm!«, fuhr Nightingale dazwischen. »Er will uns eine Predigt halten. Fort mit ihm, hängt ihn auf!«
»Hängt sie auf! Alle drei!«, wiederholten zwanzig Stimmen.
Wilder und seine Gefährten wurden dorthin gestoßen, wo die Vorbereitungen zur Hinrichtung schon im Gange waren. Rohe Scherze begleiteten sie auf ihrem letzten Gang; raues Gelächter belohnte jede Grobheit. Da platzte Fid, der bisher geschwiegen hatte, heraus: »Schert euch zum Teufel, ihr Schufte! Ihr Halsabschneider. Ihr habt ja nicht einmal gelernt ein Tau anständig um einen Hals zu legen. Aber das werdet ihr bei Gelegenheit sicher noch lernen.«

»Aufgehisst! Hoch mit ihm!«, brüllten ein paar Stimmen. »Auf zum Himmel!«
Zum Glück wurden die Henker in diesem Augenblick unterbrochen. Rauer Lärm erhob sich bei den Luken und schließlich drang eine Stimme durch: »Ein Priester! Ein Priester! So ist's recht. Pfeift die Schurken erst zum Gebet, ehe sie in der Luft ihr Tänzchen machen.«
Doch kein Einziger wagte es, den Geistlichen zu beleidigen oder gar Hand an ihn zu legen, denn jetzt befahl eine gebieterische Stimme: »Beiseite, sag ich, und lasst den Kaplan heran! Und keiner beleidigt ihn auch nur mit einem Blick!«
Der Geistliche trat näher.
»Sie sind ein Diener Gottes«, sagte der Kapitän. »Wenn Sie etwas tun können, um diesen Verurteilten den letzten Augenblick zu erleichtern, dann tun Sie es jetzt.«
»Und was haben sie verbrochen?«, fragte der Geistliche, der erst jetzt seine Sprache wiederfand.
»Das tut nichts zur Sache. Doch ihre letzte Stunde ist gekommen. Wenn Sie mit ihnen beten wollen, fürchten Sie nichts. Denn Spötter sind stumm und Ungläubige ehrfurchtsvoll, wenn ich es will. Reden Sie frei!«
»Ist das Urteil unwiderruflich?«
»Ja, das ist das Gesetz.«
»Das Gesetz?«, fragte eine Stimme dicht neben dem Korsaren, leise und doch sehr eindringlich. Es war die von Mrs Wyllys. »Können die, die alle menschlichen Gesetze mit Füßen treten, von Gesetzen sprechen? Sagen Sie lieber: Rachgier. Aber nicht das will ich Ihnen sagen. Ich komme, um Ihnen Lösegeld zu bieten. Nennen Sie den Preis und seien Sie nicht bescheiden.«
»Kann Gold euch zufrieden stellen? Was meint ihr Leute? Wollt ihr Lösegeld?«
Kurz war die Pause der Überlegung. Dann verkündete dumpfes

Murren, das sich schließlich zu lautem Gebrüll steigerte, dass die Mannschaft auf ihre Rache nicht verzichten wollte und dass die Leben gegen Lösegeld nicht zu haben waren.
»Vergessen Sie Ihre Pflicht nicht«, richtete der Kapitän das Wort an den Geistlichen. »Sie haben nicht mehr viel Zeit.«
»Wenn Sie wollen, dass ich in Frieden sterbe«, wandte sich Wilder noch einmal an den Korsaren, »dann geben Sie mir noch eine feierliche Versicherung und schwören Sie, dass die, die mit mir aufs Schiff kamen, bald an Land gesetzt werden.«
»Ich schwöre!«
Der Geistliche wandte sich indessen den beiden Kameraden Wilders zu, in deren Befinden eine wesentliche Änderung eingetreten war. Mit aufgeknöpfter Weste, den Strang um den Hals, saß Fid auf dem Deck und stützte dem Neger, nach dem schon der Tod griff, das Haupt. Der Geistliche trat hinzu und erkundigte sich.
»Sein letzter Augenblick ist nahe. Wollt Ihr, dass ich ein Gebet spreche?«
»Ich weiß nicht, ich weiß nicht«, erwiderte Fid. »Vielleicht sollten wir ihn fragen, ob er noch etwas zu sagen hat, was für seine Verwandten in Afrika bestimmt ist. Seht, er versucht schon etwas zu sagen.«
»Master Fid, nimm Halsband ab«, stammelte der Neger.
»Schon gut«, erwiderte Fid und räusperte sich. »Es wird schon gut und das andere auch. Und verzeih mir, wenn ich dir manchmal grob gekommen bin und mir auf meine helle Hautfarbe zu viel eingebildet habe.«
Scipio machte noch eine Bewegung, als wolle er Wilder etwas sagen. Dieser beugte sich zu ihm hinab und fasste die Hand des Sterbenden. Dann war alles vorüber.
»Fort mit ihnen!«, schrie eine Stimme aus dem Haufen. »Die Leiche ins Wasser und hinauf mit den Lebenden!«

»Auf zum Himmel!«, stimmte Nightingale bei.

»Halt!« Der Geistliche ergriff noch glücklich das Seil, ehe es seinen verhängnisvollen Dienst tun konnte. »Um Gottes willen, gewährt noch einen Augenblick! Was bedeutet das? ›Arche von Lynnhaven‹!«

»Ganz recht«, erwiderte Fid und machte sich den Strick etwas lockerer, um freier sprechen und um noch einmal ein Stück Kautabak in den Mund schieben zu können. »Sie haben richtig gelesen.«

»Aber woher kommen die Worte? Und warum tragt Ihr den Namen auf Eurer Haut? Geduld, ihr Leute. Raubt dem Sterbenden nicht diese eine Minute!«

»Noch eine Minute gewartet!«, befahl eine Stimme aus dem Hintergrund.

»Das geht auch mich an!« Mrs Wyllys trat dazwischen. Ihre Stimme zitterte. »Merton, warum diese Fragen?«

»Fassen Sie sich!« Der Geistliche suchte sie zu beruhigen. »Arche von Lynnhaven war der Name eines Landgutes, das einem guten Freund gehörte. Und dort empfing ich das Pfand, das Sie mir anvertraut hatten. Und von dort brachte ich es zum Schiff. Aber ...«

»Weiter!«, forderte Mrs Wyllys. Sie lockerte den Strang, der Wilder zu ersticken drohte. »Es war also nicht der Name eines Schiffes?«

»Nein. Doch was sollen diese Fragen?«

»Das Halsband? Das Halsband? Wie war's damit?«

»Tja, das war nicht eben viel, gnädige Frau«, erwiderte Fid bedächtig und lockerte seinerseits die Schlinge um seinen Hals, obwohl es einer aus der Mannschaft zu verhindern suchte. »Das Halsband hatten wir an dem Hund gefunden. Hier trägt's der arme Scip am Arm.«

»Lesen Sie es, lesen Sie es«, drängte Mrs Wyllys, der die Augen den Dienst zu versagen drohten.

»Heiliger Gott! ›Neptun, Eigentum des Paul de Lacey‹!«

Mrs Wyllys stieß einen Schrei aus und umfasste Wilder. »Mein Kind! Mein Kind! Sie können, Sie dürfen einer Mutter nicht ihr Kind nehmen! Gebt mir meinen Sohn wieder und behaltet alles andere, was ich habe. Die Witwe de Laceys, dessen Namen alle Meere kennen, fleht um Gnade für ihr Kind!«

Ringsum herrschte Schweigen. Zweifelnd sahen sich die Seeräuber an. Wohl erkannten sie die Bedeutung des Augenblicks, aber der Wunsch nach Rache saß so tief, dass der Ausgang noch immer ungewiss war.

Da trat einer in ihre Mitte, der noch nie einen Befehl gegeben hatte, den sie nicht befolgt hätten. Mit einer gebieterischen Geste sagte er: »Geht auseinander! Ihr wisst, ich übe Gerechtigkeit. Aber ihr wisst auch, ich fordere Gehorsam. Meinen Willen sollt ihr morgen erfahren.«

32

Als dies »morgen« kam, da hatte sich die Szene gründlich verändert. Friedlich segelten die »Delfin« und die »Pfeil« Seite an Seite dahin. Die Flagge Englands wehte wieder vom Topp des britischen Kreuzers, während der Pirat die nackte Gaffelspitze wies. Die Schäden waren so weit ausgebessert, dass die Schiffe für die Weiterfahrt gerüstet schienen. Ein langer bläulicher Nebelstreifen im Norden deutete die Nähe von Land an, dem offenbar auch ein paar leichte Küstenfahrzeuge zustrebten, die gar nicht allzu fern vom Piratenschiff dahinsegelten.
Der Rote Korsar hatte die ganze Nacht schweigend auf der Brücke verbracht. Keiner durfte sich ihm nähern und an keinen richtete er das Wort. Nur Roderich war gelegentlich in seiner Nähe zu sehen, ohne jedoch die Stille zu unterbrechen.
Als aber jetzt die Sonne im Osten emporstieg, wurde eine Kanone abgefeuert, ein Zeichen für eines der Küstenschiffe, längsseits zu kommen. Die Entscheidung musste unmittelbar bevorstehen. Die Mannschaft des Piratenschiffes versammelte sich auf Deck, die Gefangenen oben auf der Brücke neben dem Kapitän, der jetzt das Wort an seine Leute richtete:
»Viele Jahre lang hat uns ein gemeinsames Schicksal vereint; lange gehorchten wir demselben Gesetz, dem auch ich mich unterwarf. Doch dieser Bund ist nun zu Ende. Unser gegenseitiges Treuegelöbnis ist gelöst. Geduldet euch, ehe ihr widersprecht! Seht her«, und damit zog er die rote Flagge weg, hinter der in Säcken das Gold, die Beute ihrer gemeinsamen Fahrten, verborgen

war, »seht her! Das war mein und soll nun euch gehören. Bringt es in dieses Küstenschiff und verteilt es unter euch. Das Land ist nahe. Und dort zerstreut euch, zerstreut euch, es ist zu eurem eigenen Besten. Das Schiff hier gehört mir und vom Rest der Beute verlange ich nichts als die Gefangenen. Lebt wohl!«

Wortloses Staunen folgte auf diese unerwartete Rede. Für einen Augenblick gab es sogar Anzeichen für eine Meuterei. Aber auch hierfür hatte der Kapitän vorgesorgt. Neben der »Delfin« lag die »Pfeil«, deren Mannschaft mit brennenden Lunten kampfbereit an den Kanonen stand. Widerstand wäre sinnlos gewesen. So eilten die Leute, ein jeder seine Habseligkeiten auf dem Küstenschiff sicher unterzubringen. Die Mannschaft des letzten Bootes, das die »Delfin« verließ, erhielt die Säcke mit dem Gold, das wenig später im Schutz einer verborgenen Bucht aufgeteilt werden sollte. Still wie der Tod folgte der Kapitän diesen Vorgängen mit den Augen. Dann wandte er sich an Wilder und sprach, seine Gefühle mühsam unterdrückend: »Und nun müssen auch wir uns trennen. Ihrer Sorgfalt empfehle ich meine Verwundeten. Ich weiß, Sie werden sich darum kümmern.«

»Mein Wort darauf«, erwiderte der junge Mann.

Dann geleitete Wilder seine Mutter und Gertraud zur Pinasse, die längst bereitlag. Er selbst kehrte noch einmal zurück. Es war ihm, als könne er das Schiff nicht verlassen.

»Und Sie?«, fragte er. »Was wird aus Ihnen?«

»Ich werde bald vergessen sein. – Leben Sie wohl!«

Die Art, wie der Rote Korsar diese Worte sprach, verbot jedes längere Verweilen. Die beiden Männer drückten sich die Hand, dann schieden sie. Nach dem Tod Bignalls war Wilder Kommandant des britischen Kreuzers geworden. Er gab den Befehl, die Segel zu setzen. Solange von der »Delfin« noch etwas zu sehen war, wandte keiner von den eben erst Befreiten den Blick ab. Da lag das Schiff in seiner ganzen eleganten Schönheit. Eine

menschliche Gestalt hob sich ab und daneben ein zartes Wesen, das eher zu schweben als zu schreiten schien. Die Umrisse verschwammen, die Einzelheiten entzogen sich den Augen.
Plötzlich blitzte eine Flammenwand aus dem Verdeck hervor und leckte hinauf von einem Segel zum anderen. Dem Rumpf entquoll eine ungeheure Rauchwolke, dann folgte das Brüllen der Kanonen. Eine furchtbare Explosion brachte das Ende. Als sich die Rauchwolke verzogen hatte, war nichts mehr auf dem Wasser zu entdecken, das an das herrliche Schiff erinnert hätte.
Im Fernglas glaubten einige zwar einen einsamen schwarzen Punkt zu erblicken; ob es aber ein Boot war oder nur ein Teil des Wracks, das hat man nie erfahren können.
Seit dieser Zeit geriet die Geschichte des Roten Korsaren allmählich in Vergessenheit. Eine Zeit lang pflegten sich die Seefahrer die langen Nachtwachen mit Erzählungen seiner tollkühnen Streiche zu verkürzen. Das Gerücht bemächtigte sich seiner Gestalt, bis seine Geschichten schließlich mit den Geschichten von anderen Freibeutern zusammenflossen. Vor allem aber traten Ereignisse ein, die man zur Zeit des Korsaren für gänzlich unwahrscheinlich gehalten hätte. Die britischen Kolonien in Amerika empörten sich gegen ihr Mutterland; der Krieg, der sich lange hinzog, führte endlich zum Erfolg.
Zwanzig Jahre waren seit jenem Freudenfest vergangen, von dem zu Anfang die Rede war. Wieder war Newport Schauplatz eines Siegesfestes, denn die Verbündeten hatten einen großartigen Sieg über die Engländer davongetragen. Als der Festtag sich bereits dem Ende zuneigte, warf draußen vor dem Hafen ein Schiff Anker, das die Flagge der amerikanischen Staaten führte. Sechs Männer ruderten ein Boot zum inneren Hafen, wo es an etwas abgelegener Stelle am Kai festmachte. Ein alter Mann, der dort einsam stand und die Vorgänge beobachtete, bemerkte, wie

eine Sänfte an Land gebracht wurde, der eine Frauengestalt folgte.

»Sagen Sie mir«, fragte die Frau den Alten, »hat Kapitän de Lacey hier in Newport ein Haus?«

»Hat er, jawohl, hat er«, gab der Alte zur Antwort, »dort oben auf der Anhöhe.«

»Du bist zu alt, um uns den Weg zu zeigen; aber wenn du ein Enkelchen hast, uns zu führen, dann soll es an einer Belohnung nicht fehlen.«

»Ach du lieber Gott, gnädige Frau«, erwiderte der Alte und nahm die Silberstücke selbst, »ich bin zwar alt und geschwächt durch viele wunderbare Abenteuer zu Lande und zu Wasser, aber für Euch will ich den kleinen Dienst doch tun.«

Damit setzte er sich an die Spitze des kleinen Zuges. Unterwegs klagte er: »Sieben blutige und grausame Kriege habe ich erlebt, und der siebte, der jetzt wütet, wird hoffentlich der letzte sein. Im sechsten habe ich Gefahren ausgestanden und Wunder gesehen, wie noch kein anderes Auge sie geschaut hat, und keine menschliche Zunge kann sie schildern.«

»Die Zeit ist rau mit Euch umgegangen, guter Mann«, unterbrach ihn die Frau, »hier habt Ihr Gold. Versüßt Euch Euren Lebensabend.«

Der Alte, der übrigens auch noch lahm war, empfing das Geschenk mit großer Dankbarkeit und schwieg, bis sie das Haus des Kapitäns de Lacey erreicht hatten und seine Dienste nicht mehr benötigt wurden.

Die kleine Tür wurde geöffnet und ein Mann mit einem Licht in der Hand erschien auf der Schwelle. Die Erscheinung des Türstehers war nicht eben besonders einladend. Unverkennbar ein Seemann, hatte er irgendwo in einem Gefecht ein Bein verloren, das nun durch ein Holzbein ersetzt war.

»Was soll die Bö zur Nacht?«, fuhr er die späten Gäste an.

»Hier ist ein verwundeter Seemann«, erwiderte die Frau mit bebender Stimme. »Er kommt, um das Gastrecht bei einem Kriegsgefährten in Anspruch zu nehmen und um eine Herberge für die Nacht zu bitten. Wir wünschen den Kapitän de Lacey zu sprechen.«

»Dann haben Sie an der rechten Küste Anker geworfen«, brummte der alte Seebär, »und der junge Herr Paul wird es im Namen seiner Eltern bestätigen.«

Damit wies er auf einen jungen Mann in der Uniform eines Seekadetten, der dem Alten neugierig über die Schulter geblickt hatte.

»Herzlich gern«, sagte der junge Mann, »ich will den Besuch meinem Vater melden.«

Richard führte die Gäste ins Wohnzimmer, wo die Träger die Sänfte niederstellten und wo sie entlassen wurden, sodass die Frau nun allein mit der Sänfte und dem groben Richard wartete.

Dann führte der junge Paul drei Personen herein. Zuerst kam ein Mann in mittleren Jahren in der Uniform eines Schiffskapitäns der neuen Staaten von Amerika. Am Arm führte er eine Dame, die zwar auch nicht mehr ganz jung, aber immer noch von hoher Schönheit war. Ihnen folgte eine zweite Dame, die offenbar schon den Abend ihres Lebens erreicht hatte. Die drei grüßten höflich die Fremde, ohne zunächst eine Frage zu stellen, die neugierig oder gar zudringlich erscheinen konnte. Die Fremde weinte lange und schmerzlich, als wäre sie ganz allein. Dann endlich trocknete sie die Tränen und begann zu sprechen: »Sie sehen diesen Besuch vielleicht als Zudringlichkeit an; doch er, dessen Willen ich mich zu fügen habe, wollte hierher gebracht werden.«

»Und was wünscht er?«, fragte der Offizier sanft und rücksichtsvoll.

»Zu sterben«, flüsterte die Dame.

Die Anwesenden erschraken. Der Kapitän trat an die Sänfte, zog den Vorhang beiseite und warf einen Blick auf den Sterbenden, in dessen Antlitz nur noch die Augen zu leben schienen. Diese wanderten von einem Gesicht zum anderen und ruhten schließlich auf dem Gesicht der älteren der beiden Damen.

»Mutter, was fehlt Ihnen?«, sagte de Lacey, als er die Bewegung der alten Dame bemerkte.

»Harry ... Gertraud«, antwortete sie, »ihr habt euer Haus einem geöffnet, der ein Recht hat, es zu betreten. Jetzt erst erkenne ich in diesen bleichen, eingefallenen Zügen, aus denen alles Zufällige entschwunden ist, die Züge unserer Familie.«

»Unser Gast ist mit uns verwandt?«

»Ein Bruder«, erwiderte sie, »dein Oheim, mein Bruder, einst mein Pflegling, den ich längst verschollen glaubte. Seht doch, auch euch ist dieses Gesicht nicht fremd. Ihr liebtet es einst und fürchtetet es zugleich.«

Erstaunt traten die beiden Jüngeren näher und sahen dem Fremden ins Gesicht.

»Kapitän Heidegger!«

»Der Rote Korsar!« Gertraud trat unwillkürlich einen Schritt zurück.

Als sich die Überraschung einigermaßen gelegt hatte, erklärte der Sterbende mit letzter Kraft: »Lange hatte ich mich vor der Welt verborgen gehalten. Aber dieser Krieg rief auch mich. Unser Vaterland brauchte uns beide und hat uns beide gehabt.«

Der Sterbende raffte sich noch einmal auf. Alle Augen richteten sich auf ihn. Er erhob sich mit scheinbar übernatürlicher Kraft und breitete die Fahne mit den Sternen und Streifen aus. »Wir haben gesiegt!«

Dann fiel er zurück.

Nachwort

James Fenimore Cooper (1789-1851), Sohn von Richter William Cooper und Elisabeth Fenimore Cooper, hätte es sich gewiss in seiner Jugend nicht träumen lassen, dass er dereinst als der erste bedeutende amerikanische Romanschriftsteller gelten würde, und noch weniger wohl, dass einige seiner Bücher sich zu Jugendbuchklassikern entwickeln würden. Geboren wurde er am 15. September 1789 in Burlington, New Jersey, in einem Land, das 1776 seine Unabhängigkeit von der englischen Krone erklärt hatte und in dem wenige Monate vor seiner Geburt George Washington zum ersten Präsidenten der Vereinigten Staaten von Amerika gewählt worden war. Vieles von dem, was er schrieb, erklärt sich aus dem Selbstbewusstsein und dem Pioniergeist dieser frühen Jahre der USA. Sein Vater gestaltete als Kongressabgeordneter die Geschicke des jungen Staates politisch mit. Zugleich erwarb er sich durch Unternehmergeist und die Erschließung neuen Ackerlandes ein beträchtliches Vermögen, ja, er gründete sogar eine neue Stadt im Staat New York, die nach ihm Cooperstown genannt wurde. Hier an den Ufern des Otsego-Sees verbrachte der kleine James einen großen Teil seiner Jugend. In den noch beinahe unberührten Wäldern ringsum entwickelte er das tiefe Verständnis für die Natur, das in vielen seiner Bücher zu Tage tritt. Seine Schulbildung erhielt er in der Dorfschule und durch Privatunterricht bei einem Geistlichen. Er nahm dann ein Studium in Yale auf, wurde aber wegen einiger Streiche der Universität verwiesen. Unter anderem hatte er wohl einen Esel dazu abgerichtet im Sessel eines Professors Platz zu nehmen.

Als Offizier bei der amerikanischen Kriegsmarine sammelte er in den Jahren 1806 bis 1811 die Erfahrungen, die in seine späteren Seeromane, unter anderem in den *Roten Freibeuter*, einflossen. 1811 heiratete er Susan Augusta de Lancey. Sein Vater war 1809 gestorben. Das ererbte Vermögen erlaubte dem jungen Ehepaar ein komfortables Leben auf dem Lande, ein Leben, in dem genug Zeit zum Lesen blieb. Als James Fenimore Cooper nach der Lektüre eines englischen Romans eines Tages sagte, er könne selbst eine bessere Geschichte schreiben, soll seine Frau ihn aufgefordert haben das zu beweisen. Das tat er, und er ließ sich auch nicht entmutigen, als der erste seiner Romane 1820 nicht besonders erfolgreich war. Die Geschichte des Trappers Natty Bumpoo, auch als *Lederstrumpf* bekannt, der 1823 zum ersten Mal in einer Erzählung das Licht der Öffentlichkeit erblickte, wurde dann aber so populär, dass er in den Jahren 1827 bis 1841 zum Helden weiterer vier Romane wurde. Diese wurden später, chronologisch nach dem Leben des Helden geordnet, als der fünfbändige Zyklus der *Lederstrumpf*-Erzählungen bekannt. Zu diesen gehört *Der Wildtöter* (1841), *Der Letzte der Mohikaner* (1827), *Der Pfadfinder* (1840) *Die Pioniere* (1823) und *Die Prärie* (1827). Diese Romane wurden als spannende Abenteuergeschichten, obwohl für ein erwachsenes Publikum geschrieben, rasch auch von Jugendlichen gelesen. Sie erschienen im 19. und 20. Jahrhundert in zahlreichen meist gekürzten und bearbeiten Ausgaben auch in deutscher Übersetzung.

James Fenimore Cooper begnügte sich aber nicht mit den *Lederstrumpf*-Erzählungen, sondern schrieb zahlreiche weitere Romane, darunter Seegeschichten. Von diesen wurde wohl am bekanntesten *The Red Rover (Der Rote Freibeuter)*, ein Roman aus dem Jahr 1827. Der Titel legt nahe, dass es sich um eine Seeräubergeschichte handelt, aber es ist mehr als das. Es ist zugleich eine Geschichte von menschlichen Schicksalen, die in einem geheimnisvollen Zusammenhang stehen. Es ist eine Geschichte von Menschen, in deren Haltungen und Einstellungen die frühen US-Amerikaner die Ursprünge und Ideale ihres jungen Staates sahen. An diesen war James Fenimore Cooper sehr interessiert. Zu der Zeit, als *The Red Rover* erschien, hielt er sich als amerikanischer Konsul in Europa auf, wo

er sich in mehreren Abhandlungen mit Fragen der Demokratie und der Gesellschaft beschäftigte. Moralisch ist es freilich ein Problem, wenn jemand zum Helden eines Buches wird, der sein vermeintliches Recht mit Gewalt sucht. Aber er wird einer Zeit zugeordnet, in der die Grenze eng ist zwischen einem Seehelden, der mit staatlicher Billigung Schiffe anderer Nationalität kapert, und dem Seeräuber, der unter eigener Flagge segelt. Der Rote Freibeuter ist zugleich der Schrecken der Meere und ein Gentleman. Nur weil ihm, dem Amerikaner, der Rechtsstaat England bitteres Unrecht zugefügt hat, schafft er seine eigenen Gesetze, so wie sich später die amerikanischen Staaten von der englischen Krone lossagen und sich eine eigene Verfassung geben. Folgerichtig gibt auch der Korsar sein gesetzloses Handeln auf und stellt sich in den Dienst der amerikanischen Unabhängigkeitsbewegung. Und weil das geniale Können und letztlich ritterliche Haltung des Korsaren das blutige Geschehen auf See überlagern und der eigentliche Held der Geschichte, der junge Wilder, ohnehin über jeden Zweifel erhaben ist, taugt das Buch auch als Jugendbuch. Zu seinem Erfolg haben neben der Spannung und den geheimnisvollen Verwicklungen auch seine romantischen und humorvollen Züge beigetragen.
Der Roman war schon 1828 in deutscher Sprache in einer dreibändigen Ausgabe erhältlich, die wohl zur damaligen Zeit noch nicht als Jugendbuch gedacht war. Unter dem Titel "Der rothe Seeräuber" erschien dann 1861 eine illustrierte "für die reifere Jugend frei bearbeitete" und gekürzte Ausgabe, der zahlreiche weitere Bearbeitungen im 19. und 20. Jahrhundert folgten. Grundlage für die hier vorliegende Ausgabe ist die von Rudolf Vocke besorgte Übersetzung und Bearbeitung für die ARENA-Bibliothek der Abenteuer. Für die ARENA-Kinderbuchklassiker musste diese Ausgabe weiter gekürzt und bearbeitet werden. Dabei wurde Wert darauf gelegt den Charakter des Original so weit wie möglich zu bewahren und das Weiterleben des Buches als Jugendbuchklassiker möglich zu machen.